碧空《へきくう》の音

闇医者おゑん秘録帖

あさのあつこ

中央公論新社

闇医者おゑん秘録帖　碧《へき》空《くう》の音

一

花の香を嗅いだ。

仄《ほの》かな甘やかさの底に清々とした一点がある。これは……。

梅だ。

おゑんは書き付けていた帖面《ちょうめん》から顔を上げ、筆を置いた。磨《す》ったばかりの墨の匂いを掻《か》い潜《くぐ》り、微《かす》かな香りが届いてくる。

まさか、と、思う。

まさか、今、梅が匂うわけがない。

裏手に広がる薬草畑の一画に数本の梅が植わっている。花を愛《め》でるためでも香りを楽しむためでもない。薬にするためだ。まだ熟しきっていない実の皮を燻《いぶ》し干せば烏梅《うばい》になる。これは咳《せき》を鎮めるにも熱を下げるにも薬効があった。梅も菊も桔梗《ききょう》も銀杏《いちょう》も松も、さらには竹も生薬《きぐすり》の材になる。おゑんにとっては爛漫《らんまん》に咲き誇り散っていく花よりも、その根や葉や実の方が何倍も大切で、入り用なのだ。

おゑんは医者だ。

江戸の片隅、竹林を背にしたこの仕舞屋《しもたや》で仕事を始めてから、そこそこ長い年月が過ぎた。年が明ける度に、はて、今年で何年目になるのかと指を折りはするけれど、直《じき》にどうでもよくなる。過ぎた日子《にっし》を数えても無駄なだけだ。人は、後ろ向きでは歩き続けられない。前に進むためには前を向くより他はないだろう。

年の晦日《みそか》、元旦、人日《じんじつ》、上巳《じょうし》、端午《たんご》、七夕《たなばた》、重陽《ちょうよう》。どんな節日《せちにち》とも関わりなく、患者はやってくる。来し方を振り返るより今日へ、明日へと思案を伸ばさねば日が経《た》たない。そういう一日一日《ひとひひとひ》をおゑんは生きている。

患者は子を孕《はら》んだ女たちだ。子を孕みながら産むことを許されない、あるいは諦めた女たちだ。産みたくないと乾いた口調で告げる者も、産むわけにはいかないと泣き崩れる者も、産むことを選び直す者もいた。

さまざまだ。女たちはさまざまな事情を抱え、おゑんの許《もと》にやってくる。事情はさまざまでも、女たちが子を産むことに、子を堕《お》ろすことに命を懸けねばならない現《うつつ》は同じだ。産んでも産まなくても、難儀な道を歩かねばならないのも同じだ。

幾人もの女が亡くなった。子を産み落とした後力尽きて、無理が祟《たた》り子が流れたために、衰えた身体《からだ》が病に耐えきれず、そして自ら命を絶って、亡くなった。その女たちの死に様を帖面に留《とど》める。能《あた》う限り詳しく、情を排し、事実だけを記していく。それをよすがとして、この先、女たちを死なせないための、生き延びさせるための手立てを探る。

三日前にも一人の女が息を引き取った。

お竹《たけ》と名乗り、二十二だと告げた。齢《よわい》は真《まこと》かもしれないが、名は本当ではないだろう。お竹が訪れた日は風が強かった。風に騒ぐ竹林の音を聞き、とっさに拵《こしら》えた名だろうと思う。咎《とが》める気はしない。

まして、本名を問い質《ただ》す気などさらさらない。名前を秘したければ、それで構わないのだ。ただ、呼んで答えてくれる称《とな》えがあれば事足りる。

お竹の腹は、それとわかるほど迫《せ》り出していた。診《み》るまでもなく、臨月に近いと知れる。その腹を抱え、風呂敷包みを提《さ》げて一人でやってきた。北風の吹く、花冷えと呼ぶには寒過ぎる日だったけれど、滴るほど汗をかいていた。

「お竹さんは、お腹《なか》の子をどうしたいんです」

まずは問う。そして、聴く。子を産み母となる者の意思こそが最も肝要だ。

お竹は暫《しば》くの間、無言だった。丸顔にやはり丸い目と鼻がちんまりと収まっている。佳人ではないが愛嬌《あいきょう》のある、柔らかな面容のようだ。普段なら、だ。そのときは、目元の隈《くま》と乾いて艶《つや》のない肌のせいで、ひどく陰気にも強張《こわば》っているようにも見えた。もっとも、おゑんの許に辿《たど》り着いた女たちは、誰もがみな疲れ、窶《やつ》れ、笑いも、何かを楽しむことも、朗らかに語ることも、先の望みも失っていた。この仕舞屋から去って行くときに、どこまで恢復《かいふく》できるか、笑えるか、語れるか、望みを抱けるか。生きていけるのか。

おゑんは、女たちの行く末に目を凝らす。

「……産みたいです」

ややあって、お竹はか細い声で言った。

「よかった。それを聞いて安心しましたよ」

我知らず、息を吐き出していた。本心からの吐息だ。

「そこまでお腹の子が育っていれば、もう流すのは無理です。産むしかないんですよ。でもね、母親が産みたいと言い切れるのかどうか、産んでよかったと思えるのかどうか、そこが要でもあるのでね。母親は赤子にとって唯一の命綱。切れてしまえば、生きる術《すべ》を失います。お竹さんの内に、確かな気持ちがあるのは何よりでした」

「先生」

お竹が不意に、にじり寄ってきた。おゑんの前に手をつく。

「お願いします。この子を産ませてください。お願いします」

「お竹さん、母親のあんたが産みたいと望んでるんだ。産むのは当たり前、誰かが産ませる産ませないって話じゃないですよ」

おゑんは息を呑《の》んだ。お竹が目を見開き、さらに寄ってきたからだ。両目が紅《あか》い。血の色が浮き出ている。青白い顔の中で、紅色の双眸《そうぼう》がぎらついた。

「この子はあたしの子です。産みたいんです。殺したくない。死なせたくない」

「お竹さん……」

「先生のお噂《うわさ》は聞いていました。教えてくれた人がいるんです」

「おやまあ、どんな噂でしょうかねえ。どうせ、ろくでもないものでしょうけどね」

わざと苦笑してみせる。茶化した風に続ける。

「金を積めばなんでもするだの、生きている嬰児《えいじ》を始末するだの、赤子の売り買いをしているだの、とんでもない風説が出回っているようで、ほんと困りものですよ。まぁ、金を積まれたら悪い気はしないけど、それにしても現とはちょっと懸け離れていて――」

「助けてくれるって、聞いたんです」

お竹が叫んだ。引き攣《つ》った声でおゑんの軽口を遮る。

「身籠った女を先生が助けてくれると聞いたんです。誰にとは言えません。でも、でも……それなら、それが本当なら、先生、あたしをお助けください。あたし、産みたいんです。どうしても産みたいんです。この子を産みたいんです」

血走った目がさらに紅くなる。薄闇の中にこの顔が浮かべば、人は鬼とでも呼ぶのではないか。どこが歪《ゆが》んだわけでもないが、ひどく歪《いびつ》を感じさせる顔だった。

「お竹さん、わかりました。お約束しましょう」

低く告げる。お竹が顎を引いた。

「ここで赤子を産めばいい。何があっても産ませてあげる。この、あたしがね。だから、安心してお産をなさい。誰にも邪魔させやしません。約束しますよ」

お竹の身体から力が抜けていく。子持《こも》ち縞《じま》の小袖の尻をぺたりとついて、眼差《まなざ》しを漂わせる。唇から呟《つぶや》きが漏れた。

「ほんとに、ほんとに……産める……。あたしが、赤ん坊を産める……」

唇がめくれた。笑ったのだ。色褪《いろあ》せた唇の間から歯が覗《のぞ》いた。

ぞくっ。おゑんは微かな悪寒を覚え、身体を縮ませた。

お竹の浮かべた笑みをなんと呼べばいいのか、思い至らない。嬉笑《きしょう》でも安堵《あんど》の笑みでもない。先刻の面容と同様に、歪んだ笑み方だと思う。

おゑんは胸の内でかぶりを振った。

お竹の歪みは気になる。けれど、さらに気になるのは……。

「お竹さん、ちょいと失礼しますよ」

お竹の手を取り、袖をまくる。親指で強く押さえる。

「やはり、浮腫《むく》みがありますね」

「浮腫み、ですか」

「ええ、お腹の子が育っていくと浮腫みが起きやすくはなるのですが、これはかなりですね。お竹さん、目の前がチカチカするとか、物が見え難《にく》くなるとか、急に見えるところが狭まってしまうとか、そんな覚えがありますか」

「え？　いえ、ありません」

寸の間、考えてお竹は答えた。生真面目《きまじめ》な表情になっている。

「頭風《ずふう》や吐き気、眩暈《めまい》、耳鳴りはどうです」

「あ、それはあります。頭の隅がずんと重くなるというか変な汗が出てくるんです」

「吐き気も？」

「あります。あたし、悪阻《つわり》とかほとんどなかったのに、お腹が目立つようになったら、急にむかむかしたり、胃の腑《ふ》のあたりが痛くなったりすることが多くなりました。でも、それは、いろんなことが負担になって疲れたからだと……」

そこで、お竹は言葉を濁し、おゑんから目を逸《そ》らした。

「そうですか。お産を控えて、心身を疲れさせるのは大敵ですよ。お竹さん、これまで気持ちが休まることがなかったのですねえ」

「あ……はい」

「夜もよく寝られていなかった、ですか？」

お竹の脈を測りながら、問うてみる。

「はい。うとうとはしても、ぐっすりは眠れないです。風の音や猫の鳴き声がしただけで目が覚めてしまうんです。そしたらもう、怖くて目が冴《さ》えてしまって……」

「怖い？」

「あ、いえ、それは……」

お竹は口ごもり、目を伏せた。

「脈が速いですね。ゆっくり休んだ方がいい。今から部屋に案内しますから、そこでお休みなさいな。うちにいれば何も怖がることはありませんよ。風の音はかなり響きますけど、そこは堪《こら》えてくださいな。直に慣れますから。あ、お腹は空いていませんか？」

「いえ」。お竹が首を横に振った。

「食気《しょっき》は起こりませんか？」

「はい、吐き気がまだ少しあるし……食べたいって気が失せてしまって」

「ぐっすり眠ると戻ってきますよ。無理にとは言いませんが、お腹の子のためにも母親は食べないとね。うちのご飯は美味《おい》しいですよ。食べ過ぎを気にしなくちゃいけないぐらいでね。あ、でも、お竹さんは少し塩気を控えないといけません。慣れるまでは味気ないでしょうが、ちょっとの間の辛抱ですよ。嫌いな物、食べられない物があれば後で書き出しておいてくださいな。好き嫌いはありますか？」

「……いえ。ほとんどありません」

「それは結構。あ、それとお部屋に落ち着いたら、お腹と陰《ほと》を診させてもらいますよ」

「あの、先生」

お竹が身を乗り出す。おゑんの顔を覗き込んできた。もう歪んではいない。童《わらべ》に似た真っすぐな眼差しを向けてくる。

「お尋ねにならないんですか」

「尋ねる？　何をです」

「あたしが何を怖がっているかとか……負担って何かとか、どうして一人で赤子を産もうとしているのかとか……事情というか、いろいろとです」

「お竹さんは尋ねてほしいのですか？」

お竹は身を縮め、さっきより強く首を振った。

「尋ねてほしくないです。尋ねられても答えないと思います。答えられないと……」

「だったら、尋ねたりしませんよ。それこそ、余計な負担をかけることになりますからね。お竹さんの心身には害にしかならないでしょう。医者が患者の害になることをやるわけにはいきませんよ。ただし――」

お竹を真正面から見詰める。見詰められた女は僅かに息を吸い込んだ。

おゑんの祖父は異国の人だった。異国の医者だったのだ。船医として乗り込んだ船が嵐で難破し、日本の小さな北の国に流れ着いた。そこで生き、子を生《な》し、孫を得た。そして、数奇な一生を終えた。そういう男だ。

今でも、時折、祖父を思い出す。たいていは治療に行き詰まったときだ。お祖父《じい》さまなら、どうする。どう診る。どう処方する。どう向き合う、と自問してしまう。稀《まれ》にではあるが、縋《すが》りたいような心持ちにもなる。懐かしむわけではない。おそらく、祖父に、祖父の死に様にまだ、縛られているのだろうと考える。

おゑんが祖父から譲り受けたのは医者としての生き方だけではなかった。紫がかった眸《ひとみ》や白すぎる肌、身丈の高さも異国の血が混ざるからだろう。とりわけ、眸は光の具合により微かに色を変える。見詰められた者の多くは美しいと感嘆するより、怯《おび》えを面《おもて》に滲《にじ》ませた。

「先生にじっと見られると、どこかに連れて行かれる気がしやす」

そう告げた男がいた。男は、

「で、自分は連れて行かれてえのか、逃げ出してえのかわかんねえ。自分のことなのにわかんねえんです。そこが、恐ろしいようで、蕩《とろ》けるようで、これもよくわからねえ。まったく、困ったお人ですよ、先生は」

と、硬い表情のまま続けたのだ。

お竹はほんの一瞬だが、逃げ出したいと感じたらしい。頰のあたりが明らかに強張った。

「ただしね、治療のためにお竹さんの胸の内を聞き出さなきゃならなくなったら、そのときには遠慮はしませんよ。とことん、お尋ねします」

「尋ねて答えなかったら、どうなります」

「答えるまで尋ねます。聞き出さねばならないなら、どうあっても聞き出すまでのこと」

「それでも、あたしが嫌だと言ったらどうするんです」

お竹が顎を上げた。眼に光が宿る。強く、猛々《たけだけ》しくさえある。これが本来の眼、本来の気性なのだろう。おゑんは居住まいを正した。

「お竹さん、あたしは医者です。ですから、患者の命を救うためならどんな手立てでも使いますよ。救うための手立てがあるのなら、それを手放すわけにはいきませんからね。おまえさんの胸の内にあるものが入り用なら、とことん問い詰めるでしょうよ。どんな経緯《いきさつ》で身籠ったのか、どういう暮らしの中で腹の子は育ってきたのか、父親は酒を飲んだのか、煙草《タバコ》はどうなのか、いくつぐらいなのか、病を抱えてはいなかったか……そういう諸々《もろもろ》をね」

「子を産むのはあたしです。父親なんか関わりないでしょう」

「ありますよ。子を産むのは女でも、女だけでは子はできません。何事もなく生まれてきたなら、男の出番はないでしょう。けど、万が一、赤子に治療を施さなくちゃならなくなった、そのときのために父親について知っておくべきことは出てきます」

「それは……子が生まれたことを報《しら》せるとか、そういうことじゃ……」

「ありませんよ。あたしは赤子の生き死にの話をしているんです。お竹さんが望まない限り、誰かに報せることはありません」

「何があっても、でしょうか」

おゑんは僅かに眉を寄せた。

何があっても？　この人は何があると考えているのだろうか。

お竹の眼の光が弱まる。疲れ果てた女の顔になる。唇が震えた。

「先生、これをお納めください」

風呂敷包みの中から、お竹は白い紙包みを取り出した。

「金、ですか」

「はい、十両、包んでありますよ」

「多いですね。三両でけっこうです。それが相場ですよ」

「納めてください。産んだ後もお世話にならねばなりませんから。その分も含めてです」

「それでも多いですね。でも、ここで金包みをあちこちしても埒《らち》が明かない。ええ、わかりました。これはお預かりしておきます。残り分は、お竹さんが赤ん坊と一緒にここを出て行くとき、お返しするとしましょうか。それでいいですね」

「赤ん坊と一緒にここを……」

お竹の眼差しがふっと漂う。口元にあるかなきかの笑みが浮かんだ。これは、柔らかく穏やかだ。歪みはない。おゑんには馴染《なじ》みのもの、母親の笑みだった。

夕刻、お竹の診療を終え、おゑんはお春《はる》を居室に呼んだ。

お春はかつてはおゑんの患者であり、今は頼りになる助手《すけて》だ。出会ったころ、定めを受け入れ全てを諦めるしかないと頑《かたく》なに信じ込んでいた女は、おゑんの傍らで医術を学び、生きている。少し肥え、少し歳《とし》を取った。その代わりのように、よく笑うようになり、真摯で生き生きとした眼差しを手に入れた。

「お春さん、お竹さんのことだけどね、どうお思いだい」

白い上っ張りを着たままの助手を見やり、おゑんは問うてみた。

「浮腫みが気になります。頭が重いと訴えていたのも心配ですね。お腹の子の方はどうなのでしょうか。あたしには、まだ、ちゃんと診断ができなくて」

「あたしが見た限り、しっかり育ってる。心の臓の音もちゃんと拾えたよ。けど、母親のためには、なるべく早く産んだ方がいいようだ」

「はい。あたしもそう思います。でも、お産を早めるのは難しいですね」

「難しいね。生きて元気に生まれてきてもらわなきゃならない。できるなら、薬は使いたくないからね。さて、どうしたものか」

吐息が漏れる。

お竹の陣痛が始まったのは、それから二日後の夜半だった。


気配を感じる。

お産が始まる気配だ。気配というより他に言いようがない。波が寄せるように迫ってくる。それを肌で感じるのだ。

おゑんは起き上がり、身支度を整えた。白衣を身に着け、廊下に出る。春が闌《た》けたこの時季、夜気は仄かに青い香りを含んでいた。

「先生、先生」

廊下の向こうから、手燭《てしょく》の灯が近づいてくる。

「お絹《きぬ》さんかい」

「あ、はい、起きておられましたか。先生、患者さんが産気付きましたよ。お竹さんです」

お絹は三十手前で亭主を亡くしてから、産婆の技を頼りに二人の子を育てあげたしっかり者だ。五十の坂を越え産婆を退いた後も、おゑんが乞えば助手に来てくれる。お産間近い患者がいる場合、付き添いを頼むことが度々あった。

「わかった、すぐ行くよ。お春さんにも報せておくれ」

「先生、急いだほうがいいですよ」

暗い廊下を小走りに進みながら、おゑんは奥歯を嚙《か》み締めた。医者を急《せ》かすのは、患者の命が危ういとお絹が踏んだからだ。

「お竹さん、よくないのかい」

「ひどく汗をかいてますね。がたがた震え出して、ちょっと尋常じゃありません」

お絹の言う通りだった。お竹は全身を震わせ、低く唸《うな》っている。名を呼んでみたが答えはない。脈を取り、おゑんは唇を嚙んだ。燭台と行灯《あんどん》に蠟燭《ろうそく》を灯《とも》し座敷内を明るくしたとき、お春が飛び込んできた。

「おゑんさん、どんな具合です」

「診るのはこれからだが、ちょいと厄介そうだよ。こっちの言うことに答えないんだ。脈もかなり速い。このままじゃ危ないね」

お春は屈《かが》み込み、お竹の耳元で呼びかけた。

「お竹さん、お竹さん、聞こえますか。お竹さん」

お竹は唸り続けるだけだった。

おゑんはお竹の膨らんだ腹に触り、股の間を覗き込む。

「赤ん坊はかなり下りてきてる。生まれるよ」

「え、でも、これでは息むのは無理です」

「わかってる。けど、赤ん坊は待っちゃあくれないんだ」

おゑんは、巷《ちまた》の産婆のように垂れ綱に摑《つか》まってのお産はさせない。おゑんの許に身を寄せる女たちのほとんどが疲れ果て、窶れ果てて、綱を摑む力さえ失っている。それが理由の一。そして、横になったままのお産の方が女たちの負担を減ぜられる。おゑんがそう判じたのが、理由の二だ。

お絹が手桶《ておけ》いっぱいの湯を運んでくる。その湯で素早く、しかし丁寧に洗った手に、酒を振り掛ける。その間に、お春はお竹の腰の下に新しい晒《さらし》と油紙を敷いた。

「うぅ、うぅ、ううっ」

お竹が手負いの獣に似た声を上げた。震えは収まらない。

「お竹さん、しっかりおし」

おゑんは叫んだ。

「赤ん坊は生きてるよ。生まれようと踏ん張ってるよ。あんたもしっかりおしよ」

お竹の唸り声が止まった。ほんの一瞬、静寂が座敷を満たす。

「先生」

驚くほど力強い声がおゑんを呼んだ。

「先生、助けて。赤ん坊を殺さないで」

身を起こそうとするのか、お竹が懸命に顔を上げる。お春が後ろから支えた。

「産みたいんです。赤ん坊を助けて」

「任せな」

おゑんはむき出しになったお竹の太腿《ふともも》を音がするほど強く叩《たた》いた。

「あたしが死なせやしないよ」

「先生……」

「赤ん坊は生まれようと頑張ってるよ。だから、あんたも踏ん張るんだ。息むんだよ、お竹さん。あたしが必ず、助けるから」

「うっ、ううーっ」

お竹の面が朱に染まる。食いしばった歯がぎりぎりと音を立てた。

「お春さん」

「はいっ」

お春はお竹を横たえ、その上に馬乗りになった。

「よし、押して」

「はい」

お春が両手で押し出すように、お竹の腹を圧する。

「もう一度、お竹さんの息みに合わせて」

「は、はい」

お春の額に汗が滲み出る。それはすぐに大粒の雫《しずく》に変わり、頬を伝い、顎の先から滴った。おゑんも汗に塗《まみ》れる。

焦っていた。お竹の衰え具合からして、お産に刻《とき》を費やせない。長引けば長引くほど、母子の命が危うくなる。早く、一刻も早く産ませなければならない。

「先生、先生、赤ん坊は……」

「まだだよ。もうひと頑張りだ。いいかい、落ち着いて。赤ん坊が合図を送ってくれるからね。それに合わせて息むんだ」

「……産むの。この子を……産む……」

お竹が喘《あえ》ぎながら、呟く。ほとんど譫言《うわごと》だ。

大丈夫なのか。

おゑんの脳裏に疑念と不安が過《よぎ》る。

お竹はさっきまで、ほぼ気を失っていた。呼んでも答えず、身体を震わせていた。それが、僅か一瞬で正気を取り戻し、子を産もうとしている。恐るべき力だ。お竹は心身全ての力を振り絞っている。

大丈夫なのか。

全ての力を出し切ってしまえば、人はどうなるか。まして、お竹はここに来るまでに相当弱っていた。酷《ひど》い浮腫みも繰り返し襲ってくる吐き気や頭風も、お竹の内に病が巣くっている証《あかし》と見て間違いない。無理ができる身体ではないのだ。それでも、普通のお産ならなんとかなると、おゑんは考えていた。ここ数日に過ぎないが、ゆっくりと休み、怯えることなく子を産めると納得したお竹の様子が落ち着いてきたからだ。しかし、今は……。

「ううっ、うーっ」

お竹の全身が突っ張る。顔面が再び紅潮する。

「お春さん！」

「はい」

赤ん坊の頭が覗いた。もう一息だ。しかし、そこで力が尽きたのか、お竹の全身から力が抜けた。

喘ぎだけが響く。

引っ張り出すしかないか。

おゑんが腹を決めた直後、赤ん坊が動いた。頭がさらに覗く。自分の力で生まれ出ようとしている。そうとしか思えなかった。おゑんは息を詰め、目を見張った。寸の間だ。瞬きにも足らぬ間の後、おゑんは「押して」とお春に命じた。

お春が腹を押す。頭が出た。おゑんは両手で赤子の頭を掴むと、ゆっくりと慎重に引きずり出す。頭が出た。肩が出た。ずるりと滑る手応えがして、赤子と共に白濁した胎水が流れ出る。

生まれた。

首に臍《へそ》の緒は絡まっていない。とびぬけて大きくも小さくもない。おゑんは素早く臍の緒を切った。これで、一体だった母と子は分かれ、一人一人になる。

「よし、いい子だ。お絹さん」

「はいよ」

お絹が綿布を広げ、赤ん坊を受け取る。

「おや、お殿さまじゃないか。立派な男の子だよ。さっ、お泣き。おっかさんに声を聞かせておやり。ほら、泣くんだよ」

お絹が赤ん坊の尻を叩いた。一度、二度、三度目で赤ん坊が産声を上げる。

声は天井にぶつかり、部屋中にこだました。泣くことで息の道が通る。ここで泣くことができなければ生き延びられない。赤ん坊は、生きるための第一歩をまずは踏み出せた。

お絹がくすくすと笑う。

「おやまあなんて声だろうね。先生、ずい分と元気な子ですよ。すぐに産湯を使いましょう。よしよし、綺麗《きれい》にしてあげるからね。おっかさんに見てもらおうね」

座敷の隅に用意した盥《たらい》でお絹は赤ん坊を洗い始めた。慣れたものだ。

「おや、大人しくなったね。そうかい、そうかい、おぶぅが好きかい。まぁ先生。見てくださいな。この子ったら気持ちよさそうに足を伸ばしてますよ。生まれたばかりなのに。ほんと大物ですよ。将来が楽しみだねえ」

お絹の優し気な声と湯を使う音が絡まり合う。身体の汗が引いて、おゑんは寒気を覚えた。疲れたと感じ、熱い茶が飲みたいと思う。

「おゑんさん」

お春が呼ぶ。お竹の手を握り、おゑんを見詰めてくる。頬が強張っていた。その頬にも唇にも血の気がなく、顔全部が妙に平らかに見える。

え、まさか。

おゑんはお竹の傍らに膝をついた。お竹はどんな表情も浮かべていなかった。安堵も歓喜も苦痛もない。薄く開いた唇から、微かに息が漏れていた。それが、しだいに間遠くなる。おゑんはお竹の胸をはだけ、重ねた両手で強く押した。戻し、押し、戻し、押す。

「気付け薬を持ってきます」

腰を浮かせたお春を止める。

「もういい、お春さん」

もう無駄だ。

中腰のまま、お春はおゑんからお竹に眼差しを移した。それからぺたりと尻を落とし、その場に座り込む。眼差しは横たわる女から離れなかった。生者から死者に変わっていく様をつぶさに見詰める眼差しだった。

お竹は薄《う》っすらと笑んでいた。いつの間にか、笑みを浮かべていたのだ。

「おゑんさん、お竹さん、笑ってますよ」

「ええ、やっと楽になれたからね」

おゑんが瞼《まぶた》を閉じさせると、穏やかな死に顔が現れた。

「先生、綺麗になりました、いい男ですよ」

布に包《くる》まれた赤ん坊をお絹が手渡してくる。

「生まれてすぐに母親を亡くすなんて……でも、この子なら乗り越えていけるでしょうよ。そういう面構えをしてます」

腕の中で赤ん坊が身動《みじろ》ぎした。

その重さを腕に感じ、おゑんは束の間、天井を仰いだ。

それが三日前。

お竹は近くの寺に葬られた。赤ん坊は生きている。竹一《たけいち》とおゑんが名付け、お春が面倒をみている。母を失った乳飲み子には貰《もら》い乳《ぢち》が入り用だ。乳母《うば》役を、竹林の裏手に住むお磯《いそ》という女が引き受けてくれた。三人の子持ちで、末の子が二月《ふたつき》前に生まれたばかり。溢《あふ》れるほど乳が出るのだが、末の子は娘で身体も小さく、いくらも飲んでくれない。仕方ないので自分で搾って捨てていたのだと、お磯は

訴えた。そして、

「でもいくら搾っても、すぐにお乳が張ってきて、このままじゃ破裂しちゃうんじゃないかと案じてたんですよ。この坊《ぼん》が吸ってくれるなら御の字だねえ。その上にお手当てまでいただけるんですか。まぁ、御の字の上にもう一つ御の字がくっつくねえ。ありがたいこと」

と、朗らかに笑った。

お磯の乳のおかげで、竹一は今のところ憂いなく育っている。

おゑんは筆を置き、裏庭に下りてみた。

そこに梅は植わっているけれど、とっくに花を散らし、日陰の貧弱な木ゆえろくに実も付けない。この木の下で命を絶った女がいた。その女の葬儀の後、いっそ梅の木を切り倒してしまおうかとも考えたが、己の戒めのためにそのままにしてある。

人は容易《たやす》く死ぬ。しぶとく生きる。死に誘われ、生にしがみつく。人の持つしぶとさや、しがみつく力に手を貸すのも、医者の役目の一《ひとつ》かもしれない。

その想いを忘れぬために、貧弱な梅に手を付けずにいるのだ。もっとも、梅はおゑんの想いなどに構いはしない。小木なりに葉を茂らせ風に揺れ、梅雨《つゆ》のころに小さな実を熟れさせるだろう。

そのまま、家の裏手に進む。竹林の横に広がる薬草畑に二つの人影があった。

お春と末音《すえね》だ。お春は鍬《くわ》で畑を耕し、末音は苗を植えていた。

「おや、おゑんさま。珍しゅう畑にお出《い》でですかの」

末音が立ち上がり、柔らかく笑んだ。

この老女はいつも柔らかい。気配も表情も仕草も、めったに尖《とが》らないのだ。おゑんが物心ついたときには既に傍らにいた。祖父と同じく遠国からこの国に流れ着いた者、とは聞いているが、その遠国がどこなのか末音が今いくつなのか、おゑんでさえ知らない。本人以外知っている者はいないだろう。いや、末音自身、自分の歳など覚えていないのではないか。ともかく、末音は遥か昔からおゑんと共に生きてきた。驚くほど薬草に詳しく、豊かな調合の才を持つ。末音の薬に助けられた患者は数知れない。

「間もなくお昼ですで、お腹が空かれましたかの」

「それなら、お丸《まる》さんが今、拵えてくれていますから、もうちょっとの辛抱ですよ」

鍬を止め、お春が額の汗を拭った。

「ちょっと二人とも止《や》めておくれよ。あたしは童じゃないんだからね。お腹が空いたと駄々をこねるような真似《まね》はしないよ」

「さあ、それはどうですかの。おゑんさまは、時々、とんでもない駄々をこねられますで」

「ああ、そうですね。こういう薬を調合しろだの、新しい薬草を試してみろだの、かなり無茶を言われますよね」

お春がくすくすと笑う。日に焼けた肌に白い歯が映える。

「まったく二人して、よくもそこまで言えたもんだ。覚えておいでよ」

「あら、末音さん、おゑんさんがむくれちゃいましたよ」

「それは大変。今度、怪我《けが》でもしたら好き勝手に縫われてしまうかもしれませんの」

「おや、末音。覚悟してるのかい。それなら、丁度いい。擦り傷だろうが虫刺されだろうが、好きに縫わせてもらうよ」

「おやま、恐ろしいこと」

末音が身震いし、お春がまた軽やかな笑い声をたてたとき、お丸が竹籠を提げて現れた。近くの農家の女で、家内の仕事を引き受けてくれている。名の通り、丸く肥えて陽気な性質《たち》だった。多少気の利かない向きはあるが、陰日向《かげひなた》なく働いてくれる重宝な奉公人だ。

「あ、先生、やっぱりこちらでしたね。お部屋におられないんで握り飯、三人分、持ってきました。漬物も付けてあります。お茶は竹筒の中ですので」

「あ、お丸さん」

立ち去ろうとするお丸を呼び止め、お春が畑から下りてくる。

「竹一は、まだ寝てますか」

「へえ、ぐっすりです。お磯さんに乳を貰ってからずいぶん経つのに、よく寝る子ですよ。お磯さんも、両の乳が軽くなるほどたっぷり飲んでくれるって、喜んでました。一時にたんと乳を飲んで、ぐっすり眠る。ほんとに、母親想いの赤子ですねえ」

そこで、竹一の母親は既に亡いと気が付いて、お丸は口を結ぶ。そのまま、そそくさと去って行った。

竹籠の中には小振りの握り飯が六つ並んでいた。

「さっき、梅の香りを嗅いだ気がしてね」

握り飯を一つ手に取り、おゑんは竹で拵えた床几《しょうぎ》に腰を下ろす。お春と末音は茣蓙《ござ》を広げ、座り込んだ。竹林の中で鶯《うぐいす》が鳴いている。美しい声は竹にぶつかり、跳ね返り、さらに美しくこだました。お春が小首を傾《かし》げる。

「梅の？　でも、そんな時季じゃありませんよ」

「そうだよね。どうして、そんな気がしたんだろうね」

「気掛かりがございましたんでしょうの」

湯呑《ゆのみ》に茶を注《つ》ぎながら、末音が言う。

「おゑんさまは気掛かりなことがあると、花の匂いを嗅がれますで」

「あたしが？　そんな癖なんかあるわけないだろう」

「気が付かないのは本人だけ。そういうことでございますかの」

「末音、おまえは言いたいことを言い放つ癖を、とっととお直し」

「何が気になるんです」

お春が身を乗り出してきた。口の横に飯粒が一つ、付いている。

「ね、何を気にしているんですか、おゑんさん」

飯粒を指で摘《つ》まみ、自らの口に入れ、お春はさらに問うてきた。

「もしかして、竹一のことですか」

ため息を一つ吐《つ》いて、おゑんは答えた。

「竹一の母親のことさ」

「お竹さんの……。命を救えなかったことですか。でも、あれは、いくらおゑんさんでも――」

「そのことじゃないよ」

お春を遮り、かぶりを振る。

お竹を救えなかった。みすみす、死神に引き渡してしまった。そのことに悔いも恥じ入る気持ちもある。もう少し早くここに来てくれていたら、あの浮腫みや頭風にもっと用心を向けていれば、別の薬を処方していれば、あの夜、傍らに付き添っていれば……持ちきれないほど想いはあるけれど、持ち続けるしかない。次の患者をお竹のような目に遭わせないための、生き延びさせるための糧にする。死に報いる、それが唯一の方法だ。

身に染みてわかっている。

「あたしが気にしてるのは、お竹さんがどうしても子を産むと言い張った、そっちだよ」

お春が瞬《まばた》きする。そういう顔つきをすると、あどけなささえ滲んで、娘のように見えた。

「でも、それは当たり前じゃありませんか。そりゃあここへは……子を流すためにやってくる人たちが、たくさんいます。あたしもその一人でした。でも、本気で子を消してしまいたいと望む人はほとんどいません。そう振る舞ってはいても、どこかで産みたい、育てたいと思っているはずです。お竹さんだって同じでしょう。どんな事情があったかは知りませんが、諦められないから、おゐんさんを頼ってきたのでしょう。それなら、産む、産みたいと言い張るのは当然だと思いますが」

お春はおゐんの顔を覗き込み、僅かに眉を寄せた。

「なんてことは、あたしが言うまでもないですよね。おゐんさん、お竹さんの言い方のどこが引っ掛かってるんです」

末音が湯呑を渡してくれる。竹筒に入っていた茶は仄かに青い香りがした。

「そうだねえ、どこがと問われると困るけれど……。なんだか執念のようなものを感じちまったのさ。尋常じゃない執念みたいなものを、ね」

「執念？」

お春が顎を引く。戸惑いが眼の中を過った。

「子を産むという執念ですか。産みたいとの望みではなくて、執念……」

「ええ。お竹さんね、あたしにどうしても子を産みたいと言ったんだよ。そのときの顔がね、鬼気迫るというか、怖いような……こう言っちゃあなんですが、このまま鬼に化すのではと怖くなるような顔だったねえ」

お春はもう一度、顎を引いた。

「おゑんさんが怖がる？　え、ほんとに怖くなったんですか？」

「あたしだって怖いと感じる心ぐらい持ち合わせているさ。これでも、人間ですからね」

「あ、ええ、そうですよね。おゑんさんだって人ですもの。怖いものがあっても不思議じゃありませんよね。でも……」

「怖がったんじゃなく、奇妙に感じられたのでしょうの。必死の形相とはまた違う、お竹さんの顔つきに違和を感じた。そういうとこでしょうの」

末音が口を挟む。おゑんは肩を竦《すく》めた。

「ふん、どうでも好きに言えばいいさ。でも、まあ確かに末音の言う通り、ちょいと異様だったのは確かかねえ。けど、もっと異様だったのは、その後だよ。何があっても産ませてあげる、とあたしは約束した。お竹さんの場合、流すことができないほど子が育ってたからね。どのみち、産むしかなかったんだ。だから、ここで産めばいいとあたしが告げたとき、お竹さん、ほんとうに産めると呟いた。独り言だったね。誰でもない自分に言い聞かせているようでもあったねえ。そして、笑ったのさ」

「ほっとして笑んだわけでしょうか」

「違うね」

お春に向かい、かぶりを振る。

「あのときのお竹さんの笑みをどう言い表せるのか、よくわからないけど。ともかく、ぞっとしたんだよ。背筋がすうっと冷たくなるような感じだったかねえ」

お春と末音が顔を見合わせる。

「そういえば、お竹さん、いつも一点を見詰めていましたよね」

お春が空を仰ぎ、吐息を漏らした。

「天井の隅とか畳の縁《へり》とか自分の指先とか、じっと見ていて、息も荒くて。あたしが具合を尋ねると吐き気を訴えられたから、お薬を出したんです。それと、同じところをあまり見詰めるのは止めたらどうですかと忠言もしたんです。とりわけ、ずっと俯《うつむ》いているのはよくないですよって。吐き気が増すことがありますものね。そしたら、お竹さん、見張っているんだって言うんです」

「見張ってる？　何を？」

今度はお春が首を横に振った。

「わかりません。お竹さん、眩暈がする、気分が悪いと横になったものですから、それ以上は何も聞けませんでした。その日の夜、お竹さんが産気付いて、あんなことになって……。それで、すっかり忘れていました。おゑんさんの話を聞いて、今、思い出したんです。おゑんさん、お竹さんは何を見張り、どこを見ていたんでしょうね」

束の間、おゑんは目を閉じた。瞼の裏に、迫り出した腹を抱え、畳の一点を凝視するお竹の横顔が浮かんだ。

目を開ける。

「お竹さんて人は、どういう人だったんだろうか」

ほろりと言葉が漏れた。お春がおそるおそるという風に口を開いた。

「荷物、そのままにしてあります。調べてみますか？」

おゑんの許で亡くなった女たち、赤ん坊たちの亡骸《なきがら》を引き取りに来る者はほぼいない。武家であろうと町人であろうと農民であろうと、同じだ。いや、町人や農民なら稀に引き取り手が現れる。老いた親だったり、兄弟姉妹だったり、赤ん坊の父親だったりするが、誰もが一様に俯き、おゑんと目を合わせようとはしなかった。それでも自分たちで弔う気があるだけましだ。比べて、武家が亡骸を迎えに来たことは一度もない。犬や猫を捨てるように、孕んだ女をおゑんに預け、去って行く。そして、二度と顔を見せない。

引き取り手のない女たちの荷物は、お春とお丸が仕分けし片付けている。

お春は、できうる限り女たちの意を聞き取り、意に従うよう心掛けていた。母の形見の小袖と共に埋めてくれと言い遺《のこ》した者も、荷物の中の金を全て寺に喜捨してほしいと望んだ者も、「お任せします。使える物は使い、使えぬ物は燃してください」と言い切った後、静かに目を閉じた者もいた。むろん、不意に容体が変わり何も告げず、告げられず逝ってしまう者たちもいたが、並《な》べて、女たちの荷物は少なく、貧しい。片付けや仕分けに何ほどの苦労もなかった。そのつつましさ、乏しさが哀れを誘う。

そんな中で、お竹は十両をおゑんに差し出したのだ。それは、これから竹一のために使うべき金だ。が、ともかく、それだけの金子《きんす》を持っていたのは事実だった。

どういう身の上だったのか。

あの歪んだ笑みは、見張っているという言葉の意味は、母親の心情とは別の産むことへの執着とはなんだったのか。

「どうせ、片付けねばならない荷物ですから、今日にでも調べてみますよ」

「そうだねえ。いや、でも、ゆっくりでいいよ。お竹さんがどんな人であっても、今はもう仏さんだ。正体をあばいても詮無《せんな》いことでしょうからね」

人は死ねばどうなるのか。おゑんは確かな答えを持たない。極楽浄土や地獄を信じる気にはなれなかったが、腐り果て地に還《かえ》るだけとも思えないのだ。答えは知れないが、知りたいとは望まない。おゑんの興も思案も現にあった。現の人々、現の生き方にだ。お竹はもう彼岸に渡った。此岸《しがん》の何にも関わることはできない。

鶯がひときわ高く鳴いた。呼応するかのように、竹林が風音を立てる。

「それより、折り入って二人に話があるんだよ」

おゑんは話柄を変えた。お竹のことは、ひとまず脇に置く。忘れ去りはしないが、今向き合わねばならない事柄に気持ちを戻さねばならない。

「お話と申されますと」

握り飯を食べ終え、末音が目を狭めた。

「なんだよ、その顔は。捕って食おうと言うじゃなし、そんなに用心しなくたっていいだろうに」

「おゑんさまの〝折り入っての話〟は、たいてい剣呑《けんのん》でございますからの。捕って食われる気がしますで。用心するに越したことはありませんで」

「なんて言い草だろうね。でも、今日の話に剣呑さはないさ。ただ、厄介ではあるけどね」

お春が居住まいを正した。生真面目な面持ちで、おゑんを見やる。

「もしかして、竹一のことですか」

「そう、あの子をいつまでも、ここに置いておくわけにはいかない」

「里子に出すと？」

母親と死に別れた子、生き別れた子、女たちが育てられない赤ん坊の行く末に、おゑんはなんとか道を付けてきた。竹一にも養い親を探さねばならない。できれば乳飲み子のうちに、我が子として育て、慈しんでくれる相手を見つけたい。

「そうだね。本気で育ててくれる人を早めに探さなきゃいけないと思ってる」

「そうですね。確かに、そうです」

お春が目を伏せた。

「情が移っちまったかい、お春さん」

「あ、いいえ。ええ……そうかもしれません。まだ、生まれて三日しか経っていないのに、あの子、抱っこすると笑うんです。そんなわけないとわかってるんですけど、口をにっと広げて本当に可愛《かわい》くて……」

そこで、お春は目元を心持ち引き締めた。

「でも、そんな情に振り回されていてはいけませんね。竹一が元気で大きくなれる、その手立てを早く見つけてやらなければと、あたしも思います。それが、お竹さんへの何よりの供養にもなるでしょうし」

「そこなのさ。その手立てとやらを見つけるのが、なかなかに難儀でね」

おゑんはため息を一つ、吐いた。我ながら、わざとらしかったかもしれない。末音がさらに用心深い顔つきになる。

「おゑんさま、帖面はどうされました？」

お春が息を吸い込む。

「帖面……あ、初めてお会いしたとき見せてもらったあの帖面ですか？」

奉公先の若旦那と理《わり》ない仲となり、身籠った子を産むことすら許されず、子の始末をするためにおゑんを訪ねてきた。そのお春に、おゑんは一冊の帖面を見せたのだ。

「赤子　男児　七百六十匁《もんめ》　壱尺五寸　色黒　壮健。赤子　女児　六百六十匁　壱尺三寸　色白　臀部《でんぶ》に蝶《ちょう》に似た痣《あざ》……」

お春の呟きに、おゑんは「まっ」と声を上げた。

「お春さん、あんた、帖面の中身を覚えているのかい？」

「忘れられません。生まれた赤子の様子と赤子を引き取りたい方の名が記されたものでしたね。あの帖面を見たとき、あたしはやっと、目の前に道があるとわかったんです。それまでは行き止まりの袋小路。追い込まれて、もう逃げ場はないと思い込んでいたんですよ。いえ、おゑんさんの言葉を借りると、思い込まされていたんです。なんということはない、ありふれた帖面でしたが、あたしにとっては新たな一歩を促してくれるものでした。ええ、おゑんさん、忘れてなんかいません。全部、覚えています」

お春の眼差しを受け止め、おゑんは今度は偽りなしで長息した。

「あれは赤ん坊と養い親を結び付けるために記したものなんだよ。もう何冊目になるかねえ。ただね、あたしとしては、そろそろ替え時だとも考えているんだよ」

「替え時と言われますと？」

「どうもねえ、帖面一冊じゃどうにもならないところまで来ているみたいでね」

お春と末音は再び顔を見合わせ、ほとんど同時に首を傾げた。母娘《おやこ》でも祖母と孫でもなく血の繋《つな》がりは一切ないこの二人は、時折、とてもよく似た仕草や顔つきを見せる。

「ちょいと話し辛《づら》くはあるけれど、このところ、続けて二人、子どもが亡くなった」

「えっ」とお春が叫び、末音が両目を見開く。

「二年前に経師屋《きょうじや》の夫婦に引き取られた与吉《よきち》と、半年ほど前に味噌屋《みそや》に貰われていったお花《はな》という女の子がね、この一月《ひとつき》のうちに亡くなってるんです」

「与吉とお花……。与吉はお浜《はま》さんの産んだ子でしたね。お浜さん、お産の後、熱が引かないで亡くなってしまって……亡くなる前に赤ん坊を抱きながら泣いていたのを覚えてますよ。眉のところに大きな黒子《ほくろ》があって、それがお浜さんのおとっつぁんとそっくりだと泣きながら、教えてくれました。お花は色の白い、可愛い子でした。生まれて七日もしたころ、母親がどこかに行ってしまって置き去りにされた子でしたよねえ。置文《おきぶみ》一枚なくて、かわいそうでしたけど。でも、新しいおっかさん、おとっつぁんができて、心底安心してたんですが……。あの子たちが亡くなったなんて……」

「まぁ、ちょっとお春さん」

驚きのあまり、口が半ば開いてしまう。

「おまえさん、うちで生まれた赤ん坊をみんな、覚えているのかい」

「そりゃあ覚えてますとも。短い間ですが、あたしが世話をしましたもの」

「そりゃあそうだけどさ……」

与吉が貰われていって二年が経つ。お花だって、この竹林の家にいたのは一月足らずだ。にもかかわらず、二人の肌の白さや黒子の位置まではっきり記憶しているとは。しかも、世話をしてきた赤ん坊は十人や二十人ではない。ゆうに五十人を超えるだろう。その子たちがどんな子だったか一人残らず頭に入っているのだろうか。お春の物覚えの良さは承知しているつもりだったが、ここまでとは考えていなかった。たいしたものだ。

「二人はどんな亡くなり方をしたのです？　病ですか」

「お花はそうらしい。朝方までは元気で乳もたっぷり飲んだのに、昼過ぎに急に吐いて、ぐったりしてしまったとか。医者を呼んだけれど、熱もなければ、発疹《ほっしん》が出るわけでもなく、どうにも手を打てなくて、翌日の夜には息を引き取ったそうだよ」

「身体の芯に熱がこもってしもうたのでしょうの。その医者、芯の熱を取る薬を処方できなんだのでしょうか。腕のない医者にかかってしもうたのが不運としか言えませぬなあ。ろくな治療のできぬ者は医者を名乗ってはなりませんで」

末音が柔らかな口調で辛辣《しんらつ》に責める。お春が頷《うなず》いたのは、同意の証だろう。

「それにしても、おゑんさまは、託した赤子の様子を見て回られておりますのか。それは知りませなんだのう」

「みんながみんなじゃないよ。江戸で育っている子ばかりじゃないからね。ただ、与吉もお花も月足らずで生まれて、身体も小さめだったから気になってね。たまにだけど、遠くから様子を見ていただけさ」

「おゑんさん」と、お春が前のめりになる。

「与吉はどうして亡くなったのですか。病でないなら、何が因《もと》で死んだのです」

「わからないねえ」

おゑんは自分の指先に目を落とした。短く揃《そろ》えた爪と指先が、薄っすらと緑に染まっている。薬草の色だ。洗っても、取れない。染み込んで、おゑんの肌に馴染んでいる。

「あたしが様子を窺《うかが》いに行ったとき、もう弔いも終わっていたよ。亡くなる七、八か月前にも覗いてみたのだけれど、そのときは店の外でお内儀《かみ》さんに抱かれて元気そうだった。お内儀さんは笑っていたし、与吉の頰もふっくらしていて、ずい分大きくなったみたいでね。あぁこれならもう心配ないなと胸を撫《な》で下ろしたものさ。なのに、この前、近所の生薬屋に寄ったとき、経師屋の息子《むすこ》が死んだと聞かされて……」

「なんだって」

おゑんは思わず、生薬屋の手代《てだい》を睨《にら》みつけていた。睨みつけられた相手は身を固くしたまま、僅かに腰を引いた。明らかな怯えを眼の中に浮かべている。

「せ、先生。うちの手代が、何かお気に障るようなことを申しましたか」

帳場にいた番頭が飛んでくる。

「あ、いえ、ごめんなさいよ。とんだ大声を出してしまいましたね。堪忍です」

「いや、謝っていただくことはありませんよ。でも、先生が大きな声を出すなんて珍しいですな。何かございましたか？」

生薬屋の手代も番頭も、与吉とおゑんの関わりは知らない。おゑんだとて、この店に足を運ぶのは、生薬の数が多く、ときに異国の珍しい品も入ってくるからというだけだ。昔からの馴染みであり、その店と与吉の養い親になった経師屋が同じ町内のごく近所だったのは、たまたまに過ぎない。

「いえ、手代さんから経師屋の息子が亡くなったと聞いて驚いてしまって。ときどき、目にしていましたし、元気そうにも見えましたから」

「ああ、与吉坊のことですか。かわいそうに、まだ小さいのにねえ。ただ、こう言ってはなんですが、いつかこうなるんじゃないかと、近所では噂しておりましたよ」

「どういうことです」

番頭はあたりを見回し、店内に客がいないのを確かめた。その上で、おゑんを店の隅に連れて行く。

「先生は口がお堅いからお話ししますけどね。あの与吉という子は貰い子なのですよ。経師屋の夫婦にはなかなか子ができなくて、思い切って貰い子をしたのです。この子を我が子として育てると、与吉坊を連れて夫婦で挨拶に回ったりしていました。だから、初めこそ与吉坊を可愛がっていたようでしたがね」

「初めこそ……ということは、だんだん邪険に扱うようになったのですか」

「いや、それが四月《よつき》ほど前に、夫婦の間に子が生まれましてな」

番頭が声を潜める。

「それからですよ。与吉坊の泣き声がしょっちゅう聞こえるようになったのは。経師屋の奉公人によると、お内儀さんが与吉坊にひどい折檻《せっかん》をするようになったそうでね」

「折檻……」

「ええ、お内儀さんも我が子を育てるのに夢中なあまり、与吉坊が鬱陶しくなったんでしょうか。何かというと手をあげたり、蹴ったり、ろくに飯を食わさなかったりもしたみたいでね。見かねて奉公人が止めに入ることが度々あったそうですよ。でね、ある日、与吉坊がお漏らしをしたとかで、お内儀さんが癇癪《かんしゃく》を起こして、したたか打《ぶ》ったんだそうで。与吉坊が亡くなったのはそれから二、三日の後だったそうです。ですからねえ、近所じゃ、あの子は虐《いじ》め殺されたんじゃないかともっぱらの噂ですよ。ええ、まあ、ただの噂です。風邪《かぜ》をこじらせて亡くなったんだという者もおりますし、本当のところはわかりません。でもね」

と、番頭はさらに声を低くした。

「生薬屋であろうが経師屋であろうが商売ですからね。よくない噂は商いを弱らせます。実際、注文も減っているみたいで、今年いっぱい、経師屋さんは持たない気がしますすな」

ここだけの話、内緒ですよと番頭は、自分の唇に指を一本立てた。

お春が息を詰める。身体は細かく震えていた。

二

「与吉は虐め殺された……のですか」

お春の声も震えていた。おゑんはかぶりを振る。

「わからないね。近所では噂になっていると生薬屋の番頭は言ったけど、それは、噂話に過ぎないってことでもある。真相は定かじゃないよ」

誰に何を尋ねても真相は定かにならないだろう。与吉は既に亡くなっているのだ。

「でも、火のない所に煙は立たぬと言うじゃありませんか。経師屋のお内儀さんが与吉に辛く当たっていたというのは本当でしょ。奉公人が止めに入るぐらいなんですから」

「お内儀さんは生まれたばかりの赤ん坊の世話に疲れていたのかもしれない。赤ん坊に昼夜はないからね。真夜中だって明け方だって泣きたいときに泣く。ぐずるし、しょっちゅう襁褓《むつき》を替えなくちゃいけない。熱も出すし、乳を吐きもする。その大変さを、お春さんはよくわかってるだろう」

「そりゃあ……はい、わかっているつもりです。でも、おゑんさん」

お春が身を乗り出す。

「それは、子を虐げる理由にはなりませんよ」

その通りだ。付け加えるなら、子を虐げていいどんな理由も、この世にありはしない。

「お内儀さんが本当に与吉を殺したのなら……それは、罪です」

お春は顎を上げ、おゑんと視線を絡ませた。

「与吉にとってお内儀さんは、たった一人のおっかさんでした。幼い子に血の繋がりなんて関わりないでしょう。わかるわけもない。抱き締めてくれて、ご飯を食べさせてくれて、一緒に笑ってくれて、自分の一番身近で自分を守っていてくれる。そういう人こそが母親ですよね。なら、与吉の母親はお内儀さんしかいないじゃないですか。与吉はお内儀さんを母親と信じて疑わなかったはずです。その与吉の心を裏切ったなら、踏みにじったのなら、お内儀さんは大罪を犯したんです。そうじゃありませんか」

お春の双眸がぬめりと光る。底深い怒りが、与吉への憐《あわ》れみや嘆きを突き破って表に滲み出ているのだ。その眸を見返し、おゑんは頷いた。

「その通り。大罪だよ。抗《あらが》う術も身を守る力もない子を死ぬまで折檻するなんて、火付け盗賊より質《たち》が悪いかもしれない。けどね」

お春のぬめる眸を凝視する。

「それは母親だけの罪じゃない」

鶯が鳴いた。梅が散るころは、ケキョケキョとどこか心許ない啼声《ていせい》であったのに、今は美しく尾を引き、我が世の春を言祝《ことほ》ぐように明るく響く。

「噂通り、お内儀さんが与吉を殺したのだとしたら、確かに大罪さ。でも、罪を犯したのはお内儀さんだけじゃない、父親である経師屋の親方だって同じくらいの罪を背負ってる。経師屋の奉公人だって、近所の生薬屋の手代だって、大人でありながら与吉を救えなかった。それも罪さ。そして、あたしも……」

おゑんは胸に手をやった。

「いや、あたしこそ罪は深いよ。経師屋の夫婦に与吉を渡したのは、あたしだからね」

そう、あたしが渡したんだ。

おゑんは胸の前で指を握り込んだ。

「でも、それは仕方ないじゃないですか。あたしも与吉を渡すときには同席しました。ご主人もお内儀さんもとても優しそうで、与吉を抱いて『可愛い、可愛い』って何度も言っていたじゃないですか。お内儀さんは薄っすらと涙さえ浮かべていましたよ。あの人たちが、幼い子を苛《さいな》むなんて……誰も思わないですよ。そんな未来《さき》を見通すなんて無理です」

「無理でしたで済むことじゃないんだよ。与吉の命に関わることだったんだ。もっと慎重に、もっと用心深く渡す先を見極めなくちゃいけなかった。それに、渡した後も与吉を救う機会はあったはずなのに……」

我知らず、唇を嚙み締めていた。お春が身動ぎする。

「それは、おゑんさんが与吉の様子を見に行ったときのことですか」

「そうだよ。あのとき、あたしはもしかしたらって思ったんだ。もしかしたら、お内儀さんは赤子を孕んでいるんじゃないかって。遠目だけれど、ふっくらしていたのに気が付いたからね。気が付いたときに考えればよかったんだ。もし、経師屋に子ができたら与吉はどうなるだろうかって、思案を巡らせればよかった。けど、あたしは考えなかった。与吉もお内儀さんも笑っていて、なんというか……幸せな母子そのものに見えてねえ。で、一人勝手に安堵して、そのまま踵《きびす》を返した。与吉を救えたかもしれない時機を逃しちまったたってことだよ。あげくがこの様《ざま》だ。どう転んでも、見通せなかった、申し訳なかった、仕方なかったで片付けていい話にはならないだろうね」

「それは……厳し過ぎます。そこまで自分を追い詰めたら、この先、誰にも赤ん坊を渡せなくなります。赤ん坊を育ててくれる相手を信じられなくなりますよ、おゑんさん」

お春は、いやいやをする幼子のように首を振った。

また、鶯が鳴いた。竹林の中だ。そちらに顔を向け、おゑんはそっと息を吐いた。

「うちで生まれた赤ん坊はみな、生まれながらに業《ごう》を背負っている。望まれて、祝われて生を享《う》けた子はいない。本来なら、闇から闇に葬られるはずだった赤ん坊ばかりさ」

「……ええ。それは……」

わかっていますとの一言を呑み込み、お春は目を伏せた。

お春もまた、腹の子を闇に葬るためにおゑんの許を訪れたのだ。

風に竹が音を立てる夜、花の香りが風を染めるころ、ちょうど今の時季だった。

「そういう子がこの世に生まれてきた。それは、女たちの想いが勝ったからだ。堕ろすのではなく産みたい。殺すのではなく生かしたい。業と共に母親の想いも背負って、この世に出てきたんだよ。だから……生きなきゃならなかったんだ」

お春が顔を上げ、おゑんを見据えてくる。

「生きて、大きくなって、天寿を全うしなきゃならなかった。お花のように病が高じて逝ってしまったのなら堪えるしかない。でも、与吉が殺されたのなら、みすみす人に命を奪われたのなら、仕方ないでは済ませられないんだよ。まして、与吉はお浜さんが命と引き換えに産んだ子じゃないか」

また、ため息が漏れてしまう。

「悪かったね。詮無い愚痴を垂れ流しちまった」

「いえ……」

お春が首を横に振った。鬢《びん》のほつれ毛が揺れるほど、強い振り方だ。

「愚痴だなんて思いません。おゐんさんは愚痴なんか言わない方ですもの」

「さようですの。わたしも長いことおゐんさまに仕えておりますが、愚痴や泣き言を聞いた覚えは滅多にありませんの。この前、聞いたのは……はてさて、いつでしたかの」

末音が首を傾げる。少し、わざとらしい。

「で、愚痴でないなら、なんでございますかの。おゐんさま」

「え？」

「またまた、そんなお芝居をなさる。わたしたちを相手にとぼけても、それこそ仕方ありますまいに。お花はともかく与吉は哀れでした。哀れな最期でございますよ。でも、おゐんさまは与吉の仇《かたき》をとりたいわけじゃありませんの。それは医者の本分から大きく外れますで。わたしたちに愚痴を零《こぼ》してすっきりしたいわけでも、ございませんの。そちらはおゐんさまの気性からして考えられませんからの」

「ちょっと、末音、おまえねえ」

「では、なんでござります」

末音の目が細くなる。

「おゐんさまが悔いておるのは、ようわかりました。おゐんさまが悔いを悔いのまま放っておかないとも、わかっております。仇討ちでなく愚痴で済ますのではなく、与吉の死を徒《あだ》にしないどんな手立てをお考えになりましたかの」

「お黙りったら。おまえには、時々、本気で腹が立つよ」

「おや、それは申し訳ございませんでしたの。ほほほ、歳を取るとついつい口が緩みましての。言わずもがなのことまで、しゃべってしまいますで」

「おまえは昔から……」

おゑんは口をつぐむ。末音は昔から鋭かった。言葉にするしないは別として、覗き見たかのようにおゑんの胸裏にあるものを当ててしまう。

「手立てがあるのですか」

お春が目を見開いた。

「与吉の死を徒にしないってことは、子どもたちに与吉みたいな死に方をさせない。二度とさせないってことですよね」

「ええ」

それしかない。幼い子が二度と理不尽に殺されないための手立てを講じる。与吉に報いるには、それしかないのだ。

少なくとも、おゑんには他の思案が浮かばなかった。

「どうすればいいのです」

お春は前のめりになり過ぎたのか身体の釣り合いを崩し、片手を地面についた。

「お春さん、末音、あたしはちゃんとした仕組みを作ろうと考えてるんだよ」

「仕組み？」

お春が呟き、末音が口を窄《すぼ》める。

「ああ、仕組みさ。これまであたしは、親が育てられない赤ん坊と赤ん坊を我が子として引き取りたい大人たちを結び付けてきた。さっき、末音があれはどうしたと問い詰めてきた帖面を使ってね」

「問い詰めてなど、おりませんが。おゑんさま、言い掛かりでございますで」

末音の申し立てに知らぬ振りをして、おゑんは続けた。

「それは、まあ、ほどほどには上手《うま》くいっていた……と、あたしは自惚《うぬぼ》れていた」

「自惚れではありませんでしょう。あの帖面を基に結べた親子の縁は沢山あります。みんながみんな、与吉のように不幸になったわけではありません。むしろ、実の子として可愛がられ幸せに大きくなっている、そんな子の方が多いと思いますよ」

「お春さん、本当にそう思うかい」

おゑんの問いに、お春が瞬きする。

「思います。だって、実際にそうなんじゃないですか」

「それはわからないね。赤ん坊が引き取られていった先をつぶさに調べたわけじゃない。むしろ、そのまま、放っておくことの方が多いんだから。与吉のような子がいないとは言い切れないんだよ」

「そんな、そんな、だって……」

「赤ん坊たちは幸せに、元気に育っている。あたしたちはそう信じているんじゃなくて、信じたいだけなのかもしれない。このところ、そんな思案をしていてね」

おゑんは束の間、眼差しを宙に漂わせた。

「だから、信じられるようにしようと決めたんだ。つまり、引き取り手をできる限り江戸府内に定め、少なくとも二、三年は三月《みつき》に一度ほどの割合で様子を見守る。そういう仕組みを作れれば、十割とは言えなくとも七割、八割は安心できるんじゃないかね」

お春は暫く黙り込んだ。眉間に皺《しわ》が刻まれる。

「確かに、後々、見守りができれば、与吉のような惨《むご》い出来事は減るかもしれません。でも、どうやってやります？　おゑんさんもあたしも末音さんも、正直、手一杯じゃありませんか。だからお丸さんやお絹さんの助けを借りているわけですもの。これ以上は動きようがありません。とりわけ、おゑんさんには患者がいます。おゑんさんが診なければならない人たちですよ。そちらを疎《おろそ》かにするわけにはいかないでしょう」

その通りだ。診療がある。治療がある。行き場のない女たち、追い込まれぎりぎりを生きている女たち、身も心も弱り衰えながら必死に救いを求める女たち、まずは、そこを診る。診て、女たちと未来《さき》を決める。おゑんの役目だ。

疎かにはできない。

「そう、だから、人を増やさなきゃならないんだよ。見守る役だけじゃなく、今、お春さんに頼り切っている赤ん坊の世話を請け負う者、赤ん坊の引き受け手を、新しい親として相応《ふさわ》しいかどうか詳しく調べる者、そういう役どころがいるだろうね」

「それはまた、たいそうな人数になりますの」

末音が指を折る。

「少なく見積もっても、六、七人は雇わなきゃならないだろうね。このさいだから言っちまうけど、赤ん坊たちの部屋も整えたいんだよ。隙間風など入ってこない、清潔な部屋にね。母親たちの部屋も増やしたいしねえ」

「掛《かか》りはどうされます。そのような金、うちにはございませんで」

末音は上目遣いにおゑんを見やり、口元を心持ち歪めた。

「生薬代や患者の飯料《はんりょう》を削るわけにはまいりませんでの」

「金ねえ。そこが、悩みどころなのさ」

おゑんはこめかみを押さえ、眉を寄せた。

「けど、なんとかしないとね。与吉の一件で頭からどやされた気になってるんだ。愚図愚図していると、与吉と同じ目に遭う子が、また出てくるかもしれない。万が一そうなったら、あの子の死が無駄になっちまう」

無駄にしてはいけない。散ってしまった小さな命を空《むな》しくするのなら、おゑんはさらに罪を重ねることになる。さらに小さな命を見捨てることになる。

死を生かす。それしかないのだ。

「どなたか奇特な方がいらっしゃいませんかね。おゑんさんの志に相感じて、ぽんと大枚をはたいてくれるお方が……。おゑんさん、思い浮かびませんか？」

お春が真剣な面持ちで問うてくる。

「髷《まげ》の先ほども浮かんでこないね」

「でも、おゑんさんなら名の知れた分限者《ぶげんしゃ》も大店《おおだな》のご主人もご存じじゃないですか」

お春の張り詰めた口調に誘われ、脳裏にいくつかの顔が浮かび、過り、消えていった。

一角《ひとかど》の商人《あきんど》、大身の武家、財持ちの隠居、吉原《よしわら》の惣名主《そうなぬし》……。

「駄目だね」

こめかみを押さえたまま、おゑんは吐き出すように告げた。

「闇医者の言うことを真に受けて、金を差し出すような甘い輩《やから》は一人もいないよ」

「駄目ですか」

お春が長いため息を吐く。その息が吐き出されてしまわないうちに、おゑんは立ち上がっていた。立ち上がり、身体を末音の畑に向ける。

気配がした。人の気配がゆっくりと近づいてくる。竹林と田畑を分かつように雑木林が広がっているが、そこには一本の細道が通っていた。道は、おゑんの家の少し前で二手に分かれ、一つは竹林に消え、一つは裏木戸を掠《かす》って末音の畑まで延びていた。ここを訪れるつもりなら、その細道を使う方が雑木林を回って表口からおとなうより、少しばかりだが刻の得になる。

気配は裏木戸からこちらに向かっていた。やがて、人の姿に変わり、格子縞の小袖を身に着けた男になった。足取りには一分の迷いもない。

「おや、これはまた、お久しぶりのお客ですねえ」

おゑんは胸元に手をやり、笑んでみせる。愛想笑いではない。この男に逢《あ》うと、なぜか笑みが浮かぶのだ。逢って嬉《うれ》しいわけでも、楽しいわけでもない。心待ちにしているわけでもなかった。むしろ、剣呑な香りを嗅ぐ。できれば遠ざけておきたい相手だと百も承知していた。なのに、つい笑みが浮かぶのは、この男をおもしろいと感じるからだ。

おもしろい。そのおもしろさは底が見通せない故だろうか。一見、澄んでどこまでも透けているようでありながら、実は暗く淀《よど》んでいる。淀みを突き抜ければそこはまた、清い水が流れている。そんな埒もないことを思わせる男であったのだ。

「ずい分とご無沙汰だったんじゃありませんか、甲三郎《こうざぶろう》さん」

「へえ、先生もお変わりなく。お春さんも末音さんもお元気そうで何よりでやす。なんだか懐かしい心持ちになりやすね」

その男、甲三郎はそつのない挨拶《あいさつ》のあと、軽く頭を下げた。

「あらでも、この前お目にかかってから、一月《ひとつき》とちょっとぐらいじゃありませんか。懐かしがるほどの間じゃありませんよ」

お春の言葉に甲三郎は僅かに口を尖らせた。

「そう言われちまうとそうなんですが……、あっしからしてみれば、一月もみなさんに会わないと、ずい分長《なげ》えことご無沙汰した気がするんでやすがねえ。お春さん、相変わらず手厳しいや」

「はは、甲三郎さんは、度々、お春さんに怒鳴りつけられてましたからね。今でも、ちょっと怖がってる風だねえ」

「まっ、おゑんさん、よしてください。あたしは度々、怒鳴りつけたりなんてしていませんよ。いいとこ、一度か二度じゃないですか。ねえ、甲三郎さん」

「あ、へい。けど、その一度か二度がかなりのもんでやしたね。お春さんの声、身に染み込んでるみてえで時折、空耳で聞こえるんでやす。その度に背中が震えまさぁ」

「おやまあ、吉原の首代《くびだい》を震え上がらせるなんて、お春さん、相当の強者《つわもの》じゃないかい」

「もう、二人ともいいかげんにしてくださいったら。甲三郎さんにお昼のお裾分けをしようと思ったけど止めたわ。みんな、あたしがいただきますからね」

お春が頬を膨らませる。風が、花と青葉の香りを撒《ま》きながら過ぎていく。暗く重いため息や嘆きや怒りは清々とした気に変わった……と、思い違いしそうになる。けれど、おゑんはもとより、お春も末音も、この男が清々とした気だけを纏《まと》っているはずがないと、よく心得ていた。

吉原の首代だ。

惣名主の指図一つで、命のやりとりをする。一声も発さぬまま相手を倒し、ときに倒される。他人《ひと》を殺すことも、自分を始末することも躊躇《ためら》いなくやり遂げる。そういう男たちを甲三郎は束ねていた。尋常ではない。剝《む》き出しの異形《いぎょう》ならまだ、用心のしようもある。しかし、尋常の皮を被《かぶ》った異形をどう扱えばいいのか。厄介なことこの上ない。

「さて、甲三郎さん、ご用はなんでござんすかね」

おゑんは笑みを消し、甲三郎の正面に立った。

「まさか、懐かしさに耐えかねてやってきたなんて、戯言《たわごと》にもならない理由じゃないでしょう。甲三郎さんがわざわざここまで足を運んだってことは、よほどの何かがあったんでしょうかね」

「いや、あっしは本当にここに来たかったんですよ、先生」

甲三郎は真顔でそう言い切った。

「いや、もちろん用事はあります。近いうちに一度、お出で願いたいと惣名主が申しておりやすんで。そのことを伝えに参りやした」

「惣名主……川口屋《かわぐちや》さんがですか」

我知らず眉を寄せていた。

新吉原惣名主、川口屋平左衛門《へいざえもん》の物静かな、だからこそ、ほとんど心内《しんない》を読み取れない、読み取らせない顔が浮かんでくる。

「惣名主、自らのお呼びなんですね」

「へい」

また一人、厄介な相手が増えた。

「いったい、なんのご用です？　あたしは日を決めて、江戸町《えどちょう》一丁目に出向いているんです。その日じゃ都合が悪いんですかねえ」

江戸町一丁目の遊女宿美濃屋《みのや》には月に一度か二度、訪れる。平左衛門をして「吉原の宝」と言わしめる、呼出《よびだ》し昼三《ちゅうさん》の位を持つ花魁《おいらん》、安芸《あけい》に乞われてのことだ。

「都合が悪いんじゃねえでしょうか」

「でなきゃ、わざわざ、甲三郎さんを使者に立てたりはしませんよね」

「へえ」

「急ぐということですね」

「そういうことで」

惣名主の急ぎの用。胡散臭《うさんくさ》いの一言で済ませられるものではない。できるなら、やんわりと断りたい。本気で思う。

「あたしじゃないと駄目なんでしょうかね。今、ちょいと忙しいんですよ」

我ながら往生際が悪いと嗤《わら》いたくもあったけれど、できうるなら〝惣名主の急ぎの用〟などに関わり合いたくない。

「へえ、惣名主も先生がお忙しいのは承知の上での無理頼みなので、ひとまず、ご都合を伺ってくるようにと言い付けられました」

そこで、ひょいと顔を上げ、甲三郎は続けた。

「けど、あっしとしては、言い付けられたから来たわけじゃありやせん。ここに来る口実に使者を買って出たんで。えっと、つまり、一月も無沙汰してたんで来たかったたと、そういうこってす。まっ、わざわざ改まって言うことでもねえんですが」

頬をやや赤らめた男の気色《けしき》は吉原の首代のそれからは遥か遠く、童心を残した一途《いちず》な若者にしか見えない。見えないところが曲者《くせもの》の証でもある。

お春がくすりと笑った。

「おゑんさんに逢いたくて、辛抱できなかったんですね」

「は？　お春さん、何を言ってんでやす。あっしの話を聞いてなかったんですか。あっしは、みなさんに会いに来たんじゃねえですか。みなさんがどうしているかなと思って……」

「はいはい。そうですね。みんな、なんとかやってますよ。甲三郎さん、お昼、まだでしょ。すぐに用意しますから。食べてお帰りください」

「うわっ、ご馳走《ちそう》してもらえるんですかい」

「ええ、お握りと御付《おつけ》と漬物ぐらいですけどね。台所に用意しておきますよ。あたしは優しいですからね。そこんとこ、ちゃんと覚えといてくださいな」

「あ、へえ。そりゃあもう。お春さんの優しいのは、よぉく知ってやすよ」

「まあ、どの口が言うのかしらね。小憎らしいこと。あら、いけない。竹一が目を覚ます頃だわ。じゃ、あたしはこれで」

竹籠を提げ、お春は急ぎ足で母屋に向かった。生きて、泣き、乳を求め、育っていこうとする赤ん坊をどう世話していくか。生き永らえさせるか。お春の思案の向きが与吉から竹一の行く末に変わった。顔つきや身振りから察せられる。

末音も畑に戻っていく。

鶯が鳴き、風が香る。

爛漫の春の中におゑんは立ち、長身の男を見上げた。

「断るのは無理ですね」

「惣名主の願いでやすからね。難しいでしょう。断るなら、それだけの覚悟がいりやすよ」

その通りだ。少なくとも、当分の間、吉原の大門《おおもん》は潜れなくなる。

「先生が吉原から遠のいちまうと花魁が悲しみやす。死ぬほど悲しみやすよ。そんな惨い真似、しちゃあならねえでしょう」

「あたしを脅してるんですか」

甲三郎が片眉を上げた。

「先生を脅す？　そこまでの度胸は持ち合わせちゃいやせんね」

首代らしからぬ台詞《せりふ》だ。おゑんは苦笑するしかなかった。

「わかりました。では、明後日《あさって》。仲《なか》の町《ちょう》の通りに灯が点《とも》る、その前に」

「心得やした。では、お迎えに上がりやす」

「で、何事です？　何がありました」

「わかりやせん」

甲三郎はかぶりを振り、おゑんは顎を引いた。

「わからない？　わざわざ呼びつけておいて、その理由を知らないと？」

「ええ。ここに来る道すがら、あっしも考えちゃみたんでやすが」

甲三郎は腕を組み、天を見上げた。雲雀《ひばり》だろうか、小さな鳥が高い空から真っすぐに竹林の向こうに下りていく。

「惣名主がどうして先生を呼ぶのか、あっしのお頭《つむ》じゃ何も思い浮かばないんで」

甲三郎は鈍い男ではない。その思案も勘も白刃のように鋭いはずだ。とぼけている風でもなかった。

本当に心当たりがないのだろう。

「けど、そうたいしたことじゃねえ気がしやす」

「たいしたことじゃないと、甲三郎さんは感じたわけですか」

「ええ、まあ。惣名主はあっしに使いを命じたあと、独り言みてえに呟いたんでやすよ。『この件は、おゑん先生にお頼みすれば大丈夫だろう』と、そう聞こえやした」

「あたしに頼めば……」

「大丈夫だろう、と。そんな切羽詰まった調子じゃなかったし、物思いに耽《ふけ》っている風でもありやせんでした。だから、たいしたこたぁねえでしょ」

「あの惣名主が切羽詰まったり、物思いに耽ったりってのはどんなときなんです。あたしには、どうにも思い至りませんけどね」

「そりゃあ、例えば」と言ったきり、甲三郎は口をつぐんだ。ややあって、肩を竦める。

「確かに思い浮かばねえや。まぁそれは先生も同じでやすかね。先生が事に窮して困り果ててる姿なんて、どうにも想像できやせんからね」

「あたし？　あたしはしょっちゅうですよ」

しょっちゅう、おたおたしている。惑い、迷い、道の先を見失う。

「甲三郎さんは、あたしを買い被り過ぎなんですよ」

「そうですかね。これでも、人を見る眼はある方だと自信がありやすがねえ。ええ先生、あっしは滅多に人を見誤ったりしやせんよ。買い被りも侮りもしやせん」

「その天狗《てんぐ》の鼻がへし折られないといいけどね」

おゑんは笑い、さっき雲雀が舞っていたあたりに目をやった。

「惣名主の様子だけでなく、吉原はどうなんです。何か常とは違う動きはないのですか」

「ありやせんね」

甲三郎の答えはいたってあっさりしたものだった。

吉原だ。刃傷《にんじょう》沙汰も心中騒ぎも駆落ちも、毎日のように起こる。外では事件であっても大門の内では茶飯事だ。吉原の日々を掻き回すことなど、公方《くぼう》でもできはしない。

「なるほどね。川口屋さんに会わなければ、わからない。そういうことですか」

「へい」

腹を括《くく》る。抗えないなら、従うしかない。もっとも、従い続けるかどうかは、こちらで選ばせてもらう。おゑんは吉原の外に暮らす。惣名主の手の中で生きているわけではないのだ。ただ、安芸のことは気になった。吉原随一の花魁安芸ではなく、お小夜《さよ》という実名の一人の女。おゑんを一途に慕う女との縁を絶ち切りたくはなかった。絶ち切ればどうなるか。死ぬほど悲しむだけで終わりにはなるまい。

「では、明後日、お迎えに上がりやす」

一礼すると、甲三郎はおゑんに背を向けた。ほとんど足音を立てず遠ざかっていく。その背中を追うように、鶯の一声が響いた。


通された部屋は、家具と呼べるものは長火鉢と行灯しかなかった。火も灯《あかし》も入っていない。襖《ふすま》も白無地、花も飾りも、床の間さえなかった。いたって質素な造りだ。ただ、畳には濃い緑の縁がついて藺草《いぐさ》の青い香りがした。まだ新しい、上等のもののようだ。

平左衛門はおゑんに上座を勧めた。

「いえ、ここでけっこうですよ。吉原惣名主の上座に座る度胸は、さすがにござんせんからね。ご容赦くださいな」

勧めを断り、部屋の隅近く、下座に腰を下ろす。遠慮したわけでも怯《ひる》んだわけでもない。上座には障子を通して淡い光が注いでいた。つまり、そこに座る者を明るく照らし出すのだ。表情や身振りが向き合う者の眼にはっきり映ってしまう。平左衛門がこちらの気振《けぶ》りを窺ってくるとは考えていない。しかし、この老人の眼に自分を晒《さら》す気には、どうしてもなれなかった。

平左衛門が苦笑する。

「相変わらず、用心深いですなあ、先生」

そこで白い毛の交じった眉をひょいと上げる。

「まさか、わたしが先生に害をなすなどと、お考えじゃありますまいな」

「そのようなこと、毛頭考えちゃいませんよ。ただ、惣名主に呼び出され、茶飲み話をしただけで帰れるとも考えられませんからね。そこは、少しばかり構えております」

「なるほど。やはり用心しておられるわけだ」

平左衛門は笑みを浮かべたまま、手ずから茶を淹《い》れた。

「わたしもね、先生を呼び出しておいて、爺《じじい》の世間話の相手をしてくれとお願いする気はありませんよ。そこまで世間知らずじゃないつもりです。ははは」

と、平左衛門は楽しげに笑った。張りのある笑声は〝爺〟のそれではない。

「そうですねえ。吉原の惣名主が世間知らずなら、世間を知っていると公言できる者はどこにもいなくなりますからねえ」

青磁の湯呑から、微かな湯気と清々した香りが立ち上ってくる。

湯呑を手に取り、おゑんも笑う。わざと低く、くぐもった声を出した。

「先生に診てもらいたい女がおります」

おゑんが一口、茶をすするのを待って、平左衛門が切り出した。なんの前置きもなかった。

「患者、ですか?」

「はい。うちの遊女です」

「川口屋さんの……」

茶を飲んだばかりなのに、口の中が渇いていく。渋みだけが舌に残った。

「なぜ、あたしに?」

心持ち顎を引き、おゑんは尋ねた。

川口屋なら、掛かり付けの医者がいるはずだ。かなり高名な、腕のある医者だろう。むろん、子堕《こおろ》しだけを受け持つ者も取り上げ婆《ばば》も雇っているはずだ。闇医者と呼ばれるおゑんに頼る理由がないように思われる。

あるとすればなんだ？

考えて、容易く見つかるような理由《わけ》ではない。それだけは確かだ。

おゑんは湯吞を置き、ゆっくりと顔を上げた。

「川口屋さん、申し訳ありませんがお断りさせてくださいな」

平左衛門は束の間、おゑんを見詰め、にんまりと口角を上げた。おゑんの返事など、あらかじめわかっていた。そんな笑みのようだ。

「何も聞かないうちから、断ると？　些《いささ》か薄情で性急じゃありませんかな」

「聞けば断れなくなるところまで、追い込まれかねませんからね。あたしは君子じゃありませんが、危ういものに近づかないのが利口だとはわかってますよ」

「先生、それじゃわたしが先生を危うくしているように聞こえますが」

そこで唇を結び、平左衛門は小さく唸った。

「いや、まあ、確かに……これまでの行立《ゆくたて》を振り返ると、先生にはいろいろと厄介をおかけしてきましたからなあ。胡散臭がられても仕方ないのですが……」

胡散臭いの範疇《はんちゅう》に収まってくれるのなら、おゑんも身構えたりしない。しかし、吉原の惣名主が関わり合ってくる一件が胡散臭いだけで片付く見込みはまず、ない。

「ただ、先生。話だけでも聞いていただくわけには参りませんかな。あ、いや、お待ちを」

片手を上げて、おゑんの動きを封じ、平左衛門は話を続けた。

「有り体に申し上げて、今回は本当に女を一人、診ていただきたいだけなのです。その女は得体のしれない病に罹《かか》っているわけでも、常とはまるで違う様子、つまり奇態な言動を取っているわけでもありません。ただ、子を孕んでおるのです」

やや早口で告げられた事実に、おゑんは眉を顰《ひそ》めた。

遊女が身籠った。客の相手ができなくなる。それでは、商売道具としては使えない。使えない道具を使えるように直す。

そういう話なわけか。

「あたしに、腹の子を始末しろと仰《おっしゃ》っているんですね、川口屋さん」

「違います」

言下に否まれた。

「腹の子をなんとかするだけなら、先生のお力を借りずとも並の医者で間に合います」

「それなら、なぜ、あたしを呼びつけたりしたんです」

「先生でなければお頼みできない、他の者では無理だと、わたしが判じたからです」

「え？　それは、どういう意味です？」

おゑんさま。なりませんで。

末音の声が聞こえた気がした。おゑんは唇を噛み、胸裏で舌打ちをする。

また、やっちまった。

うまうまと乗せられて、問い返してしまった。これでは、渦に向かって一歩、踏み出したようなものだ。けれど、おゑんの内で気持ちが動く。子の始末ではなく、厄介な病や奇態な様子があるでもなく、おゑんを頼みとするどんな理由があるのか。思い至らない。

思い至らないもの、知り得ない事実におゑんは心を摑まれる。否応なく惹《ひ》かれてしまう。末音に言わせると、「おゑんさまの困った病」で「効く薬はなく、恢復する見込みもほぼない」のだそうだ。治りようのない持病が頭をもたげた。

平左衛門は、そのあたりをとっくに見抜いている。見抜いたうえで、ここに呼んだのだろう。そう考えれば、癪《しゃく》に障る。このまま立ち上がり、背を向け、「では、これで」と短い挨拶を残して去るのが得策だとも思う。

「先生、逆なのですよ」

おゑんの思案を平左衛門が断ち切る。

「逆と申されますと？」

重ねて尋ねる。末音の声はもう聞こえてこなかった。

平左衛門がすっと膝を進めた。おゑんに近づき、低頭する。

「先生、お願いいたします。女に子を産ませていただきたい」

「子を……」

「はい、無事に産ませてもらいたいのです」

おゑんは唇を結び、暫く、川口屋の主《あるじ》を見詰めていた。

廓《くるわ》の主を亡八《ぼうはち》と呼ぶ。仁義礼智忠信孝悌《こうてい》の八つの道を失った者の意だ。人の徳を持っていては、女を売り買いする商いなどできないとの意味でもあろう。

その亡八の頂《いただき》に座る男が、遊女に子を産ませたいと望み、無事に産ませてくれと頭を下げている。混乱はしないが、些かの戸惑いは覚える。

おゑんは気息を整え、丹田《たんでん》に力を込めた。

惣名主に頭を下げさせた。「では、これで」と去る道は閉ざされたのだ。腹を括るしかあるまい。

ため息の音が耳奥で揺れる。おそらく、末音のものだろう。

「腹を括る前に、お逃げになる算段をすればよろしかろうに」と呆《あき》れる顔も眼裏《まなうら》に浮かぶ。

頭を振り、それらを振り払い、おゑんは顎を上げた。

「詳しく、伺います」

と、告げる。平左衛門が顔を上げ、「ありがとうございます」と返してきた。

「先生なら、お助けくださると信じておりましたよ」

「まだ、助力すると約束はできませんよ。何一つ、聞いてないんですからね」

「ええ、これからお話しいたします。とはいえ、そんなに込み入った話ではないのです。ただ、手前どもとしましても、どうにも腑に落ちない点があり、埒が明かない心持ちにもなっております。それで、先生にお助けを願った次第ですよ」

前置きはいい。ともかく、肝心の話を聞こう。

声にしなかったおゑんの言葉を平左衛門は聡《さと》く捉えた。大きく首肯すると、話し始める。緩やかな律のある、淡々とした口調だった。

「女は桐葉《きりは》と申しまして、わたしの店の座敷持ち女郎《じょろう》です。さほど美しいわけでも愛嬌があるわけでもないのですが、どことなく男を引き付ける色香を感じる女でございましてな。桐葉を贔屓《ひいき》とする客はかなりおります」

灯《あかし》に羽虫が集まるように、虫の死骸に蟻《あり》が群がるように、吉原遊女の艶に男たちは引き寄せられていく。店主が佳人ではないと言い捨てる桐葉には、顔立ちの美醜を超えた力が具《そな》わっているのだろう。その力を平左衛門は見抜き、座敷持ちに据えた。

「その客の内に、さる大店のご主人がおりましてな。殊の外、桐葉に執心されたのです。ご主人は桐葉の身請けまで本気で考えていたようで、わたしにその由を伝えてきました。身請けして女房にしたいと言うのです。このご主人、二年前にお内儀さんを亡くしておられましてな。桐葉を囲うのではなく女房にすると、はっきりわたしに告げましたよ」

「それは、悪い話じゃありませんね」

平左衛門の様子を窺いながら、おゑんは答えた。

滅多に聞かないほど良い話だ。大門から堂々と娑婆《しゃば》に出ていける。しかも、大店の主にひかされて、囲い女ではなく女房の座を約束された。

遊女双六《すごろく》の上《あが》りだ。桐葉という女は勝負に勝ったのだ。

「それで」

と、おゑんは先を促した。

ここまでは、稀な幸運を手に入れた遊女の話に過ぎない。そんな話を聞かせるために、平左衛門がおゑんを呼びつけたとは、とうてい考えられない。

ここからが本番だ。

「ええ、悪い話じゃありません。桐葉は二十歳《はたち》を過ぎて、そろそろ遊女としての限りが見え始めておりましたからな。それをこちらの言い値で身請けしようというのです。桐葉だけでなく川口屋にとっても、なかなかに捨て難い申し出ですよ」

平左衛門の物言いは、品の売り買いについて論じる商人そのものだった。生身の女を品として売る。それが亡八の仕事なのだと改めて思い至る。

それでもおゑんは、目の前の商人ができる限り丁重に女たちを世話し、身体を健やかに保つことに気を配り、惨く扱うことも邪険に捨てることもないと知っていた。本物の商人は決して品を疎かにはしない。精魂込めて大切に取りさばく。

人としての道を外れながら、一角の商人たりうる。川口屋平左衛門という人物もまた、吉原が咲かせた徒花《あだばな》なのかもしれない。

「身請けの話を桐葉さんが嫌がったのですか」

「いや、桐葉は喜びました。頭のいい女ですから自分の歳からして限りが近いと、よくわかっておりましたし、ご主人を憎からず想っていたようでもありました。余計事ではありますが、このご主人、恰幅《かっぷく》のいいなかなかの男振りでしてな。しかも、心配りのできる上に桐葉一筋で浮気の風もない。まことに、できたお方なのです」

「なるほど。桐葉さんからすれば、この上ないお相手ですねえ」

「さようです。わたしとしても、どこに障りがあるわけでなし、とんとんと話は進むと考えておりました。それが、思わぬつまずき方をいたしましてな」

平左衛門が小さなため息を吐く。眸の中に微かな戸惑いが浮かんだようだ。

珍しい。

戸惑いはすぐに消え、平左衛門は淡々とした口調のまま続けた。

「すぐにでも身請けをというお話でしたが、ご主人の身内にご不幸がございまして、忌明けまで延びたのです。それは、ままあること。忌明けを待って、桐葉を送り出すつもりでおりました。ところが……その最中に桐葉が自死を図ったのです」

「え、自死を？」

鸚鵡《おうむ》返しに問うてしまった。意外な話の流れだったのだ。もっとも、一人の遊女が運に恵まれ、良い相手に巡り合い、幸せになりました。めでたし、めでたし。で結ぶ話ではないと百も承知していた。が、ここで自死の一言が出てくるとは思いの外だ。

「二階の欄干をまたいで、中庭に飛び下りようとしたのです。店の者がたまたま見つけ、なんとか止めることができました。見つけた者が力自慢の男で、後ろから組み付くようにして、桐葉を廊下に押さえ付けたのです。桐葉は泣き叫び、その男がてこずるほどの抗いをしたとか。何を尋ねても『殺して、殺して』しか言わず、さらに泣きじゃくってどうにもならず、暫くは座敷に閉じ込めていた……いや、今でも半ばそのような有様なのです」

さすがに、しゃべり疲れたのか平左衛門は茶をすすった。

「桐葉さんは子を孕んでいたのですね」

おゑんの問いに、平左衛門の口の端がひくりと動いた。

「ええ、本人を宥《なだ》めに宥めて、やっとそれだけ聞き出しました」

「なるほど……」

それなら、話の先はわかり易《やす》いではないか。

桐葉は身請けを約束した男ではない、別の誰かの子を孕んだ。それを苦にして死のうとした。そ知らぬ振りをして男の女房に納まり、子を産むほど図太くなかったのか、騙《だま》し通せないほど男に惚《ほ》れていたのか。

いや、まさか。

おゑんは心内でかぶりを振る。

わかり易い。わかり易すぎる。そんな一本調子の結末を惣名主が語るはずはない。少なくとも、おゑんを引っ張り出すような結末ではなかった。

子堕しの技や手立てを、吉原は十も二十も隠しているはずだ。

「子を孕んでいるのは、確かなのですか」

「確かです。そして、腹の子がご主人の子であるのも確かです」

平左衛門と視線が絡む。ゆっくりと点頭した後、平左衛門は繰り返した。

「そうなのです。先生、桐葉はご主人の子を身籠ったのです」

「間違いないと？」

「間違いありません。身請け話が出てきたあたりから桐葉に他の客を付けることは止めております。ご主人がそう望まれて、望みに相応しいだけの金子を用意なされたのです。むろん、客以外の男が桐葉に近づいたとも考えられません。桐葉だけではございませんが、女たちの行状は店の者が厳しく取り締まっております。その目を掻い潜って男と情を交わすのは、ほぼ無理でしょうし、桐葉にもそんな気はとんとなかったはずです。ええ、男の影はちらりとも窺えませんでした」

平左衛門がそこまで言うなら、事実だろう。遊女に誤魔化されるような輩ではない。事実――。身請け話も、桐葉が身籠ったのも、その子の父親が身請けを約束してくれた男であったのも、二階から飛び下りて死のうとしたのも、事実。

「ご主人とやらは桐葉さんが身籠ったことはご存じなのですか」

「報せました。使いの者によると、たいそう、喜ばれたとのことです」

「喜んだ……」

「はい。ご先妻との間には子がなかったのです。お二人、生まれはしましたがどちらも二つにならないうちに、病で亡くなったのだとか。だから、桐葉を迎え入れれば妻と子を同時に得ることになると、小躍りせんばかりに喜ばれたそうです。店のためにも自分のためにも、ぜひ、元気な赤子を産んでもらいたいと。忌中なので逢いにいけないが身体を労《いた》わるようにとの文《ふみ》が届きました。よほど嬉しかったのか、祝い金までいただきましたよ」

おゑんは唸りそうになる。

この話のどこに穴が空いているのか見当が付かない。桐葉が自死を図ろうとした理由がどこにも見えないのだ。

「桐葉さん本人は、どう言ってるのです?」

「それが、あれほど泣き喚《わめ》いていたのが嘘《うそ》のように静かになって、というか、魂が抜けたようにぼんやりしておりますす。二六時中、人を付けて見張ってはおりますが……ご主人の文を読んでも笑うでなく泣くでなく、ええ、ぼんやりとしかいいようのない有り様でして。見張っている者によると、天井とか畳の縁とかをじいっと見詰めていて、瞬きもしない。そういう様子が度々あるとのこと。見ている方が怖《おじ》けるようだと言うておりましたな」

え？　頭の隅で小さな火花が散った。

よく似た話を前にも耳にした。あれは、どこで……。

どこで耳にしたかを思い出し、おゑんは息を呑んだ。

いや、まさか。関わりない。関わりがあるはずがない。重なるはずがない。思案が乱れる。落ち着かねば、落ち着いて現と向き合わねば。

「先生？」

平左衛門がおゑんの顔を覗き込んでくる。

「どうかされましたか」

「あ、いえ。ちょいと不思議な話なんでつい考え込んでしまいました。では、今のところ、桐葉さんもお腹の子も無事なのですね。桐葉さんがもう一度、自死を図ることはなかったわけですね」

「ええ、まさに今のところは、ですが」

おゑんは膝に手を置き、改めて川口屋の亡八、吉原惣名主を見据える。

「川口屋さんは、さっき赤ん坊を無事に産ませてもらいたいと仰いましたよね」

「申しました」

「それは、なぜです」

子を堕ろす、あるいは子が流れる。どちらにしても女の心身に計り知れない痛手となる。平左衛門はそれを恐れたのだろうか。

「身請けするご主人が望まれたからですよ」

あっさりと答えが返ってきた。

「店の跡取りともなる子だ。桐葉を引き取るまで大切に守っておいてくれと願われました。お客さまの望みなら、能う限り答えるのが商人《あきんど》ですからな」

ことともなげに言い、平左衛門はおゑんを見返した。

「あたしは商人じゃありません。医者です」

視線を絡ませたまま告げる。告げるまでもない事実であるけれど、言っておく。

「川口屋さんに客がいるように、あたしには患者がおります。そして、患者の望みをまずは第一に聞き取り、その意に沿うように能う限りの治療を施す。それが医者ですからね」

「先生」

平左衛門の声が低く、重たくなった。

「桐葉は死のうとしたのですよ。腹の子ともども死のうとしたのです。それが桐葉の望みであったなら、それでも先生は聞き届けるべきだと言われますかな」

「そうでしょうか」

「え？」

「桐葉さんは死のうとしたのでしょうかね」

平左衛門の口元が僅かに歪んだ。くっきりと皺が刻まれ、歳相応の老いが現れる。

「死のうとしましたよ。二階から中庭に飛び下りようとしたのですからな。うちは、他の見世より二階がかなり高い造りになっております。しかも、下は敷石です。飛び下りれば十中八九、命はありますまい」

口元の歪みが薄い笑みに変わっていく。

「それに、桐葉ははっきり『殺して』と叫んだそうです。ええ、何度も『殺して』とね」

「そこが変だと思いませんか」

平左衛門の目つきが一瞬だが張り詰めた。こうして対していると、吉原で惣名主を務めるこの男は実に豊かな表情を見せると知れる。日頃はそれを作り顔や無表情の下に隠し持ち、自在に操っているとも知れる。

「変とは？　先生、何を仰りたいのです」

平左衛門が身を乗り出す。双眸がぬらりと光った。

「桐葉さんは『殺して』と叫んだんですよね。二階から身を躍らせようとして止められ、『殺して』と。『死なせて』ではなく『殺して』です。おかしかないですか？　死にたいなら『死なせて』と叫びも喚きもするのじゃないかと、あたしは思うんですけどね」

平左衛門が顎を引く。

「それは、言われてみればそうかもしれませんが……。桐葉は心を乱しておりました。我を忘れておったのです。そういう者があらぬことを口走っても不思議ではありますまい。それに『殺して』と『死なせて』にそれほどの違いがありますか」

「おおありですよ」

おゑんも軽く顎を引いた。

障子を通した淡い光の中に端坐《たんざ》する老人を見据える。

「自分を殺すのか、自分ではない誰かを殺すのか、それだけの違いがあります。『死なせて』なら死ぬのは自分でしょう。でも『殺して』なら死ぬのは自分とは限りません」

「ですが、申し上げたように桐葉は尋常ではありませんでした。そんなとき言葉遣いに拘《こだわ》って、使い分けを致しますかね」

「尋常な心でいられないときにこそ、本心が剝き出しになります。死にたければ『死なせて』と言うのじゃありませんかね。桐葉さんは殺されようとしていたのではなく、自ら死のうとしていたのですからね」

「先生」

平左衛門が長い息を吐き出した。身体が一回り縮んだように見える。

「ちょっと、お待ちください。先生の言葉を、どういう風に受け取ればよろしいのか。こちらの頭まで乱れてしまいます。つまり、それは……」

暫く黙り込み、俯き、腕を組み、その腕を解《ほど》き、平左衛門はやっと口を開いた。

「桐葉は自死しようとしたのではなく、中庭に飛び下りることで腹の子を殺したかったと、そういうことですか」

「あたしの思案はそうです」

「いや、それは、しかし……」

「突拍子もないと思いますかね、惣名主」

「正直、仰ったのが先生でなかったら、鼻の先で嗤ってお仕舞いにしたでしょうな」

「でも、桐葉さんは座敷に閉じ込められてからは死のうとはしていないのでしょう？」

「それは、ずっと見張りが付いておりますからな」

「死のうと思えば、誰が見ていようと死ねますよ。それだけの覚悟があれば、ですが。桐葉さんの部屋に長火鉢はありますか？」

「火鉢？　ありますが」

「火鉢があるなら火箸もあるでしょう。その気になればあれだって喉を突けますよ。舌を噛み切ることだってできるでしょう。どちらも苦しいばかりで、そう容易く死ねはしませんが、素人《しろうと》にはわからないでしょうしね。川口屋さん、桐葉さんは二階から飛んで、腹の子を流そうとしたんじゃないでしょうか。それしか、子を殺す方法を思いつかなかったんじゃないですかね」

頭の中に影が過る。ざわりと胸が騒ぐ。

火鉢、火箸、喉に突き立てる。

思わず腰を浮かせていた。

「川口屋さん、危ないかもしれません」

「へ？　危ないとは」

「桐葉さんですよ。火箸です」

火箸を突き立てるのが喉ではなく腹だったら、どうなのだ。ここに突き立てれば殺せると桐葉が気付いたとしたら、思い込んだとしたらどうなる。

おゑんより一歩早く、平左衛門が廊下に駆け出た。

「誰か、桐葉を見てこい。すぐに見てくるんだ」

叫び、走る。

おゑんもその後を追った。

川口屋の廊下も庭も、柔らかな眩《まぶ》しい光に包まれている。

光の中をおゑんは走った。

三

「あっ」

小さな叫びが零れた。足が滑ったのだ。前のめりになる。廊下に転がる寸前で、身体が止まった。

誰かが後ろから腕を摑んでくれたのだ。

「甲三郎さん」

「大丈夫ですかい、先生」

甲三郎が眉を寄せ覗き込んでくる。おゑんは短い息を吐き出した。

「ええ、とんだ粗忽《そこつ》をお見せするとこでした。助かりましたよ」

恥ずかしいとか外聞が悪いとか、では済まない。あのまま転倒していたら、したたかに顔面を打ちつけ、鼻の骨を折っていたかもしれないのだ。少なくとも、鼻血ぐらいは盛大に流す羽目になっていただろう。間一髪で救われた。

それにしても、この男……。

息を整え、横に立つ甲三郎を見上げる。

いつも、絶妙の頃合いに現れる。

「先生の粗忽ぶりってのは見ものでやすが、慌てなくていいと思いやすぜ」

甲三郎の口調は落ち着いていた。おゑんは裾の乱れを直し、廊下の先に目をやった。平左衛門の姿はもう見えない。

「慌てなくていいというのは、桐葉さんは無事ってことですか」

「ええ、火箸は端《はな》から片付けてやすよ。鋏《はさみ》もです。危なっかしい物は座敷には置いちゃあいません。さっき、見張り役に確かめたところ、変わりはないとのこってした。心配はいらねえでしょう」

「なるほど、相変わらず手際がいいですね。惣名主の上を行くんじゃないですか。本当に心配ないなら何よりですがねえ」

おゑんの口調に含みを感じたのか、甲三郎の眉がさらに寄る。

「死のうと決めた者をこの世に留めておくのは、存外難しくてね。ええ、人ってのは容易く死んでしまいますからね」

人は容易く死ぬ。桐葉が本気で死ぬつもりなら二六時中見張っていても無駄だろう。一瞬の隙をついて命を絶つことはできる。ただ、その〝つもり〟を取り払えば、死に傾いた心を生に引き戻せれば、現の中で力の限り生きようとする。

容易く死ぬくせに、しぶとく生きる。人とはつくづく、得体の知れない生き物だと思う。この男はそれを骨身に染みて知っているのだろうか。

「ところでね、甲三郎さん」

「へい」

「おまえさん、惣名主からあたしを見張るように言われてるんですか」

甲三郎の目が瞬く。

「あっしが先生を見張る？　どうしてそんなことをしなきゃならないんで」

「わかりませんね。見張られなくちゃならないような大物でも悪人でもないつもりですが……。甲三郎さん、ここぞというときに必ず姿を見せるんで、もしやと勘繰っちまったんですよ」

甲三郎が顎を引く。頰に僅かながら血が上った。そうすると、急に若やぐ。翳《かげ》もなく企《たくら》みも裏切りも知らぬ、ただ一途なだけの若者の顔つきになるのだ。

むろん、まやかしだ。

吉原で首代を務める男が一途であるわけがない。「始末しろ」と命じられれば、他人を殺すことも自分自身に片を付けることも躊躇わない。首代とはそういう男たちなのだ。

「惣名主からは、その、えっと、その、先生のお世話をするようには言い付かってます。ですから……先生から目を離さないようにしようとは考えてて……あ、だからといって、しょっちゅう後ろから付いて回るとかじゃありやせんから」

「そうですか。ならいいんですがね。末音に言わせると、あたしにはなんにでも鼻を突っ込む悪癖があるようでね、まぁ、自分でも認めちゃいるんですが。そこらへんを惣名主や甲三郎さんに胡散臭がられているのではと心配した次第です」

ここは吉原。艶やかな秘密や噓や隠し事が渦巻いてはいるけれど、大半は作りものだ。夢を見るための、幻を飾るための装いに過ぎない。けれど、中には本物が混じる。決して触れてはいけない秘密、暴いてはならない噓、知ってはならない隠し事が百に一つ、千に一つ、紛れ込む。それに手を出せばどうなるか。よく、わかっていた。

厄介で剣呑な場所だ。だから、できる限り縁遠くありたい。それがおゑんの本心だった。ただ、現はそうもいかない。

安芸と約束したのだ。何があっても見捨てないと。あの約定がある限り、吉原から綺麗に身を退《ひ》くことなどできない。

「胡散臭がるなんて、そんなことあるわけねえでしょ。大きな声じゃ言えやせんが、惣名主は相当、先生を頼りにしていると」

甲三郎が口をつぐんだ。目つきが鋭くなる。甲三郎の口をつぐませたものを、おゑんもまた感じ取った。

異様な気配がする。

おゑんより先に甲三郎が一歩を踏み出す。その後ろに付いて、おゑんも廊下を曲がる。曲がった先、廊下の突き当たりの部屋に平左衛門の背中が見えた。

喘ぎに近い、乱れた息遣いが聞こえる。

「どうしました」

平左衛門の肩越しに部屋を覗き込み、おゑんは目を見張った。

八畳の一間だ。豪華とは言い難いが、みすぼらしくはない。畳も新しくはないが、縁付きの上等なもののようだった。よく整い、仄かな香が匂った。座敷の主が川口屋の内でどういう位にあるか、察せられる。

その座敷の隅で女が一人、縮こまっていた。

化粧《けわい》はしていない。派手やかとは言い難い、ごく平凡な顔立ちだった。ただ、肌は美しい。ぬめるような艶があり、白く、照り映えていた。

ひどく汗をかいている。鬢の毛が頰に乱れ散り、その頰を伝った汗が顎から滴っていた。身に纏った胴抜きの襦袢《じゅばん》が濡れて身体に張り付いている。春は盛りを迎えようとしているけれど、汗が噴き出るような気候ではない。汗に塗れ、身を縮め、一心に祈る如く宙を見詰める姿は明らかに異様だった。

女の口からは低い唸り声が漏れ、時折、息む。喘ぎ、息を乱し、唸り、息み、全身を強張らせる。やはり異様だ。尋常とはほど遠い。平左衛門を始め、座敷に駆け付けた男たちはみな一様に目を見張り、息を詰めていた。

「桐葉」

平左衛門が女を呼んだ。

「桐葉、おまえ、どうした？　何をしている」

平左衛門の口調には、珍しく戸惑いが滲んでいた。ただ、狼狽《うろた》えてはいない。何が起ころうと、女のことで狼狽《ろうばい》していては吉原惣名主の務めは果たせない。目の前で女の、いや男であっても、首が落ちようが身体が炎に包まれようが、この老人が慌てまごつくことはないだろう。

「桐葉、返事をしないか」

桐葉は返事をしない。歯を食いしばり、顔に血の気を上らせ、ただ低く唸っている。

いけない。

「惣名主、ちょっとどいてくださいな」

平左衛門を押しのけ、おゑんは前に出る。桐葉の前にひざまずき、頰に触れる。板のように硬い。

汗でおゑんの手のひらが瞬く間に濡れていく。

「力むんじゃないよ」

低く、けれど、強く響く声で告げる。乞うのではない、命じるのだ。

「口をお開け。息を吐くんだ。身体から力をお抜き」

桐葉は歯を食いしばり、〝いやいや〟の仕草で首を振った。顔が朱に染まる。

「川口屋さん、桐葉の名は」

本名を問う。間髪《かんはつ》を容《い》れず返事があった。

「お喜多《きた》、です」

おゑんは両手に力を込めた。

「お喜多、聞こえるね。あたしの声が聞こえてるね」

腹に力を込めて、名を呼ぶ。

「お喜多」

お喜多の身体がびくりと震えた。しかし、歯は食いしばったままだ。

「いいかげんにおし」

強張った頬を思いっきり叩く。

「ひっ」。お喜多が悲鳴を上げた。開いた口から息が漏れる。

「無茶をするんじゃないよ。どれほど腹に力を入れたって赤子は流れない。あんたが苦しいだけだ。目を覚ましな」

不意にお喜多の姿勢が崩れた。骨を失ったようにくたくたと倒れ込む。

「お喜多さん、あんた、お腹の子と心中する覚悟があったのかい」

波打つ背中に声を掛ける。身に染み込んだ白粉《おしろい》と汗の匂いが綯《な》い交ぜになり、漂う。おゑんは襦袢の背をそっと撫でた。

「覚悟があったのかい」

同じ問いを繰り返す。お喜多の頭が僅かに左右に動いた。

「なかったんだね。あんたは死にたくはなかったんだ。生きていたかったんだろ」

徐々に手に力を込め、お喜多の背を撫で続ける。

「けどね、今みたいなことをしてたら、あんたも死ぬよ。間違いなく死ぬ」

手のひらにお喜多の震えが伝わってきた。

「生きていたいなら、二度とこんな真似するんじゃない。子を堕ろすのはね、子を産むのと同じくらい、いや、産むよりもっと命懸けの業体《ぎょうてい》なんだ」

もぞり。お喜多が動いた。のろのろと起き上がり、おゑんに顔を向ける。汗に塗れた白い顔の中、やや目尻の垂れた丸い目がおゑんを見据えてきた。

「……先生？」

唇から吐息に近い、小さな声が零れる。

「先生、おゑん先生……ですよね」

「ああ、そうだけど」

「おゑん先生ですよね」

お喜多が念を押してくる。廓言葉ではない。大門の外、娑婆の物言いだ。桐葉でいる余裕を失っているのだろう。

おゑんは微かに眉を顰めた。

胸の内がざらつく。そして、重くなる。お喜多の、こちらを見ているのに、どこかずれたような眼差しに不安を掻き立てられる。

この娘は半ば尋常な心を失っている。でなければ、こんな目つきはしない。何より、腹から子を押し出してしまおうなんて考えついたりしない。

「ええ、あたしがゑんだけど。この吉原で、そんなに名が売れてるかねえ。だとしたら、我ながらたいしたもんじゃないか。少し驕《おご》ってもいいかも――」

わざと陽気に、冗談を口にする。しかし、最後まで言い切れなかった。

お喜多が飛びついてきたのだ。

火照《ほて》っている。熱く湿った身体が押し付けられる。剝き出しの腕が首に巻きついた。さすがにこれは、先見できなかった。不意を衝《つ》かれた形で、おゑんは姿勢を崩した。それでも、なんとかお喜多を受け止める。いつの間に背後に回っていたのか、甲三郎が素早く支えてくれたのだ。おかげで、倒れずに済んだ。

「先生、おゑん先生、お願いします。この子を堕ろして。お願いします」

「お喜多さん」

「お願い、お願い、後生です。あたし、子どもなんて産めない。産んじゃいけないんです」

おゑんは熱い身体を抱きかかえ、後ろの男に囁《ささや》いた。

「甲三郎さん、悪いけど、湯呑一杯の白湯《さゆ》と塩を一つまみ、それと手桶に温《ぬる》めのお湯と手拭いを何枚か用意してもらえませんかね」

「白湯と塩、湯と手拭いですね。心得やした」

甲三郎が足音も立てず、座敷を出て行く。おゑんは平左衛門と目を合わせ、頷いてみせた。平左衛門は無言のまま、見下ろしている。

「惣名主、ここはあたしに任せてもらって構いませんか」

暫くの間の後、平左衛門は頷き返し、一礼した。

「先生、よろしくお頼み申します」

平左衛門が顎をしゃくると、周りの男たちがすっと下がった。障子が静かに閉められる。

「お喜多さん、誰もいなくなったよ。もう、大丈夫。怖がることなんてないんだよ」

とんとん、とんとん。今度は拍子をとって背中を叩く。貝殻骨《かいがらぼね》の下あたりを、お喜多の鼓動に合わせて軽く叩き続ける。

「落ち着いて、いい子だね。もう、誰もいないんだから。あんたに悪さをする者は一人もいない。ね、わかるだろう」

「先生。あたし……」

「怖がらなくていい。もう、怖がらなくていいんだ。さ、息を吸ってごらん。ゆっくりと、ゆっくりと深く吸って、そして、吐くんだよ。身体の中の息を全部、吐き出しておしまい。そうしたらね、嫌なものが全部、息と一緒に出て行くから。二度も三度も繰り返して」

首に回っていたお喜多の腕がするりと解けた。深い息が繰り返される。

「そうそう、その調子。もう一度、ゆっくりと深く……。身体の内に溜まっているものを外に出すんだよ。そして、新たに息を吸うんだ」

すーはー、すーはー。お喜多は素直に、従順におゑんの指図に従った。

障子が僅かに開くと、その隙間から滑るように甲三郎が入ってきた。おゑんの横に湯呑と手拭いと塩の載った盆、湯の入った桶を置く。一言もしゃべらず、ほとんど音を立てなかった。お喜多は気が付かない。静かに息を吸い、吐き出している。

甲三郎が目つきだけで問うてきた。

先生、この後はどうしやす。

おゑんも眼差しだけで答える。

座敷の隅にいてくださいな。

障子戸に近い一隅をちらりと見やる。甲三郎はそこまで膝行《しっこう》し、端坐した。おゑんは改めて、お喜多に向き合う。

「喉が渇いちゃいませんか」

「喉……」

「ええ、それだけ汗をかいてるんだ。身体の内が干上がってますよ。喉も渇くでしょう」

「渇いてます。とても、渇いてます。お水、ください」

白湯に僅かばかりの塩を混ぜ、手渡す。湯呑を両手で包むように持つと、お喜多は一気に中身を飲み干した。口の端から雫が滴り、襦袢の胸元に染みを作る。川口屋の座敷持ちの女郎だ。芸事だけでなく、所作一つ一つ、それなりに躾《しつ》けられている。それらをかなぐり捨てて、お喜多は白湯を貪り飲む。よほど渇いていたのだろう。喜多という一人の女が剝き出しになって、目の前にいた。

湯呑が転がる。一滴の白湯も残っていなかった。手の甲で口元を拭い、お喜多は大きく息を吐き出す。それから、「ああ、美味しい」と満足の声を漏らした。

「よほど渇いていたんだね。身体の汗も拭きとりましょうか？」

「いいえ、構わないでくださいな」

お喜多はかぶりを振る。それから、まじまじと見詰めてきた。今度は、ずれていない。視線はぴたりとおゐんに当てられて微動だにしなかった。

「先生って……評判通りの方なんですね」

そう言って、なぜかにやりと笑った。

「評判ねえ。いったい、どんな評判なのか気になるとこじゃあるけどね」

「頼りになるって。そこらへんの男よりずっと頼りになるって」

お喜多の口調は、どことなく拙《つたな》さを含んでいた。幼くさえ感じる。

女の、熟した身体とあどけなさを残した物言い。その懸隔《けんかく》に酔いしれる男は多い。だから、女郎たちは手管として、幼気《いたいけ》や無垢《むく》を言葉や仕草に潜《こ》ませる。けれど、お喜多は今、素のままだ。何も装ってはいないだろう。客でもないおゐん相手に媚びる用はない。

「男は裏切るし、決して当てにはならないけれど、先生はそうじゃないって。一度、約束したら何があっても守ってくれるし、助けてくれる。そんな評判。あれ、ほんとでしょ」

さっきまで唸り、泣き喚いていたとは信じられない軽やかさで、お喜多がしゃべる。

やはり、尋常ではない。どこか歪、どこか奇妙だ。

「まぁ、そんなもの根も葉もない噂話じゃないか。いったい、どこから出てきたものやら。困ったもんだよ」

大仰にため息を吐いてみせる。実際、お喜多の言う〝評判〟を耳にしたのは、初めてだ。

「あら、違うんですか？」

「違いますよ。あたしは、そんな大層な者じゃないからね」

「だって、あの美濃屋の安芸花魁が誰より頼りにしているって聞きましたよ」

「あたしは仕事として、美濃屋さんの女たちを診ているだけだよ」

「だって、ここは美濃屋じゃなくて川口屋ですよ、先生。それなのに、こうして来てくれているわけでしょ。それは美濃屋だけの先生じゃないってことですよね」

「川口屋さんは吉原の惣名主だよ。呼び出しを受けたら、一介の医者風情が拒めるわけがないだろ。惣名主の申し出を突っぱねるほど、あたしは世間知らずじゃないからねえ。正直、そんな度胸も持ち合わせてないしね」

「旦那さまが先生を呼び出した？」

「ええ」

お喜多の目がすっと細まった。

「それは、あたしのためにですか。あたしのために、先生を呼んだ？」

「そのようだね」

「なんのためにです。なんのために、先生を呼んだりしたの。あぁ、もしかして」

お喜多の面に喜色が広がった。身を乗り出し、おゑんの手を握る。

「旦那さまが手配してくださったのですね。先生にお腹の子を流してもらうために、来てもらったんでしょ。ね、そうですよね」

「違いますよ」

お喜多が見上げてくる。襦袢の襟元が崩れ、首から肩口までが露《あらわ》になっている。

うん？

首の付け根あたりに、薄桃色の痕《あと》が見えた。一文銭より小さく、丸と呼ぶには歪だ。肌が妙な具合に縒《よ》れている。

痣？　だろうか。いや、これは……。

おゑんの視線に気が付いたのか、お喜多が襟を引き上げた。

「違うって、何が違うんですか。先生、何が違うんです」

おゑんの膝に手を置き、揺する。目元も口元もみるみる強張っていく。

おゑんは背筋を伸ばし、張り詰めた眼差しを受け止めた。

「川口屋さんからは、おまえさんが元気な赤子を産めるようにと助力を頼まれたのさ。流すんじゃなく無事に産ませたいと、川口屋さんは考えているようだよ」

唐突にお喜多が半身を引いた。

おゑんに目を向けたまま、仰《の》け反《ぞ》る。双眸がぎらついた。

「止めて、いやーっ、いやーっ」

叫びながらおゑんに飛び掛かる。さっきは抱きついてきたのに、今度は襲い掛かってきたのだ。とっさに身を捩《よじ》り、避《よ》ける。頬に鋭い痛みが走った。

立ち上がった甲三郎を身振りで止める。

「産みたくない。産みたくないの。どうして、わかってくれないの」

喚きながらお喜多は、おゑんの喉を摑んだ。

驚く。驚くほどの力だった。満身の力で締め上げてくるお喜多の顔がすぐ目の前にあった。こめかみに青い筋が浮かび、垂れていた目の端が吊り上がっていた。両目は血走り、赤い網を被せたかのようだ。

「この子は、おぞましい。生まれてきちゃいけない子なんだ。なのに、どうして、みんなして、あたしを……あたしを助けてくれない」

指の力が増す。喉に強く食い込んでくる。

お喜多は本気でおゑんを殺そうとしていた。

「馬鹿野郎」

甲三郎が吼《ほ》えた。お喜多を後ろから抱え、引き剝《は》がす。「ひーっ」。お喜多の甲高い声が伸びる。人というより鳥獣の啼声に近い。

喉が楽になる。息が通る。おゑんは咳《せ》き込み、少しばかり喘いだ。唾を呑み込むと、喉の奥に微かな痛みを覚えた。束の間、目を閉じた後、脚に力を込め立ちあがる。

お喜多は喚いていた。

「嫌だ、放して。放せ、放せったら」

喚き、必死に抗ってはいるが、甲三郎に羽交絞めにされ、足をばたつかせるより他に何もできない。その分、猛っている。乾いたはずの汗がまた噴き出て、頰を伝っていた。

「たいがいにしなっ」

おゑんは湯の入った桶を摑むと、お喜多目掛けて中身をぶちまけた。

「きゃっ」。「うわっ」。お喜多と甲三郎の悲鳴が重なる。

「お湯だからね。頭を冷やせとは言えないけど、目を覚ますぐらいの用はなすだろう。目を覚まして、しゃんとしな」

甲三郎が頭を振った。雫が四方に散る。

「せ、先生。なんであっしまで巻き添えにするんです」

「しょうがないだろ。甲三郎さんだけ避けるなんて器用な真似、できっこないんだからね。勘弁だよ。けど、しっぽり濡れて、男振りが一段と上がったじゃないか」

「男振りが上がる前に風邪をひきそうですよ。そうなったら、先生に手厚く診ていただけるんでしょうかね」

冗談を口にしながら、甲三郎の目つきは緩んでいなかった。お喜多の腋《わき》の下に通した腕も緩めない。その動きをしっかり封じている。

「もういいよ。お喜多さんを放してあげておくれな」

「え……大丈夫でやすか」

「大丈夫。一時、気が昂《たかぶ》っただけさ」

「気が昂った女ほど怖《こえ》えものはありやせんがね」

甲三郎が手を放すと、お喜多はその場にしゃがみ込んだ。

「……ごめんなさい。申し訳ありません、先生……あたし……」

「望むようにしてあげるよ」

おゑんの一言に、お喜多はずぶ濡れの顔を上げた。

「え……なんて？」

「おまえさんの望むようにしてあげる。腹の子を流したいなら、そうしてやるさ」

「先生、ちょっと待ってくだせえ」

甲三郎が目配せしてくる。おゑんは気付かぬ振りをした。片膝をつき、お喜多の顎を摘まむ。やや強引に上向かせると、お喜多が何か小さく呟いた。

「あたしは闇医者と呼ばれている。子を流すのも仕事のうちさ。だから、おまえさんの望みを叶えるなんて、さほど難しくはないだろうよ」

「あ……ありがとうございます」

「けどね、直ぐには無理だ。物事にはなんでも支度ってものがいる。ただね、おまえさんが命はいらない、腹の子はむろん自分の命も惜しくないって言うなら、今日にでも片を付けてあげるさ。面倒な手順なんてすっ飛ばしてね」

お喜多が顎を引こうとする。おゑんは指先に力を込めた。

「駄目だ、逃がしゃしないよ。あたしの言うことを最後まで聞くんだ」

「……先生」

「ちゃんと答えな。おまえさん、死んでもいいのか、生きていたいのか」

お喜多の唇が震えた。ぽってりと厚く、綺麗な桜色をしている。地味な作りの顔様《かおよう》の中でそこだけ、花が咲いているかのようだ。

「あたしは、死にたくない」

震える唇から出た言葉には、ほとんど揺るぎがなかった。

「あたしは生きていたいです。死にたくないです、先生」

「生きてどうするのさ。吉原を出て行くかい」

「ええ、出て行きます。あたし、将吾郎《しょうごろう》さんの女房になるんです」

お喜多の双眸が明るくなる。将吾郎というのが、身請け相手の名前らしい。

「将吾郎さんと一緒になって、お店を切り盛りして生きていくんです。薪炭屋《しんたんや》のお商売なんて、あたしなんにも知らないけれど、一から習って、覚えて、努めるんですよ。もっとも備後屋《びんごや》の表の商いは番頭さんや手代さんが堅く守っているので、あたしは女房として奥をしっかり纏めなきゃと思っているんです」

薪炭を扱う備後屋。おゑんでも聞いた覚えがある。それほどの大店だ。なるほど、あの店の主なら、吉原女郎の身請けも夢ではない。

「ですからね、先生。あたし、将吾郎さんとこの先を生きていきたいんです。死ぬなんて、嫌。あたし、生きて生きて、幸せになるの」

おゑんは指を放した。お喜多の白い顎に指跡が残る。仄かに紅い。

「その将吾郎さんとの子を、おまえさんは殺してくれと言ってるんだよ」

お喜多の表情が固まった。美しい唇が二枚貝を思わせ、ぴたりと閉じる。

「備後屋の旦那はおまえさんに子ができたことを既に承知している。そして、大層、喜んでいるんじゃないのかい。川口屋さんから直に聞いた話だから、間違いなかろうよ」

お喜多が目を伏せた。

「その子を流してしまったら、旦那にどう言い訳するつもりだい。腹に宿っているのは、おまえさんだけの子じゃない。備後屋の旦那の子でもあるんだよ。二人でじっくり話したあげく、産めないと決めたならまだしも、旦那は生まれてくる子を待ち望んでいるのに、おまえさんが勝手にその子を始末したとなると……許してもらえるのかね」

お喜多の肩がひくりと動いた。ますます深く、うなだれる。

おゑんの許に男の患者が来ることは、ない。女に付いて来ることも皆無だ。

産む。産めない。産まない。産みたい。

女たちが自分と腹の子との、どんな未来《さき》を選んでも、そこに男たちが絡まってくることはまず、ないのだ。女たちの決意や覚悟の向こうで、男たちの姿はいつも朧《おぼろ》でしかない。

現にはなんの役にも立たない幻でしかない。

しかし、今回は違う。

備後屋の主人、将吾郎は父親の役目を棄《す》ててはいない。逃げても、隠れてもいない。むしろ、率直に喜び、受け入れ、共に生きようとしている。

拒んでいるのは、女の方だ。

解《げ》せない。何かある。まだ、底があるのだ。見通せていない底がある。

「それにね、お喜多さん。旦那と夫婦《めおと》になったその後は、どうするんです」

おゑんは続けた。見通せないなら、見通せる場所まで自分の力で潜っていくしかない。そのために、まず、しゃべる。そして、聴く。それから伝えるのだ。

あたしは敵じゃない。決して、おまえさんたちの敵には回らない、と。

「その後って……」

おゑんの言葉の意味が解せなかったのか、お喜多は首を傾げ、眉を顰めた。

「夫婦になれば、また子を孕むこともあるだろう。そのときは、どうするのかと尋ねてるんですよ。もう吉原の遊女と客じゃない。商家の夫婦だ。そこで、おまえさん、どうしても産まないと言い切るのかい。それを、連れ合いが納得してくれるのかい」

「……それは、それは、だって……」

お喜多の目が泳ぐ。そこまで思案が及んでいなかったのだ。

「だって、あの……あっ、そうなったら、先生のところに行きます」

「なんだって？」

「先生のところに行って、流してもらいます。子どもを孕んだかどうかなんて、男にはわからないでしょう。だから、内緒で先生に助けてもらえばいいんですよね」

暫く、ものが言えなかった。

呆れてしまう。さまざまな患者と、さまざまな女と向き合ってきたけれど、こんな突拍子もない相手は久々だ。呆れ過ぎて、怒りさえ忘れてしまう。

「あのね、お喜多さん。さっきも言ったけれど、子を流すというのは産む以上に剣呑なことなんだ。命に関わってくるんだよ。お腹の子は生きている。生きて大きくなっている。月満ちて、生まれるべくして生まれてきたって、お産は命懸けなんだ。まして、無理やり流してしまうなんて自然の理《ことわり》に逆らうことだからね。命を落とす危うさは増すと考えなくちゃならないよ。そこのところ、ようく心得た上でものを言いな。いいかい。危ないんだよ。産むのも流すのも、命を懸けなきゃならないんだ」

嚙んで含めるように、諭す。お喜多といると、どんな言葉も通り抜けていく気がする。何一つ響かず、感じていないように思えるのだ。そのくせ、情の起伏が激しい。猛り、嘆き、消沈し、我を忘れ、明るく行く末を語る。

目まぐるしい。うっかりしていると振り回されて、こちらが疲れ果ててしまう。

「……死にたくない」

「え？　なんて言いました」

「先生、あたし死にたくない。生きていたいの。だから、諦めます」

「諦める？」

子を流すのを諦めるということか。備後屋と夫婦になり、子を産み、育てると告げているのか。おゑんは、お喜多の眼を覗き込んだ。

「お喜多さん、諦めるってのは……」

「身請けのお話、諦めます。お断りすればいいですよね」

手拭いで首筋を拭いていた甲三郎が、動きを止める。瞬きもせず、お喜多を見下ろす。

「ちょっとお待ちよ。身請けは、川口屋さんが承知したことだよ。そう容易く、断れるわけがないだろう。おまえさんだって、備後屋さんの女房になれるのを喜んでたんじゃないのかい。懸命に努めるって言ったじゃないか。あれは、出まかせじゃないだろう」

逸《はや》る口調を抑え、お喜多に語り掛ける。

「あたし、出まかせなんか言いません。嘘も言いません。全部、本当の気持ちです。でも、先生の言う通りだと思ったんです。先生に言われて気が付いたんです。あたし、将吾郎さんと夫婦になっても子は産めません。それは、あまりに申し訳ないですよね。備後屋のためにも跡継ぎは入り用だし、将吾郎さん、とても子ども好きだし……」

「だから、お待ちって。それじゃ、あたしが仲を裂いたみたいに聞こえるじゃないか。そうじゃなくて、あたしは命の話をしたんだよ」

「そうなんですよ、先生」

唐突に、お喜多が手を握ってきた。

「あの人、とっても子どもが好きなんです。男の子でも女の子でも可愛いって言うんです。だから、あたし、諦めたほうがいいんです。身を退いた方がいいんです。やっと、わかりました。そうですよね、そうですよね、先生」

「どうして、話がそっちにいっちまうんだよ。お喜多さん、落ち着いて」

お喜多の両目から涙が溢れ出す。

「だって、だって、それしかないもの。どうしようもないもの」

再び突っ伏して泣き出した女を、おゑんは無言で凝視する。ここで何を言っても、お喜多の耳には入るまい。おゑんだけではなく、他の誰の声であっても届かない。

おゑんはこめかみに指を当て、軽く押した。

頭風がする。こんなに厄介で、扱いづらい相手に出くわすとは慮外のことだ。些かたじろぐ気がしないでもない。途方に暮れた心持ちにもなる。けれど、ふと思ってしまった。

おもしろい。

お喜多の激しさが、掴みどころのない気質がおもしろい。子を産めないわけを知りたい。知った上で、腹の子の命を守りたい。その手立てを探りたい。いや、守ってみせる。探り当ててみせる。

胸の内で、挑みに似た情が動く。

おもしろいじゃないか。

人が生きる日々に何が起こるか、誰も見定められない。今日は昨日と同じだったとは言えても、明日が同じだと言い切れる者はいない。一寸先が闇なのか、闇から抜け出る明かりが瞬いているのか、知る由はないのだ。

知り得ない明日を〝運命《さだめ》〟の一言で片付けず、知りたいと望み、挑む。おゑんはそうやって生きてきた。正しいとも真っ当だとも思いはしない。が、おもしろくはある。患者である女たちと明日に挑むたびに、女たちは思いも掛けない光景を見せてくれた。爛漫の花と見えたものが蛇であったり、醜い塊の中に清らかな珠《たま》が包まれていたり、そんな現をおゑんの前に広げてくれた。だから、おゑんは望むことを、挑むことを止められないのだ。

おゑんさま、ほんに困ったお方ですの。

老女のため息だけでなく、嘆きまで聞こえてくる。

末音、ごめんよ。でも、この性分、今更どうにもなりやしないさ。

胸の内で手を合わせた後、末音の苦り切った顔も声も横に押しやった。

「お喜多さん、おまえさん、あたしのところに来るかい？」

波打つ背中に軽く手を添えながら、問う。

「え……」

涙と水で濡れそぼった顔を両手で挟み、先刻よりさらにゆっくりと丁寧に伝える。

「あたしの家だよ。子どもをどうするにしても、川口屋じゃ何かと不便だ。あたしの家なら、相応の手当てができる。おまえさんを診療して、どうするのがいいのか、どうすれば心身を危うくせずに済むのか、じっくり思案できるんだよ。そのための手も打てる。何かと都合がいいじゃないか」

お喜多の口が開いて、息が漏れる。

「先生、あたしを……助けてくれる？」

「さあね。助けると明言できるほど、あたしは優れ者じゃない。でもね、どうすれば助けになるのかをお喜多さんと一緒に考えることならできる。一緒にだよ」

お喜多が鼻をすすりあげた。まるで、童だ。

「先生のところに……行きたい」

おゑんは手を放し、大きく頷いた。

「では、これで決まりだね。川口屋さんには、あたしから話を通しておく。明日になるか明後日になるかわからないけれど、なるべく早く来てもらうよ」

「はい」

「そのつもりで、支度を整えておくんだ。入り用な諸々は書付にして川口屋さんに渡しておくよ。万事手抜かりなく揃えてくれるさ」

「はい」

「とりあえず、その襦袢を着替えないとね。なんなら風呂に入っちまいな。身体がすっきりすれば、気持ちも晴れようってもんだろう」

「はい。いろいろとご厄介をおかけしんす。先生、どうかよろしくお願いしんす」

廓言葉を使い、お喜多は指をつき頭を下げた。

お喜多ではなく、川口屋の桐葉になっている。おゑんと甲三郎は顔を見合わせ、どちらからともなく目を逸らした。


「先生のところで、お世話になる……」

平左衛門は考え込むように、口をつぐんだ。

「それが一番いいやり方だと思いますよ」

湯呑を手に取り、おゑんは言った。湯呑には上質の茶が七分目ほど、入れられている。馥郁《ふくいく》とした香りと湯気が立ち上り、心を穏やかにしてくれた。

「先生。腹蔵なくお話しいただきたいのですが」

平左衛門がおゑんの顔色を窺う。

「なんです？　惣名主に隠し事ができるほど、あたしの肝は太くありませんよ」

「ご冗談を。先生の胆力がどれほどのものか、存じておるつもりですので。わたしに隠し事をして面に出さないぐらいの芸当も難なくおやりになるでしょうな。けれど、ここは一つ、先生の偽らざるお考えを聞かせてください。桐葉は、あれは狂《ふ》れておるのですか？」

「狂れる？　まさか、お喜多さんは正気ですよ。あたしが見る限りでは、ですがね」

「しかし、先生」

平左衛門の視線がおゑんの喉元に向けられた。

お喜多に絞められた痕が赤く残っている。触れると少しひりついた。

「他人《ひと》さまにそういう狼藉《ろうぜき》を働く。しかも、先生を襲ったわけですからなあ……正気の沙汰ではありますまい」

「身籠るとね、女の身体は変わります。それはつまり心も変わるってことですよ」

「心が変わる」

平左衛門は、その一言を味わうかのように口元を動かした。

「そうです。女の心身が母親になる用意を始めるんです。腹の中で子を育て、十月《とつき》の後にこの世に産み落とす。産んだ後は乳を与え、一人では生き延びられない赤子の世話をする。そのための用意をね。それがどんなものなのか、男には思い及ばないでしょうがねえ」

「そうですな。思い及びませんでした。わたしが扱うのは女郎ですから」

扱うのは女郎。男のための女であって、赤子のための母親ではない。

平左衛門は自若として告げたのだ。

「なるほどね。でも、女郎であろうと御台所《みだいどころ》であろうと、女は女。子を孕めば心身は変わります。で、身体の変わりように心が追い付けないことがね、まま起こるんですよ」

平左衛門がかぶりを振る。解せない、の仕草だろう。

「悪阻なら、傍目《はため》にも具合が悪い、調子が崩れているとわかるでしょう。心にも悪阻があるんです。ただ、こちらは見ただけではわからない。気持ちの浮き沈みが激しくなったり、苛《いら》ついたり、泣き叫びそうになるぐらい不安だったり、飛び跳ねたいほど幸せを感じたり。そうですね。一日のうちに富士のお山の裾野から頂に駆け上がり、また駆け下りてくる。それくらいの変わりようでしょうかね。しかも、人によります。一人一人登る山が違うんですよ。まるで悪阻などない者も寝込むぐらい酷い者もいるのと同じなんです。お喜多さんは、さしずめ富士山に登った口でしょうかね」

「また、壮大な譬《たと》えですな」

平左衛門が笑む。作り笑いではなかった。

「あたしは、お喜多さんは狂れてなどいない。身体の変わりように気持ちが掻き乱されて、平心を保てなくなっていると、そう言いたいだけです。ただ……」

喉に手をやる。襲い掛かってきたあの一瞬、お喜多の顔には狂気が宿っていた。むろん、一時だ。ほんの一時、お喜多は子を産む怯えに正気を失った。

それは、身籠ったが故の乱調では片付けられない気がする。

「先生が桐葉を引き受けてくださる……。それは、なんとか桐葉を説得して、子を産ませてくださるということ。そう承知してもよろしいのですか」

「いいえ、承知されると困りますね」

平左衛門の表情は変わらなかった。笑みもまだ残っている。おゑんは湯呑を持ち直し、口に運んだ。飲むより前に香りを楽しむ。

「まぁ、このお茶、本当に美味しいこと。それに香りが清々《すがすが》しいですね。宇治《うじ》、ですか」

「さようです。お帰りになるときに、少しばかり包んで差し上げましょう」

「それは果報ですね。おねだりをしたみたいで、気が引けますが」

「先生が、あれこれねだってくださるような方なら、こちらも楽なのですがね」

平左衛門も湯呑を持ち上げる。

「それ、どういう意味です？」

「いや、裏はありません。そのままです。茶にしろ金にしろ女にしろ、執拗《しつよう》にねだってくる者はそれだけ欲があるわけです。亡八の身では欲があることを悪いなどと口が裂けても申せませんがな。実際、欲は人に生気を与えます。いや、真に欲深い者ほど、どうしてか生き生きと若やいでいたりしますからな」

「多少、下卑《げび》た顔つきにはなりますけどね」

平左衛門が笑い出す。からからと乾いた笑声が響いた。

「まったく、手厳しいですなあ、先生は。ははは、どこまでもおもしろいお方だ。そう、欲も深まると品性を損ないますかな。これも亡八の台詞ではありませんが。まあ、損なうのが品性だけならよろしいのですが……。欲は隙を作りますから、厄介なのです」

「隙、ですか」

「ええ。隙です。他人につけ入られる隙、己を滅ぼす隙です。欲に塗れれば塗れるほど、隙だらけになる。それが人間というもののようですな」

吉原こそ、人の欲の上に花弁を広げる徒花ではないか。欲を生み、掻き立て、醸《かも》し、食らい、肥え太らせる。吉原ほど欲に彩られ、爛《ただ》れ、眩《まばゆ》い美しさを纏う場所は他にない。

「ねだるということは、欲を露にすること。ところが、先生はそれをなさらない。つまり、欲を見せない。隙を作らないのです。そういう方は、付き合い方が難しゅうございましてな。付け込むことが楽ではありませんから、こちらは往生するわけです。ええ、一筋縄ではいかない難しさを感じておりますよ」

「無理に付き合っていただかなくとも、結構でござんすがね」

半分本気で言う。

「こちらとしては、無理にでも付き合っていただきたいのですよ。先生がどれほど頼りになるか、身に染みてわかっておりますからな」

〝頼りになるか〟ではなく〝便利であるか〟だろうとは思ったけれど、そこまでは口にしない。名うての亡八を相手に、言葉でやりあっても詮無いだけだ。

「それで、桐葉の件ですが、先生は、子を無事に産ませるために引き受けてくださるわけではないと、仰るのですか」

「お喜多さんを患者として引き受けると申しておりますよ、惣名主」

「そこが、よくわかりかねるのです。まさか、事と次第では子を流すことも厭《いと》わないとの意味ではありますまいな」

「そういう意味でもあります」

「先生。それでは困るのですよ。桐葉には、ちゃんと子を産んでもらわないと」

茶を飲み干す。渋みがありながら円《まろ》やかな味が口中に広がった。

「川口屋さん。あたしは、お喜多さんを患者として引き受けるつもりです。些か気になるところもあって、うちで診療する方がいいと思ったからです。むろん、お喜多さんは川口屋の遊女。主人の許しなくして大門の外には出られません。だから、これはご相談です。お喜多さんをうちに預けた方が、よかありませんか」

平左衛門は手の中で湯呑をゆっくりと一度、回した。

「気になるというのは？」

「川口屋さんは気になりませんか。お喜多さんは、なぜ、あそこまで子を産むことを拒むのか。父親が備後屋さんであることは明らかなのでしょう。その備後屋さんは、子の誕生を待ち望んでいる。お喜多さんは、子を産むことで備後屋でのお内儀の地歩を盤石《ばんじゃく》に固められる。いい事尽《ず》くめじゃないですか」

「ええ、わたしもそう思います。桐葉にとっても、備後屋のご主人にとっても、川口屋にとっても益にこそなっても、害は一つもないと考えておるのです」

「では、なぜ……。川口屋さんは答えられますか」

平左衛門と視線が絡んだ。何が読み取れるわけでもないが、目を合わせ続ける。平左衛門がかぶりを振った。

「まるで、見当がつきません。ですから、先生をお呼びしたのですよ」

ほうっと弱々しいため息を吐く。むろん、この老人は弱っているわけでも、困り果てて助けを求めているわけでもない。吉原惣名主からすれば、お喜多の件は日々起こる数多《あまた》の厄介事の一つに過ぎないのだ。ただ、厄介の根が見えないことに、首を捻《ひね》っているだけなのだろう。

「桐葉をお預けすれば、先生がその理由を突き止めてくださると、当てにしてもよろしいのですかな」

「ええ、もちろんと、答えられないのが辛いのですが。突き止められれば治療には大層、役に立つ。そこだけは確かです。ともあれ、患者として引き受けるからには、お喜多さんのために最もいいと、あたしが判じた治療をいたします。まずは、気分を整えるところから始めましょうかね」

お喜多のあの、不意に現れる猛々しさとお産を拒む頑なさは、一本の紐《ひも》で繫がっているのではないか。その紐の正体を探り、お喜多の気持ちを落ち着かせる。その上でないと決めかねる事柄は多い。

「それだけですか」

平左衛門が横目でおゑんを見やる。

「先生のご趣意はそれだけでございますかな」

おゑんは我知らず顎を引いていた。喉と頰の傷に平左衛門の眼差しが染みるようだ。僅かに疼《うず》く。

頰の傷を指先で押さえ、あるかなしかの笑みを浮かべる。

「ふふ、さすがにお見通しですか。実はね」

指先を頰から喉元に移す。平左衛門の横で、甲三郎が身動ぎをした。

「お喜多さんに会って話をしていると、ここに何かが閊《つか》えているような気がしてならないんですよ。何かが閊えている……引っ掛かっている……。でも、その何かが、どうにもはっきりしなくて、気持ちが悪くてねえ」

「それは、お喜多の様子とか容姿とかに関わることでしょうか？」

「わかりません。あたしは今日初めて、お喜多さんと顔を合わせました。これまで一度も言葉を交わしたことはむろん、擦れ違ったことさえなかったはずです」

「なのに引っ掛かると？」

「ええ、そこが気になって。あたしの的外れな覚えに過ぎないのかもしれませんが、性分として一度気になったら、そのままにしておけなくてね」

「よろしくないですな」

平左衛門は腕を組み、渋面を作る。

「先生の勘が的外れなわけがない。いつも、事件の発端を嗅ぎ当てるじゃありませんか。その先生が気に掛かるということは……どういうことです？　この後、かなりの面倒事が起こるということですかなあ。よろしくない。実に、よろしくない」

「まっ、川口屋さん。それは、幾らなんでも無礼じゃないですか。あたしは、事件を嗅ぎ当てたりしませんよ。人を鼻の利く犬みたいに言わないでもらいたいもんだ」

「しかし、事実ですからな。それにしても……」

腕組みしたまま暫く考え込んだ後、平左衛門は居住まいを正した。

「わかりました。桐葉の件、先生にお任せいたします」

「では、お引き受けいたしましょう。帰って、これから部屋を整えます。ただね、川口屋さん、一旦、任せると約束されたなら、全てを任せていただきますよ。川口屋の桐葉ではなく、喜多という患者を一人、預かります。あの様子からして、十日や二十日《はつか》で戻って来られるとは思わないでください。かなりの日数がいると、お覚悟を」

「心得ました。それは備後屋さんにも伝えておきましょう。あ、もし、備後屋さんが逢いたいと言われたら、どうすればよろしいかな」

「あたしに問い合わせてくださいな。その折々のお喜多さんの調子を見て、お返事しますよ」

「わかりました。では、とりあえずこれをお納めください」

おゑんの前に平左衛門は白い紙包みを差し出した。

「切餅ですか。豪儀ですね」

切餅、二十五両の包みだ。

「これは、お喜多さんをあずかる代料と考えてもよろしいのですか」

「いえ、その分は改めてご用意いたします。これは薬代です。お顔と喉に傷を負わせてしまいました。その治療にお使いください」

「は？　いりませんよ、そんなもの。家に帰れば薬はたんとあります。もう血も滲んでないのだから、薬を付けるところまでいかないかもしれませんしね」

端坐した格好で、平左衛門は首を横に振った。

「美しい女人の顔に傷を付けました。その償いはせねばなりません」

「おやまあ、そうきましたか。川口屋さん、皮肉が過ぎますね」

「皮肉など一言も申しておりませんが。ともかく、先生、お納めください。これは川口屋のけじめのつけ方でもあるのです」

この切餅もお喜多の治療費も、回り回って備後屋の懐から出る。そういう仕組みになっていることは、おゑんもわかっていた。

それにしても、備後屋にとって桐葉は、ここまで貢いでも惜しくない女なのか。

「わかりました。では、遠慮なく」

切餅を懐に納め、おゑんは立ち上がる。

やるべき仕事が増えた。踏ん張らねばならない。

「こちらの支度は明日には整うと思います。また、ご連絡いたしますよ」

「甲三郎をそちらにやりましょう。何かと役に立つはずです」

惣名主の言葉に、甲三郎が深く一礼をした。

「委細、承知いたしました。では、これで」

「先生、お待ちを。もう一つ、厄介事が残っておりますよ」

おゑんは眉を顰めた。

厄介事？　新たな？　この期に及んで何を……。

「安芸をどうしますかなあ」

おゑんを見上げた平左衛門の口調は、少し間延びしていた。

「先生のところに桐葉がいると知れば、心中、穏やかではないはずです」

「何を言ってるんです。花魁は全く、関わりないでしょう。あたしはお喜多さんを患者として引き受けると、申し上げたつもりですけど」

「その通りです。安芸は聡明な女です。事の成り行きには納得もしましょう。けれど、気持ちとしてはざわつくかもしれませんな。あれは、先生に本気で惚れておりますから」

嫌な気分になる。背中に汗が滲んだ。

「安芸については、いずれまた機を見て、ゆっくりとお話ししたいと思うております」

「なんの話をするんです。あたしは、花魁の客でも情夫《いろ》でもありませんよ」

「わかっております。ただ、安芸は吉原女郎の頂に立つ花魁です。この先、この吉原にどれほどの富をもたらしてくれるか、はかり知れません。桐葉とは比べ物にならない器なのですよ、先生」

おゑんは平左衛門を見下ろし、奥歯を噛み締めた。

もしかしたら、この老練な商人はこれを告げたくて、おゑんを呼び出したのではないか。

「天下の逸品です。そういう器は、僅かな罅《ひび》も欠けもあってはならぬのです」

おゑんは顎を上げる。女を器と言い切る男を厭う。この惣名主に対して、初めて憎悪に似た情を覚えた。口の中の茶の風味が消えていく。

「あたしが邪魔なら、吉原への出入りを差し止めれば済むことじゃござんせんか。遠回しに脅しをかけてくるなんて、川口屋さんの為されようとも思えませんがね」

「脅してなどおりません。先生もまた、吉原にとってなくてはならないお方と心得ております。ですから、いずれ、ゆっくりお話をしたいとお願いしておるのです」

「……わかりました。いつでも、お相手いたしますよ」

座敷に背を向け、廊下に出る。風に当たると、背中を濡らした汗が引いて行った。


「先生」

川口屋を出たところで、甲三郎に呼び止められる。

「先生、これを」

川口屋の屋号紋の付いた葡萄《えび》色の風呂敷包みが手渡された。

「お茶です。惣名主がお渡ししろと」

吐息が漏れる。おゑんは風呂敷包みを受け取り、甲三郎の肩越しに吉原の町を眺めた。

「まったく、とんでもない処《ところ》だよ」

独り言が漏れる。

「でも似合ってやすよ」

「うん？」

「ここに、先生は似合ってやす。どうしてか、そんな気がしやすね。けど、あっしは……」

束の間躊躇い、甲三郎は続けた。

「あの竹林の家にいる先生が好きです。ここより、もっと似合ってますよ」

風の音を聞いた。竹を揺する風の音だ。

それは、おゑんの身体を貫き、虚空《こくう》へと流れていった。

四

末音が唸った。それから長い吐息を零す。

「末音、わざとらしいため息なんざ吐かないでおくれ。鬱陶しいじゃないか」

「しょうがありませんの、おゑんさま。抑えようとしてもついつい零れてしまいますで」

おゑんは湯呑を置き、末音を正面から見据えた。

湯呑の内には、たっぷりの茶が入っている。茶葉は、川口屋から貰い受けた下《くだ》り物《もの》だ。やはり、美《う》味《ま》い。香り、風味、共に文句のつけようがない。ふと思い立って、吉原内の上菓子屋で落雁《らくがん》を贖《あがな》い、土産《みやげ》にした。

干菓子は末音の好物の一つだ。

桜の花を模《かたど》った薄紅《うすくれない》色の菓子は、口に含むとほろりと溶けて、ほどほどの甘さと香ばしさが広がる。それは、茶の仄かな渋みとよく合って、互いの味や香りを引き立てた。しかし、菓子を食べても茶をすすっても、末音の表情は浮かないままだ。あまつさえ、ため息を繰り返し、にこりともしない。

「おまえ、あたしがお喜多さんをここに呼んだのが、そんなに気に食わないのかい」

少し突《つ》っ慳貪《けんどん》な物言いをしてみる。

「そりゃあね、おまえやお春さんに厄介かけるだろうとは考えたさ。けどね、あのまま放っておくなんて、できなかったんだよ、どうしてもね。さっき話した通り、かなり心がやられている。様子が明らかにおかしいんだ」

「うちは、今でも人手が足らず、苦労しておりますすで」

ここで、また一つ、末音はため息を吐き出した。

「わかってるよ、そんなこと。だから、お喜多さんが来る前に人を雇わないとね。できればお絹さんみたいに産婆の心得があると助かるけど、そうでなくても、患者の世話ができる人を見つけてくるつもりだから、安心おし」

「その費《つい》えは、大丈夫ですかの。このところ、また生薬の値が上がっております。人を雇ったはええが、金子が底をついて生薬が買えなくなったとなると意味がありませんで」

「だから、わかってるって。大丈夫だよ、川口屋さんから、たんまりせしめてやるから」

「そんな器用な真似、おゑんさまにできるとは思えませんがの」

末音が白髪頭を横に振った。おゑんは唇を尖らせる。

「おまえはとことん無礼なやつだね。あたしだって金儲《かねもう》けの方策の一つぐらい思いつくんだよ。見ておいで。そのうち千両箱……は無理でも、百両箱の二つや三つ、目の前にどんと積んでやるから」

「また、そんな当てずっぽうを仰る」

そこで、お春が吹き出した。俯き、肩を震わせる。

「お春さん、そこまで笑うような話なんてしてないだろう」

「だって、おかしくて。おゑんさん、いつもは滅多に取り乱さないし、なんでもてきぱきと熟《こな》すし……度胸はあるし……本当に頼りがいの塊みたいな方だと……思ってたんですけど」

お春は口元を押さえ、時折、言葉を途切らせる。笑いを抑えようと苦労しているようだ。

「なのに、末音さんといると、時々、聞き分けのない子どもみたいになりますよね。よく、すねるし。普段との差が……あり過ぎて、なんだかおかしくて……すみません」

堪えきれなくなったのか、お春は袂《たもと》で顔を覆い、さらに肩を震わせた。

これは、いいね。

おゑんは思う。

袂で顔を隠し、笑う。忍び泣くのではない。笑うのだ。覆った袂の陰から零れるのが、嗚咽《おえつ》ではなく笑声であること。

それが、いい。

泣いて耐えて生きていくことを、当たり前とも美徳ともしてはならない。それはまやかしだ。まやかしに縛られ、操られ、多くの女たちが忍び泣いてきた。

お春は笑っている。小さな笑い声が漣《さざなみ》のように広がっていく。心地よかった。

「まあ、末音は襁褓を替えてくれた相手だからね。今さら、体裁を整えてもね」

「あら、じゃあ、子どもみたいにすねるの、おゑんさんの素なんですか」

信じられないわと続けて、お春はまた、笑った。

「けれど、このお茶も菓子もほんに美味しゅうございますの」

末音が満足げに口元を綻ばせる。

「ええ、とても美味しいですね。こういうものを頂くと、なんだか報われた気がしますよ」

茶をすすりお春が、こちらは大きな笑みを浮かべた。

「ずい分、手軽な報われ方だねえ。もう少し欲を出しても罰《ばち》は当たらないよ」

「いいえ、これで十分。笑いながら、とびっきり美味しいお茶とお菓子を口にできる。これ以上の幸せはありませんもの。それで、お竹さんの使っていた部屋でいいんですよね」

「え？」

「その、お喜多さんて方の部屋です。掃除はきっちりできてますよ。お竹さんの荷物が残ってはいますが、小さな行李《こうり》に納まってますから、押し入れの隅にでも仕舞っておけばいいでしょうし、邪魔にはならないはずです」

新しい患者を受け入れる段取りに思いを巡らせているのか、お春の黒目が左右に揺れた。

「お春さん、いいのかい。お喜多さんを呼んでも」

「いいも何も、おゑんさんが決めたのでしょう。だったら、そのように取り計らいます。それが、あたしたちの仕事ですから。ねえ、末音さん」

末音は湯呑を手の中でくるりと回し、唇を窄めた。

「おゑんさまは、よくすねられます。子どものときから、そうでしたの。自分の意を無理にも通そうとしてではなく、どうしたら意を通せるか考える刻を稼ぐ。そのためにすねてみせるのですの」

「あら、じゃあ、さっきのもすねた振りですか」

「そうですの。おゑんさまがこうすると決められたなら、決められた通りにやられるでしょう。誰も止められませんが。そのかわり、事が上手く進まなかったとき、しくじったとき、言い訳は一切仰いません。他の者のせいにもなさいません。自分に忠実に動き、片意地で、扱い難くて、潔い。それがおゑんさまですからの」

「……褒めてんのかい、貶《けな》してんのかい」

「どちらもです。短所と長所は、えてして背中合わせに張り付いておるものですからの。どっちがどっちとも言えませんで」

末音が湯呑を傍らに置いた。それを合図にしたかのように、お春が身を乗り出してきた。

「あの、おゑんさん、そのお喜多さんの在所、知っているんですか？」

「お喜多さんの里かい？　いや、知らないね」

日《ひ》の本《もと》のあらゆる国から女たちは吉原に送られてくる。化粧を施し、廓言葉を使い、男たちを迎え入れる。遊女は遊女、それだけの者になるのだ。出自も在所も塵《ちり》のように捨て去る。国の訛《なまり》も来し方も思い出も塵だ。捨てなければ吉原では生きていけない。

「遊女の在所、出自なんてあってないようなものだからね。気に掛ける者なんかいないさ。いれば、よほどの変わり者かとんでもない不粋者だと嗤われるよ」

言うまでもない、お春もそれぐらいは承知しているはずだ。

「お喜多さんの在所が気になるのかい」

「いえ、そういうわけじゃなくて……」

お春の視線がすっとおゑんの頰を撫でた。お喜多に傷つけられ、蚯蚓腫《みみずば》れができている。おゑんはそこに指をやって、少しばかり笑んだ。

「ああ、そういうことなら気にしなくていいよ。お喜多さんはちょっと気が昂りやすくはあるけれど、誰彼かまわず乱暴するような人じゃないからね。そんな性質だったら、川口屋さんが座敷持ちなんかにはしないさ」

「あ、いえ、違うんです。あたし、お喜多さんを怖がったりしてません。他の患者さんだって、気持ちが落ち着かなくて、泣いたり、叫んだり、苛々したりと気を昂らせるの、そんなに珍しくないですから」

確かにそうだ。お春は、様々な経緯を抱えて思い惑い、ときに取り乱す患者たちをずっと相手にしてきた。持って生まれた気質なのか、培ってきた性根なのかわからないけれど、お春の患者たちへの寄り添い方は絶妙だった。べったりと引っ付くのではなく、すげなく突き放すのでもなく、患者それぞれに適した間合いをちゃんと取れるのだ。

お春がお喜多を恐れたり、疎んじたりするわけがない。

「あの、実は……あたしも引っ掻かれたことがあって」

お春がそっと、左の袖をまくる。

「もう、ほとんど消えてしまいましたが、肘の下あたりに傷痕、見えますか?」

目を凝らす。言われてみれば、白い肌の上に薄っすらと、三本の筋ができているようだ。

「これは？」

「お竹さんに爪で引っ掻かれたんです」

我知らず、眉を顰めていた。胸の底がぞわぞわと蠢《うごめ》く。

「確か、ここに来た翌日だったと思います。お竹さん、庭にぼんやり立っていて。その姿が何かに耐えているように見えて、あたし、そっと声を掛けたんです」


「お竹さん」

そっと呼んでみたけれど、お竹は振り向きも返事もしなかった。

不安なのだろうと、お春は思った。

一人では抱えきれない不安をそれでも一人で抱えて、女たちはこの竹林の家にやってくる。その重さがどれほどのものか、十分に承知していた。

自分も潰れそうだったのだ。身も心も潰れそうで、疲れ切って、這《は》うようにして、いや実際、這いながらここに辿り着いた。そして、今、ここにいる。

だから、わかる。だから、少しでも重荷を取り除いてあげたい。

「お竹さん、あのね、大丈夫ですからね」

傍らに立ち、伝える。囁きに近い小声で。

お竹がゆっくりと顔を向けてきた。お春は我知らず、半歩分だけ後退《あとずさ》っていた。お竹の顔が醜く歪んでいたからだ。その面持ちは、痛みを必死に堪えているようでも、誰かを一心に呪っているようでもあった。

　産気付いた？

　とっさに考え、すぐに打ち消した。お竹は自分の足で立っている。呻《うめ》いても唸ってもいない。お産が始まったわけではないのだ。

　では、この顔、この表情は……なに？

　見返したとき、お竹の顔から歪みは消えていた。歪んではいない。でも、何もないのだ。喜怒哀楽、どんな表情も浮かんでいなかった。表情のない顔の中で、唇が動いた。唇だけが動いた。

「何がです」

「あ、え？」

「何が大丈夫なんです」

「あ、あの……お産のことですよ。いろいろ、ご心配やご不安はあるでしょうけど、大丈夫ですからね。ここにいれば、おゑん先生が助けてくれます。だから、安心していいんです」

　母親が丈夫であればあるほど、お産が軽く済む見込みは高くなる。身体だけでなく心も弱っては、まして、病んではならないのだ。ならないけれど、身籠った女たちが心身を健やかに保ち続けるのは難しい。わけありであれば、なおのこと。

　きちんとした食事、何事にも妨げられない眠り、思い悩まずに過ごせる日々。おゑんの許にやってくる女たちは、それらを手に入れる術を失っている。身も心も苛酷な現に痛めつけられている。それだからこそ、おゑんはいつも女たちに告げる。

　もう大丈夫だよ。よく、ここまで来てくれたね。もう何も怖がらなくていい。あんたは逃げ延びたんだ。後は任せておきな。

——と。傍らにいて、学んできた。まだ、おゑんほど堂々と手を差し伸べられない。そこまでの自信も技も持ち合わせていなかった。でも、お春なりに精一杯のことはしたい。

「赤ちゃん、間もなく生まれてきますからね。お竹さんは、お産のことだけを考えて、しっかり食べて、ゆっくり休んで、心身を労わりましょうね」

「……生まれてくる」

「ええ、男の子か女の子か、どちらでしょう。楽しみに待ちましょうね」

「生まれてくる、生まれてくる、生まれてくる……」

お竹が呟く。お春が横にいることなど忘れたかのように、宙を見詰め、呟き続ける。足元から冷えが這い上ってくる気がして、お春は襟元をきつく合わせた。

「お竹さん、もう中に入りませんか。ずっと立っているのは身体に障ります。疲れるでしょう。お部屋で少し横になりませんか。ねっ」

お竹の背を支えるつもりで、手を伸ばした。

とたん、腕に鋭い痛みが走る。「つっ」。腕を引っ込め、目を見張る。

え、なに？

腕の内側、肘から一寸ほど下に傷ができていた。薄く血が滲んで、薄紅の糸を三本、載せたようにも見える。僅かに疼いた。

引っ掻かれたと気付いたときには、お竹はもう背を向けていた。

「生まれてくる、生まれてくる、生まれてくる……」

呪文のように唱えながら遠ざかり、家の陰に消えた。

「そんなことがあったのかい」

おゑんは軽く頭を振った。

「まるで気が付かなかったねえ」

「はい。おゑんさんや末音さんに伝えるほどのことじゃないと、思ったものですから何も言いませんでした。重ねて何かあればお知らせするつもりでしたけど。お竹さん、その後、謝ってくれたんですよ。夕餉《ゆうげ》の膳を運んだときに、頭を下げられてしまって。妙に苛ついて、あんなことをしてしまった。本当に申し訳ない、って」

「なるほど、真っ当ではあるね」

自分の過ちを認め、詫《わ》びる。実に真っ当だ。分別を具えた大人の振る舞いではないか。

「はい。それからも、二度ばかり詫びてくれましたよ。あたしは二度とも『もういいですよ』でお仕舞いにしました。それで、綺麗に忘れていたんです。お竹さんの様子、時々、気になりはしましたが、この件については忘れていました」

「それを思い出したんだね」

「はい」

おゑんと目を合わせ、お春が頷く。

「それは、あたしがお喜多さんの話をしたからだね。その話に釣られて、思い出した」

「そうです。おゑんさんの頬の傷、尋常じゃない様子……似てる気がしたんです。それで、お喜多さんがどういう人か気になって……」

似ている？　お竹さんとお喜多さんが似ている？

おゑんは目を伏せた。そうだと、声にならない声が囁いた。おゑん自身の声だ。

そうだ、あたしも感じた。

川口屋平左衛門から、お喜多について聞きながら、似ていると感じた。以前お春から伝えられたお竹の行状と平左衛門の話が重なったのだ。二人とも、どこか一点を見詰めていたという。けれど、おゑんはあえて、その覚えを脇に追いやった。その次の思案が出てこなかったからだ。

重なったからどうだというのだ。それは、たまたまに過ぎない。身重の女がよく似た、傍目には奇行とも取れる行いをする。よくあることとまでは言えないが、不思議ではない。その奇行が重なるのも不思議の範疇には入るまい。

奥歯を噛み締める。川口屋で感じた喉の閊え、引っ掛かりはまだ残っている。気持ちのざわつきは拭い去れない。平左衛門はそこに不吉を嗅いだ。軽く咎めてはみたけれど、己の内のざわめきが吉兆でないとは、おゑんも心得ている。

たまたま。その一言で片付けてはならない。そんな生易しい一件ではないのだ。

おゑんの勘がおゑん自身に告げる。

わかっている。しかし、ここは一旦、目を瞑《つぶ》るしかあるまい。お喜多は間もなくやってくる。そして、お竹は既に彼岸へ渡ってしまった。生きている者を治療する。それこそがおゑんの仕事だ。まずは、為すべきことに力を注ぐ。

「ともかく、今はお喜多さんの世話のことだけを考えようかね」

言葉にする。お春が深く首肯した。

「はい。産み月はまだ先なんですね」

「ああ、先だろうね。一度、ちゃんと診察してみなくちゃ、はっきりしたことは言えない。この前の月のものがいつだったかさえ聞いてないいんだよ」

「素直に診察を受けますかの」

それまで黙っていた末音が、口を挟んできた。

「お話を伺う限り、相当の難物のようですがの。診察にしろ、治療にしろ、容易く受けてはくれないのと違いますかの」

「……確かに、そうかもしれない」

仕事場であり住処《すみか》でもある川口屋で、あれだけの騒動を起こしたのだ。ここに移ったからといって、おとなしくおゑんに従うとは考え難い。

「おゑんさまは、産ませるつもりでございましょう」

「そのつもりだよ」

短く答える。お喜多の赤ん坊には、闇に葬られるどんな理由もない。いや、子を葬る理由など、この世にありはしないのだ。あるのは大人の都合だけだった。理由のないまま絶たれようとする命をどうすれば救えるのか。おゑんは未《いま》だ、確かな手立てを掴めないでいる。

ただ、お喜多の場合、お産さえ乗り切れたら、後の道は平坦にも思えた。父親である備後屋将吾郎は、生まれてくる子を心待ちにしている。方便《たつき》は十分に立ち、暮らしに苦労することは、ほぼない。親子三人の穏やかな日々は約束されたも同然なのだ。しかし、お喜多は産むことを拒み通している。

頑なに、激しく拒んでいる。

惜しい。あまりに惜しい。

末音が見透かした通り、産ませたい。産んでもらいたい。命を消すのではなく、小さな明かりにしたい。それがおゑんの本音だった。

「お喜多さんは、どうしてそこまでお産を嫌がるのでしょうか」

お春が首を傾げる。

「そこが、わからないのさ。本人が何も言わないんだから」

「怖いわけじゃないですよね。お産が怖くて、嫌がってるとかじゃ」

「それはないだろう、箱入り娘じゃあるまいし。吉原の女だよ。そんなに甘くない……」

おゑんは束の間、口をつぐんだ。

お産を怖がっている？　お産に怯えている？

「怖がっている。怯えている」

声に出して呟いてみる。

「命懸けですからねえ。怖くて当たり前だとは思いますけど」

女は命を懸けて子を産む。お竹のように力尽きる者も大勢いた。そういう女をおゑんは何人も看取《みと》ってきた。生と死は背中合わせ、紙一重の差でしかない。それは何も戦場《いくさば》の男たちだけの話ではないのだ。日々、日の本のどこかで女たちが繰り広げている戦の姿だった。命を懸けての戦い。怖くて当然だ。しかし……。

お春の言葉にかぶりを振ったのは、末音だった。

「おゑんさまが仰ってるのは、違いましょうの」

「え、違うって、何がです」

お春が瞬く。

「〝怖がっている〟の意味ですが。おゑんさま、違うのでしょう？」

「ああ、違う……とは言い切れないが、おそらく……」

「これはまた、おゑんさまには珍しゅう歯切れが悪うございますの」

おゑんは軽く末音を睨む。睨まれた相手は穏やかな笑みを浮かべていた。

「わからないことだらけなんだから、歯切れが悪くもなるよ。ともかく、謎が多過ぎるんだ。ここで三人、角突き合わせてあーだこーだ言っててもしょうがないさ」

「別に角突き合わせてはおりませんで。仲が悪くて言い争いをしているわけじゃありませんでの。ただまぁ、厄介は厄介。女が孕んだ子を拒む。そこを矯《た》めて、女に産むことを納得させる。容易くはありませぬの。まして、お喜多さんとやらは、些か昂りやすい性質のようですしの。激昂《げっこう》されたら身体に障ります」

「そうだね。慎重がなによりさ。二人には、ちょいと気疲れさせてしまうかもしれないね」

「身重な方に気を遣うのも仕事のうちです。慣れてますよ」

お春は屈託なく笑い、末音はついと前に出てくる。

「おゑんさま、香薬《こうやく》を使《つこ》うてみてもよろしいかの」

「香薬？　なんだいそれは？　香油とかお香の類《たぐい》かい」

末音の調合した香油は多種多様で、おゑんは揉《も》み治療に使っていた。患者に合わせ、末音と相談しながら香草の汁と上質の椿油《つばきあぶら》を混ぜ合わせる。背中や腕に薄く塗るだけで甘い、あるいは清々とした香りが立ち上り、患者の凝り固まっていた心が、身体より先にその心が緩んでいく。

香りは思いの外、効くのだ。

「お香とはちょっと違いますかの。香道に使われるような高直《こうじき》な香木は使いませせぬで」

「当たり前だよ。伽羅《きゃら》だの羅国《らこく》だのなんて木所《きどころ》、あたしたちには触《さわ》れもしないよ」

「わかっております。おゑんさまに伽羅を買うてくれとせがむほど世間知らずではありませせぬで。うちの金庫の中身もようわかっておりますでの。そんな木所を使わずとも、野の草木、花や実で十分で」

「練香《ねりこう》のように蜜や糖で固めるのかい？　その草木や花ってのはなんなんだよ？　それらをどんな割合で調合していくのさ？」

矢継ぎ早に問いを投げる。末音は懐から折り畳んだ紙を取り出した。

「ここに、香薬の材と調合の方法を書き出してありますで。おゑんさまの意見を聞かせてもらいたいですの。香薬とは、わたしが勝手に付けました名で、口ではなく鼻から香りとして吸い込みますで」

「お香とは違うのだね」

紙を広げる。薬草や花や実の名前が記されていた。おゑんにも馴染みのものが多いが、いくつかは知らぬものもあった。

お春が隣に腰を下ろし、真剣な面持ちで覗き込んでくる。

「お香より廉価に作れますし、使う用途が違いますで。お香は香りを楽しむもの、あるいは他の臭いを消すためのもの。香薬は飽くまで薬ですで」

「効用は？」

「昴りを鎮めます」

末音と目を合わせる。もう何十年も昔、異国から北の浜辺に流れ着いた老女はしかし、日の本の人々と寸分変わらぬ黒い眸を持つ。

「心内を落ち着かせ、少し眠気を誘いますで。痛みを和らげる効もあると、わたしは考えておりますがの」

「なるほどね」

紙をお春に渡す。お春は食い入るように、それを眺めた。

「その香薬とやらをお喜多さんで試してみたいと、そういうわけかい」

「はい、そういうわけで。材には毒の含まれたものは一つもございません。身重な方にも使えるかと存じますがの」

「煙が多く出るようじゃ駄目だよ。薄く立ち上る程度じゃないと」

「心得ております。患者が来るまでに、改めねばならないところは改めておきますで」

「ふーん、なるほどね。飛んで火にいる夏の虫ってやつかい。なんだかんだ言ってたけど、おまえ内心、お喜多さんで香薬を試せるとほくそ笑んでいたんじゃないのかい」

末音が顎を引く。

「おゑんさま、人を腹黒い商人みたいに言わないでもらいたいですの」

「でも、真実《まこと》だろう」

「それを言うなら、おゑんさまだって、おもしろがっておられるのではありませぬか」

今度はおゑんが顔を顰《しか》めた。

「なんだって？」

「おゑんさまは〝わからないこと〟がお好きですからの。謎めいていて、先が読めない事や人に出会うと、尻込みするより挑む、そういうご気性ですすで。なので、お喜多さんのことも身構えながら、どこかで楽しんでおられる。そんな気がしますがの」

「まっ、とんでもない言い掛かりだね」

一応、口答えはしてみたものの、口調に勢いはなかった。さすがに末音だ。見透かしている。

お喜多は謎だった。陰に隠れ、見えない箇所が数多ある。それは厄介であると同時に、そそられもした。悪と善、敵と味方、誤と正、容易く二分されないものは、おもしろい。絡まり合い縺《もつ》れ合い、正体を見定めることは至難だ。だからこそ、藪《やぶ》を掻き分け、霧を払い、見定めたいではないか。

初めてお喜多と向き合い、言葉を交わし、取り留めのない言動に戸惑った。戸惑いながら、おゑんは確かに感じていたのだ。

おもしろい、と。改めて思い出す。

なるほど、心のどこかで含み笑いをしていたのは、あたしも同じなわけか。

「あの、甲三郎さんにお手伝いをお願いするのは無理でしょうか」

お春の声が耳朶《じだ》に触れた。

「暫く……お喜多さんが落ち着いて、取り乱したり、暴れたりしなくなるまで様子見についていてくれると、助かると思いますけど。もちろん」

と、お春は自分の胸に手を置いた。

「お喜多さんの具合が悪いときには、世話はあたしがいたします。でも、ずっと見張っているわけにもいきませんし。お喜多さんがまた死のうと、あ、いえ、無茶な真似をしないとも限らないわけですから、誰かが見ていた方がよかないでしょうか」

「そりゃあそうだけど、その役を甲三郎さんに頼むのかい」

吉原の首代だ。修羅場を潜り抜け、修羅場を作り、修羅場で生きる。そういう男たちの一人だ。お春の申し出は、些か無理が過ぎる気がした。それに、吉原の住人が遊女と懇《ねんご》ろになるのは、ご法度《はっと》だ。ばれれば命をもって償わなければならない。甲三郎が桐葉という遊女と男女の仲になるとは考えられないが、怪しまれる素地は作らぬが利口だろう。

平左衛門は、甲三郎をこちらによこすとは約束してくれたが、飽くまで送り迎えの供としての意味だ。首代を束ねる男の長い不在を、惣名主が認めるとは思えない。

「望み薄だねえ。川口屋さんに伝えちゃあみるけど、おそらく貸しちゃあくれないよ」

「そうですか？　おゑんさんの頼みなら、惣名主も断らないと思うのですが」

「お春さん、そこまで買い被ってくれなくてもいいよ。あたしは一介の医者だ。吉原惣名主を動かせるほどの力なんてないさ」

お春が首を傾げる。それから、ひょいと飛び上がるように立ち上がった。

お丸に呼ばれたのだ。

「お春さーん、お春さーん、竹ちゃんが目を覚ましましたよーっ」

「あ、はい。すぐに行きます。末音さん、この香薬のこと、後で詳しく聞かせてもらえますか。名前がわからない草花がいくつかあるんです。同じ香草を蒸すのと燻すのとに分けているのも気になりますし。お願いします」

末音が頷くのを確かめ、お春は部屋を出て行った。

「ずい分と逞《たくま》しくおなりですの」

末音がふっと息を吐く。お春のことだ。全てを諦めて受け入れるしかないと、前を向くのはおろか、顔を上げることさえできなかったお春が、助手としておゑんを支え、さらに学び、力を蓄えようとしている。臆せず知ろうとする。貪欲に生きようとする。人は変われるのだと、身をもって示してくれている。

「お春さんには、いろいろと助けてもらってる。あの人がいなきゃ、うちは回らないよ。もちろん、おまえがいなきゃ、あたしは手足をもがれたも同然だけどね」

「手足をもがれたら這って進む。おゑんさまなら、そうなさるでしょう」

「おまえも買い被りかい」

「いいえ、真実《まこと》ですがの。ところで、お春さんの言ったこと、一理ありますが。あの若衆なら頼りになると思いますで、来てもらえばよろしいのでは？」

「甲三郎さんは、吉原の人だよ。娑婆で使うのは無理さ。惣名主が許すわけないよ」

「かもしれませんの。ただ、やる前から無理だと決めつけるのは、おゑんさまらしゅうございませんで」

唸りそうになった。やり込められたと認めるのも癪なので、わざとぶっきらぼうに答える。それこそ、すねた子どもにでもなった気分だ。

「わかったよ。頼むだけは頼んでみるさ。それでいいね」

「結構ですの。案ずるより産むが易しとも申します。案外、上手くいくかもしれませんで」

と、末音は僅かに笑んだ。

案ずるより産むが易し。

確かにその通りかもしれない。

平左衛門は甲三郎の逗留《とうりゅう》をあっさり認めた。お喜多が落ち着くまで、長くとも一月《ひとつき》の間に限る。そして、吉原からの報せが入れば何をおいても帰ってくる。

条件付きながら、破格の許しが出た。しかも、お喜多の世話をする女を一人付けるとまで言うのだ。安芸ほどの全盛の花魁なら、出養生《でようじょう》のさい、新造《しんぞ》と禿《かむろ》を二人ずつ引き連れるのが習わしだが、桐葉はそこまでの位ではない。備後屋という後ろ盾があればこその扱いだ。

ただ、おゑんは、付き人の件は断った。お喜多を他の患者と区別する気はない。人手は入り用だが、それは患者全ての世話係として雇うつもりだった。すでに、近くの農家の娘が一人、通いでやってくる段取りがついていた。

それに、桐葉ではなくお喜多という女を預かる。吉原と切り離し、能う限りその色を取り除く。そう決めていた。素のお喜多と向き合わなければ、お産まで漕《こ》ぎつけるのは難しいと感じたのだ。思案より勘に近い。今回は、己の勘に従うつもりだった。だから、廓言葉を使い、廓の則《のり》に生きる女は無用、むしろ邪魔になる。

平左衛門には正直に伝え、承諾を得ていた。

なので、お喜多は甲三郎に連れられ、風呂敷包み一つでおゑんの家にやってきた。風呂敷包みも小袖の形もいたって地味で質素だったが、遊女姿のときより若やいで見えた。

「おゑん先生、あたし、働きますから」

それが、お喜多の第一声だった。お春や末音、お絹、お丸と顔合わせも済んでいないうちだ。つい、聞き返してしまった。

「え、働くって？」

「はい、働きます。お掃除でも、繕い物でも、洗濯でもなんでもやりますからね」

しゃべりながら、お喜多は襷《たすき》を取り出し、袖を括り、手拭いで髷を覆う。前掛けまで持参していた。それを着けると、下働きの女中そのものの格好になる。

「いいえ、お喜多さん、ここではゆっくり養生してもらって構わないんだよ。そのために来てもらったんだから。ましてや、今、着いたばかりじゃないか。疲れてもいるだろう。余計な気を遣わず、のんびりしちゃあどうだい」

身籠って間もない女を駕籠《かご》に乗せるのは避けたくて、ここまで歩いてもらった。そうたいした道のりではないけれど、吉原の女には酷だったかもしれない。

――と、おゑんなりに懸念を抱いていたが、それを笑い飛ばすが如くお喜多は元気だった。

「いいえ、旦那さまからも、先生にご迷惑をかけぬよう、厳しく言い渡されてるんです。先生にお手間は掛けません。あ、でも、少しは掛けちゃうけど、なるべく掛けないようにしますね。えっと、だから、あたし、自分の食い扶持《くぶち》分ぐらいは働きます。なんでも言い付けてくださいな。こう見えても働き者なんです。あ、廊下の拭き掃除、しましょうか」

舌も滑らかに回っている。物言いに翳りはなく、笑みを絶やさない。気圧《けお》されるほどの陽気さだ。おゑんは小さくかぶりを振った。

「いや、拭き掃除はいいよ。もう済ませてあるから」

「このお部屋も綺麗ですよね。塵一つ落ちてないもの」

お竹の使っていた座敷は、お春とお丸の手で隅々まで整えられている。新しくもなく、いたって質素な造りだが、日当たりはいい。縁側からは裏庭に下りられ、そのまま竹林や雑木林、末音の薬草畑にもぶらぶら歩いていける。竹は年中緑だが、庭の花木や道端の小さな野の花は、季節ごとにそれぞれの色の花弁を広げる。気力、体力が戻ってきた患者たちはこの道をそぞろに歩き、風や光に身を晒していた。それが恢復へのさらなる力になる者も、ならない者もいる。

おゑんは縁側に立ち、甲三郎は腰かけ、お喜多は沓脱石《くつぬぎいし》の草履を突っ掛け、庭に下りたった。ひやりとするほど雑な動きだ。

自分が子を孕んでいることなど、忘れ去っているのだろうか？

まさかね。あれほどの騒ぎを起こしておいて、忘れたはないだろう。

おゑんは考え、いや、お喜多ならあり得るかもしれない、と考え直す。どこか尋常からかけ離れた思案や行いをするりとしてしまう、お喜多の危うさに、いつの間にか慣れたようだ。ほんの少しばかりではあるが。

「じゃ、庭掃除しますよ。あ、おばさん、おばさーん、あたしやりますから」

抜いた草を掃き集めていたお丸が振り向き、ぽかりと口を開ける。その手から庭箒《にわぼうき》を奪い取ると、お喜多は掃除を始めた。なかなか手際がいい。

「おゑん先生、あの人、なんなんです？」

お丸が呆れ顔でお喜多を指差す。

「前に話しただろう、新しい患者だよ」

「患者？　けど、あの人、あたしのこと、〝おばさん〟って呼びましたよ」

「まあ、他に呼びようがなかったんだろうさ。まだ、紹介もしてなかったからね。次からはちゃんと名前を呼ぶように言っとくからね」

「はあ、それは別にかまいませんけど……。でも、どうして患者さんが、あたしから箒をひったくったりするんです」

動ける患者に限ってだが、できる範囲で自分の世話は自分でしてもらう。そう決めている。部屋の掃除も洗濯も、赤子の襁褓を縫うのも、任せられるなら任せていた。現に動き、細々とした仕事を為す。それが案外、人の気持ちを整える。それに身体を動かせば、心も動く。風を感じ、香りに気付き、空を見上げて光を受け止められるのだ。ただ、疲れ切り、弱り果て、横になったまま起き上がるのもかなわない患者は多い。ここに辿り着く前に、心身の力を使い尽くし、余力などどこにもないのだ。まる二日、昏々《こんこん》と眠り続けた者も、厠《かわや》に行くのさえままならぬほど足腰と心とが萎えた者も、涙で頬の肌が爛れた者も、いた。

やってきた初日から襷掛けで掃除を始めた女など、おゐんでさえも覚えがない。お丸が呆れるのも当然だ。

「なんだか、川口屋にいたときとは別人みたいですねえ」

横に座る甲三郎に話し掛ける。

「大門を出てから、ずっとあの調子でやすよ。妙に明るくて、楽しげだ。物見遊山のお内儀さんたちもかくやって思いやしたね」

「芝居じゃないですね」

「違うでしょう。芝居が打てるほど器用じゃねえはずですぜ」

「つくづく、捉えどころのないお人ですねえ」

「へえ、一風変わってるのは間違いねえです」

「でも、あの様子なら甲三郎さんにお手間を取らせるまでもなかったかもしれませんね」

お喜多に目を向けたまま、おゑんは言った。

「えっ、そりゃあ、あっしが要らないってこってすか」

甲三郎の声音が明らかに上ずった。

「ちょっと、甲三郎さん。あたしがそんな道具扱いをしたような言い方しないでもらいたいね。要る要らないじゃなくて、忙しいお人を留めておかなくていいかもと、そういう意味ですよ」

「いや、先生、あっしとしちゃあ桐葉、あ、いや、お喜多に負けねえほど今日を楽しみにしてきたんですぜ。追い返すなんて、殺生な真似しねえでくだせえ」

おゑんはあらためて、甲三郎を見詰め直した。

殺気はむろん、荒《すさ》んだ気配など一抹も纏っていない。むしろ穏やかで、少し縋るようで、飼い主を見上げる犬を想わせる。この男がどれほどの太刀《たち》を使うか、おゑんとはまるで別の意味で人の流す血に慣れているか、嫌になるほど知っている。なのに、目の前の男は剣呑さとは無縁の善人、としか見えない。手を伸ばして頭を撫でてやりたいような気にさえなる。

さすが、吉原。次から次へと、得体の知れないおもしろい相手をよこしてくれる。

「甲三郎さん、うちに来るのを楽しみにしていたんですか？」

「ええ、正直、惣名主から役目を言い付けられた夜は、嬉し過ぎて寝られやせんでした。先生の傍《そば》に二六時中いられるなんて、とんでもなく、おもしれえじゃねえですかい」

「おもしろい？　あたしがですか」

「へえ、先生ほどおもしれえお方は、そうそういやせん。あっしも、吉原暮らしが長《なげ》えんで、正体の知れねえ男にも女にも、年寄りにも若衆にもたくさん出会いやしたがね。先生よりおもしれえ者《もん》は一人もいやせんでした」

「馬鹿をお言いでないよ。あたしの正体なんて、すっきりわかってるじゃないですか」

「吉原に出入りしている医者、それが正体だと？」

「そうですよ、世間じゃいろいろ言われてるらしいけれど、医者であることは間違いないでしょ。それより他に何がありますか？　あたしはいつも一重《ひとえ》ですよ。重なるものはありません。そんなこと、言うまでもないでしょうがね」

不意に、甲三郎が笑い出した。嫌な笑い方ではない。乾いて、軽やかで、さらりと美しい。若い男にしかできない笑い方だった。

「何がおかしいんです。そんなに笑われるような話をしましたかね」

「あ、怒らないでくだせえ。先生に怒られたら、どうしていいかわからなくなっちまう。いや、だって先生が一重だなんて、突拍子もねえこと言うものだから、つい……」

「突拍子もない？　甲三郎さん、あたしは真面目に話をしてるつもりですがね」

「へえ、あっしも真面目でやすよ。いたってね。で、あっしには先生は八重《やえ》にも九重《ここのえ》にも何かが重なって、芯を覆い隠しているとしか思えやせんが。その何かを一枚一枚引き剝がして、先生の正体を目の当たりにしたいとも思いやす。ええ、先生に初めて逢ったときから、ずっと、そんな望みを抱いてやした。でも、あっしの力じゃ無理だと、はっきり引導を渡されちまったんでやすよ」

誰にですと、おゑんは尋ねなかった。尋ねなくてもわかる。

「ねえ、甲三郎さん」

「へい」

「川口屋さんはあたしをどうしたいんですかね」

風が吹いて、竹が鳴った。潮騒《しおさい》に似ていると誰かが言った葉擦れの音が、おゑんと甲三郎を包む。

見えない音を捉えようとするのか、お喜多が空を仰ぎ視線を巡らせた。

「どうしたいのか、惣名主もわかってねえのじゃありませんかね」

「あの川口屋さんが、決めかねていると?」

「へえ。吉原にとって先生は薬にも毒にもなると考えている節はありやす。薬は入り用だし、毒は除かねばならない。惣名主も思案のしどころでしょうかね」

他人事《ひとごと》だと言わんばかりのさらりと軽い口調で、甲三郎は告げた。

「川口屋さんが毒の害を厭うて除くと決めたらどうします? 除けと命じられたら、おまえさん、従いますか」

「従いやすよ」

寸分の躊躇いもなく、甲三郎は言い切った。

「あっしは首代でやす。惣名主の命《めい》ならどんなものであっても従いやすよ」

「でしょうね。とんだ愚問でした」

愚かな問い掛けをしてしまったと、苦笑する。

「他の者には渡しやせんから」

甲三郎がゆっくりと沓脱石の上に立ち上がった。

「先生を殺《や》れとの命なら、あっしが引き受けます。他の誰にも渡しやせんよ」

おゑんは肩を竦めた。

「だから、安心しろとでも？　とうてい笑ってお仕舞いにできる話じゃありませんね。物騒も甚だしいじゃありませんか。甲三郎さんにであろうが誰にであろうが殺されるなんて御免蒙《こうむ》りますよ。あたしは生きて、やりたいことが山ほどあるんですからね」

胸元を押さえる。甲三郎をちらりと見やる。

「あたしの命はあたしだけのもの。惣名主だろうが公方さまだろうが、好きに扱えるなんて料簡《りょうけん》、なしにしてもらいたいね。川口屋さんに、そう伝えておいてくださいな。機会があればでよござんすが」

そう容易く取り除かれはしない。侮れば、痛い目に遭うのはそちらかもしれませんよ。

言外に込めた想いも忘れずに、ぜひ。

薄く笑んだ顔を甲三郎に向ける。

「心得やした。必ず伝えやす」

甲三郎が頭を下げる。張り詰めた面持ちだった。

「先生、甲三郎さーん、なんのお話です？　ずい分と楽しそう」

箒を手に、お喜多が駆け寄ってくる。

「楽しそう？　そんな風に見えましたかね」

「見えました、見えました。お話が弾んで楽しそうでしたよ」

「そうかねえ。そんな楽しい話でもなかったんだけど。ねえ、甲三郎さん」

「でやすね。できれば、本当に楽しい話がしてえもんですが」

「できればね」

おゑんは作り笑いの男から目を逸らし、お喜多を手招きした。

「お喜多さん、ちょっと……。動かないで」

近寄ってきたお喜多の下瞼を下げる。お喜多は一瞬、半身を引きかけたが、そのままおとなしく立っていた。縋るように箒の柄を強く握り締めている。

「ああ、やっぱりね。瞼の裏が黄色っぽいじゃないか」

「黄色い？　瞼の裏が黄色だと駄目なんですか」

お喜多が首を傾げ、おゑんを見詰める。

「そうだね。あまりよくないね。甲三郎さん、ちょいと、顔を貸してくださいな」

返事を待たず、甲三郎の瞼も引き下げる。甲三郎が小さく「わっ」と叫んだ。

「ほら、綺麗な薄赤色をしてるだろ。これが元気な者の瞼の色さ」

「ほんとだ。桜の花よりだいぶ濃いですね」

「桜色じゃ駄目なんだよ。血が足りてない証さ。お喜多さんの場合、桜色よりさらに薄くて、黄み掛かってる。後で、手鏡ででも確かめてみるといいよ」

「せ、先生。勘弁してくだせえよ」

甲三郎が身を捩り、おゑんの指から逃れた。

「目の玉が乾いて、からからになっちまう。なんであっしまで、あかんべをしなきゃならねえんです」

「ああ、堪忍ですよ。他人《ひと》と比べてみると、自分の様子がよくわかるんです。お喜多さん、部屋にお入りな。あまり張り切り過ぎると、眩暈を起こすかもしれないよ。それくらい、血が薄くなってる」

「え、でも、先生。あたし、元気ですよ。吉原にいたときより気分がいいぐらいです」

「いたときはどうだったんだい。身体が怠《だる》くはなかったかい。息切れがあって、階段の上り下りが辛くはなかったかねえ」

「それは……ええ、そうだったかも。でも今は、そんなことないですよ」

「気持ちが上向きのときは、不調を忘れられるのさ。それはそれで結構なことだけどね。そのまま不調が消えてしまうことも、ままあるからさ。でも、消えてくれないものもたんとある。きちんと治療しないで放っておくと、いずれ手に負えないくらいまで育っちまうよ」

「やだ、先生……怖い」

お喜多が後退りする。おゑんが怖いのか、話の中身が怖いのか、目元が強張っていた。

「育ってしまったらどうなるんで？」

横合いから甲三郎が口を挟んでくる。

「食われちまうさ。頭から齧《かじ》られるのか、足から呑み込まれるのか、引き裂かれるのかわからないけれど、命を丸ごと餌食にされる」

「ひっ」。お喜多がまた一歩、後退った。

「あたし、そんなの嫌です。せっかく先生のところに来たのに、食べられるなんて嫌ですから」

「じゃ、しっかりお食べな。食べられる側じゃなくて食べる側に回るんだね」

「えっ、え？　でも、そんな怖いものを食べるって……」

「食事だよ。しっかり食べられるうちは、人はそう容易く死なないものさ。だから、お喜多さんもこちらが出す食事をできるだけ残さずに食べておくれ。身体のことを考えた上での膳だからね。苦手なものとかあるなら、今のうちに聞いておくよ」

お喜多は二度も三度も首を横に振った。

「いいえ、あたし、好き嫌いなんてないです。何一つ、ありません」

「卵や鳥肉も平気かい」

「好物です。雉《きじ》の肉なんて、昔、よく食べました」

「鳥の肝を干したものは、どうだろうか。これは、食事というより薬に近いと考えてもらいたいんだけどね。血を濃くするにはうってつけなんだよ」

「鳥の肝、はい、平気ですよ。食べたこと、あります。鶏《にわとり》じゃなくて山鳥のですけど。罠《わな》に掛かった山鳥をさばくんです。掛かった獲物は生きていることがわりに多いから、臓物も臭みがなくて美味しいです……」

しゃべり過ぎたと気が付いたのか、お喜多は目を背け、口を閉じた。

「そうかい、なんでも食べてもらえるなら何よりだ。なんにしろ、うちの料理は美味いよ。折り紙つきさ。楽しみにしておくといい」

「……はい。じゃあ、あたし、もう少し庭先を掃いておきます」

お喜多は逃げるように遠ざかって行った。

「甲三郎さん、お喜多さんの里はどこです……と聞いても、教えちゃくれないですよね」

「知っていれば教えやすよ。遊女の出所《でどころ》なんて隠すほどのものじゃねえんで。けど……」

「聞き出すほどのものでもない」

「へえ。一応、遊女台帳みてえなものは、ありやすからね。先生が頼めば、番頭さんが見せてくれるかもしれやせん。けど、そこに記されたものが本当かどうかはわかりやせんよ」

「……だね」

売られてくる女たちの素性を詳《つまび》らかにしても詮無いだけだ。大門を潜ったとき、女たちは過去と断ち切られる。新たに生き直す、そんな美しく柔《やわ》なものとは違う。遊女の身を受け入れるには、過去など足枷《あしかせ》にはなっても助けにはならないのだ。吉原では来し方は、振り返るものでも懐かしむものでもない。塵芥《ちりあくた》と同じ。どこぞに纏めて捨ててしまう。それだけのものに過ぎなかった。

そう、遊女の出自を気に掛けるなど、野暮を通り越して愚の骨頂でしかない。愚か者よと嘲笑《あざわら》われ、侮られ、呆れられてお仕舞いだ。

自分の口でお春に告げたではないか。なのに、全く同じ尋ねを甲三郎にしている。

おゑんは自分を打ち据えたいような心持ちになる。お喜多に関わると、どうしてこうも思案が空回りするのか。振り回されているとは思わないが、何かしら落ち着かないのだ。

「気になるなら調べてみやすが、どうしやす」

甲三郎が顔を覗き込んでくる。いつの間にか俯いていたらしい。

「いや、いいんですよ。つまらないことを口走ってしまった。忘れてくださいな」

おゑんの声が聞こえなかったかのように、甲三郎が呟いた。

「山の中で暮らしてたんですかね」

「お喜多さんですか？」

「そんな気がしやせんでしたか。かなり深い山の村で育ったみてえな。そうじゃなきゃあ、罠の獲物とか臓物が臭くないなんて台詞、すらっと出てこねえ気がしやすけどね」

「そうですねえ。少なくとも江戸の真ん中で育ったわけじゃないのかもしれません。でも、あたしたち二人であれこれ穿鑿《せんさく》してもしょうがないですよ。お喜多さんがどこで生まれ育っても治療には影響ありませんしね。この件は、ここまでとしましょう」

話を打ち切るつもりで、甲三郎に背を向けようとした。

「でも、先生は引っ掛かってんでやしょ。だったら治療と関わりあるんじゃねえですかい」

身体を元に戻す。甲三郎の正面に立つ。

「患者の里がどこかによって治療が変わる。そんな病などありませんよ。むろん、お産もです」

「じゃあ、どうしてお喜多の里を気にするんです、先生」

「それは……里そのものより育ち方が気になったんですよ。お喜多さん、くるくる人が変わるみたいに思えるじゃないですか。陽気だったり、陰気にぼんやりしていたり、急に騒いだかと思えば、妙に人懐っこかったり。そういう気質って、どんな風に作られてきたのか……ちょっと興がわいた。それだけです」

嘘ではない。お喜多の生い立ちに関心があるのは本当だ。しかし、それだけではない。もっと、もっと……もっとなんだろうか。知らねばならないと思ったのだ。お喜多のこれまでを知らねばと感じた。でも、それはなぜ？

おゑんは顎を上げ、息を吐き出した。

「やはり駄目ですね。いくら考えても何も出てきやしませんよ。ですから、あたしは治療に専念します。余計なことはひとまず、頭から追い出すことにしてね」

「へえ、先生が決められたのなら、それが一番の方法だと思いやす。ただ、あっしにできることがあるなら、なんでもやりやすよ。言い付けてくだせえ。お喜多じゃねえけど、先生の迷惑にならないよう、できる仕事は精一杯熟しやすよ」

なんとも健気《けなげ》な台詞だ。ついさっき、命に従いあなたを殺すと告げた男のものだとは、信じ難い。

この台詞もあの言葉も真実《まこと》であるから、始末が悪い。

「甲三郎さんに頼みたいことなら、たんとあります。台所の方に回ってくださいな」

「え、台所ですかい？」

「ええ、お春さんが手ぐすね引いて待ってます。薪割《まきわ》りを頼みたいんだそうですよ」

甲三郎が遠慮がちに眉を寄せる。

「お春さんか……。こき使われそうだな。薪割りだけじゃ済みやせんよね。それを束ねて、運んで、積み上げるところまでは覚悟しとかないとな。ついでに水汲《みずく》みとかもさせられるかもしれねえな」

「おや、いい勘してるじゃありませんか。うちは今まで男手がなかったからね。いろいろ、不便だったんですよ。雨漏りの箇所も気になるし、根太《ねだ》が腐りかけている場所もあるみたいでね。直してもらえると、助かります。あ、そう言えば、甲三郎さんをここに呼びたがっていたの、お春さんでしたよ。いろいろ下心があったんですね」

「こりゃあ、大変だ。明日から、いや、今日から忙しくなりやすね」

にやりと笑い、甲三郎は母屋の端にある台所に足を向けた。

おゑんは一人、縁側に立つ。ざぁざぁと竹が鳴るのを聞いている。竹の病葉《わくらば》が一枚、風に乗って目の前を過っていった。


何事もなく日が経った。

お喜多がおゑんの許にやってきてから、三日が過ぎた。拍子抜けするほど平穏な三日だった。お喜多は拒むどころか嫌がる風も見せず、診察を受けた。ただ、産む気はない。産まない決意はそうとう強いと思われた。

「先生、いつ、堕ろしてくれますか」

今日は診察の後、はっきりと問うてきた。昼下がりの診察室は、ほどよい明るさと暖かさに満ちている。遠くで鶯が巧みに鳴いていて、それも心地よい。

「急ぐことはないよ。少なくとも、お喜多さんの血の薄さが治らないと無理だね。ここで堕ろすと、お喜多さんの命は請け合えないよ」

「請け合えないって、あたしが死ぬってことですか」

「死ぬ見込みが高くなるってことさ。前にも言ったけど、腹の子を流すってのはね、お産より危ないんだ。たくさんの血が出る。今のお喜多さんの身体だと、その血を止める力がないんだよ。血が止まらないと人はどうなるか。わかるだろう」

器具を片付けながら、伝える。本心では、どうあっても子を産ませたかった。だからといって、騙《かた》っているわけではない。三日前、高揚していた気持ちが落ち着くにしたがい、お喜多の具合は悪くなっている。気持ちに抑え込まれていた不調が頭をもたげ始めたのだ。怠さや息切れを訴えるようになり、浮腫みも現れ始めた。この身体で絶え間ない出血に見舞われれば、お喜多も腹の子も助からないかもしれない。

ただ、今のところ、子の方は順調だ。一日一日、確かに育っている。このまま、日が重なれば、もう流せないと言えるまでになってくれたら、お喜多も産むしかないと腹を括ってくれるのではと、おゑんは祈るような気持ちでいた。

「ともかく、しっかり食べておくれ。それと薬も忘れずに……え、お喜多さん？」

器具を片付け終わり、顔を上げ、おゑんは生唾を呑み込んだ。

お喜多の様子がおかしい。目を見開いたまま、畳の一点を眺めている。瞬きもしない。そこに何があるのか、おゑんも目を凝らしてみたが畳より他に何も見えなかった。

「血が……たくさんの血が流れて……血が……」

「えっ、お喜多さん？　どうしたのさ」

「血……血だらけ、あっちもこっちも……みんな死んでる」

お喜多がさらに目を剝く。

いけない。

おゑんが薬箱に手を伸ばしたすぐ後、お喜多が奇声を上げた。馬のいななきにも似た声だ。何か喚きながら、おゑんに襲い掛かってくる。とたん、首筋に激痛が走った。お喜多の歯が食い込んでくる。おゑんの喉を食い千切ろうとしているのだ。

人じゃない、これは狼《おおかみ》だ。

痛みでふっと気が遠くなる。あれほど明るかった部屋が薄い闇に閉ざされていった。

五

指の先が探り当てた。

小さな陶器の瓶だ。

喉の痛みが、おゑんを正気に引き戻した。空いている手でお喜多の鼻を摘まみ、捩《ね》じり上げる。お喜多はおゑんの首から歯を離し、大きく口を開けた。血の混じった唾が四方に散る。そのとき、診察室の障子が開いた。

「先生！」

甲三郎が飛び込んでくる。目の前の光景に目を見張ることも、動きを止めることもしなかった。飛び込んできた勢いのまま、お喜多を床に転がし、馬乗りになる。どういう骨合《こつあ》いがあるのか、力尽くで抑え込んでいる風もないのに、お喜多はもがくことさえできない。

なるほど、修羅場を潜ってるってのはこういうことか。

頭の一点が妙に冷めている。その一点で、束の間、そんなことを思った。束の間は束の間で、おゑんはすぐさま起き上がると、小瓶の中身を布に振り掛けた。それをお喜多の鼻に当てる。

「息を吸って、お喜多さん、ゆっくり息を吸って」

末音の香油だ。緩やかだが気持ちを鎮めてくれる。

「甲三郎さん、手荒な真似はしないでください。腹の上に乗っちゃだめですよ」

「へえ。わかってやす。けど、先生……」

甲三郎が気息と言葉を抑え込んだとき、お春が転がるように入ってきた。

「おゑんさん、今の声は……まっ」

一瞬、棒立ちになったが、すぐに棚から晒の束を取り出す。

「血が出てるじゃないですか。すぐに治療します」

「あたしはいいから、お喜多さんの部屋に例の練香を用意して……」

「黙っててください」

お春が怒鳴る。お春から頭ごなしに怒鳴られたのは初めてだ。

「いいわけないでしょ。こんなに血が流れてるのに、何を言ってるんです。甲三郎さん、そっち、もう、大丈夫ですね」

「大丈夫かって……あっ、え？　え？　寝てやすぜ、先生」

「ああ、そのようだね」

お喜多は寝息を立てていた。目を閉じ、僅かに口を開け寝入っている。この世にはなんの憂いも苦労もない。そう信じて眠りに入れる童の寝顔だ。

お春は素早く、お喜多の脈と息遣いを確かめた。

「うん。これなら、お喜多さんは暫く放っておいてかまわないでしょ。水をお願いします」

「あ、へい。わかりやした。桶に汲んできやす」

「井戸のじゃ駄目ですよ。水売りから買った綺麗なものをお願いします」

「心得てやす」

「それと、お丸さんに焼酎を温めてもらってください。そう言えばわかりますから」

「承知」

足音も立てず、甲三郎は駆け去って行った。その軽やかな動きを目で追っていたら、首筋に鋭い痛みを覚えた。不意を衝かれ、思わず声を上げてしまった。

「あちっ」

「おゑんさん、この傷……まさか、ですか」

問うてからお春はちらりとお喜多を見やり、唇を結んだ。

「ああ、そのまさかだよ。突然、襲い掛かってきて、首に嚙みついたんだ。けど、肉を食い千切られちゃいないだろ。そんな感じはしなかったからね」

「ええ、嚙み傷だけです。でも、狼や熊じゃないのに、こんなに思いきり嚙みつけるものなんでしょうか」

「狼や熊だったら、今頃、あたしは生きちゃいなかったよ」

「あら、ほんとにそうですね。おかげで肉も血の筋も嚙み切られていないようです。よかったわ」

お春がほっと息を吐く。それから、また、忙《せわ》しなく手を動かし始めた。

「お喜多さんがこんな真似をした理由《わけ》は？」

「わからないね。それまでは、おとなしく診察を受けてたんだ。普通に話もしていた。それが、不意に変わったんだよ。全くの別人になったとしか思えないね」

「全くの別人……」

「ああ、くらりと人が入れ替わった。そんな感じだったんだよ」

ほんの寸の間だった。その間に、お喜多の内で何が起こったのか。何が因《もと》となったのか。記憶をまさぐってみる。

〝血〟だろうか。血という一言が尋常でない乱れを呼んだのだろうか。そういえば、お喜多は何かを呟いていた。あの呟きは……。

ずくっ。傷が痛む。その痛みが思案を妨げた。

戸が開いて、甲三郎が顔を覗かす。

「水と焼酎、持ってきやした。どこに運びやしょうか」

師匠に教えを乞う弟子に近い口調だ。お春が「あちらへ」と軽く顎を動かした。診察室の床半分には、やや傾きを付け陶板を敷いてある。血や汚れを洗い流し易くするためだ。

「おゑんさん、傷を洗います。それから、薬を塗りますね」

「はいよ。このところ、お春先生にはお世話になりっぱなしだね」

「まっ、そんな戯言《ざれごと》が言えるなら心配はいらないですね。じゃ、お着物を脱いで、陶板床の方に移ってくださいな」

「ええっ、着物を脱ぐんで」

甲三郎が、らしくない声を出す。お春が眉を寄せた。

「そうですよ。首の傷ですからね。着物を着たまま洗うわけにはいかないでしょ」

「いや、でも、あ、わ、わかりやした。あっしは邪魔でやすね。すいやせん」

慌てて身をひるがえそうとした拍子に、甲三郎は足をもつれさせ、壁に肩をぶつけた。

「甲三郎さん」

「あっ、すいやせん。す、すぐに退散しやす」

「退散する前に、お喜多さんをお部屋に運んでくださいな。台所にお丸さんがいるから、夜具を敷いてもらって。それから、末音さんに声を掛けてください」

お春がてきぱきと指図をする。

「へ、へい。後は末音さんにお喜多をお任せしたら、いいんでやすね」

「いいです。おゑんさん、練香を使うんですよね」

「ああ、暫く眠ってもらった方がいいだろう。心の臓には乱れはないね」

「ありません。脈はしっかりしていました」

「じゃあ、練香の量は末音が決めるだろうよ。あと、目が覚めたとき、すぐ水が飲めるように用意しといてほしいと、これはお丸さんに伝えといてくださいな」

「末音さんに練香で、お丸さんには夜具と水。わかりやした。伝えやす」

お喜多を抱き上げると、甲三郎は今度は足音を響かせ素早く出て行った。小袖を脱ぎながら、おゑんは堪えていた笑いを漏らす。

「ほんとにまあ、たいしたもんだねえ」

「甲三郎さんですか？　お喜多さん一人を運ぶぐらい朝飯前でしょ」

「いや、お春さんだよ。甲三郎さん、たじたじじゃないか。あの男を顎で使えるなんて、なかなかの大物だよ。感心するしかないね」

「まっ、また、そんなからかい方して、止めてくださいな。でも、甲三郎さんの慌てぶり、可愛かったですね。あの人、迂闊《うかつ》に近寄れないほど怖いかと思えば、妙に可愛らしくなったりして不思議な人ですよ。でも今は甲三郎さんよりおゑんさんです。さっ、始めますよ」

陶板床の上で水と焼酎を使い、傷を洗う。些か染みた。「痛いですか」「わりにね。患者の気持ちがよくわかるよ」「今さら？」「今さらだね」。そんなやりとりをしながら、お春は手際よく治療を続けた。薬を塗り、晒を巻く。

「あたしも関わりがあるかもしれません」

手当てが終わり、おゑんが別の小袖に腕を通したとき、お春がぼそりと言った。

「え？　なんのことだい」

「お喜多さんの乱調のことです。いえ、確かな証があるわけじゃないんです。あたしが感じただけなんですが……」

「それ、聞かせてもらおうかね」

帯をきっちり締め、おゑんは改めて、お春の前に座った。

「はい。あの、昨日のことなんです。あたしが竹一を抱っこして庭にいたら、お喜多さんから声を掛けられました。その子は誰の子ですかって。あたし、正直に話しました。隠さなくてもいいと思ったものですから。この子は患者さんが産み落とした赤ん坊ですと……。そしたら、お喜多さん、じっと竹一を見詰めた後、すごくいろいろ尋ねてきて……」

「いろいろとは？」

「えっと、竹一の母親はどうしたんだとか、生まれてどのくらい経つのかとか、お乳はどうしているのかとか。母親は亡くなったと告げたら、じゃあ、その子はどうなるんだって、すごく真剣な顔で尋ねてきたんです。あたし、お喜多さんは本当は赤ん坊を産みたいんじゃないかって思いました。赤ん坊を産んで育てられなかったらどうなるのか、それを知りたくて、竹一のことを執拗に尋ねてきたんじゃないかと……」

お春が上目遣いに見てくる。おゑんは黙っていた。

「……違うんですか」

「わからないね、お喜多さんの心内は謎さ。けど、お喜多さんはお産をひどく怖がっていた。お産そのものというより、赤ん坊が生まれてくることを恐れていた。あたしには、そうとしか思えないんだよ」

「産むことじゃなく、生まれてくることを恐れている……。赤ん坊そのものを恐れているってことですか。だとしたら……」

お春の視線が宙をうろつく。

「駄目ですね。あたしには理由《わけ》が思い付きません」

「あたしにもさっぱりさ。けど、竹一についてあれこれ話したことが、お喜多さんの乱調に繋がっていると考えるのは早計ってもんだろう」

お春らしくない。お春は慎重だ。用心深くもある。苦労を重ねてきた者だけが具えられる深慮の力を持っている。軽々しく事を決めつけることも、想いを口にすることもない。

「でも、お春さんがお喜多さんに何かを感じたのなら、あながち早計と言い切れない気もするよ。もう少し、詳しく話しておくれ。お喜多さんとのやりとりは、竹一のことだけだったのかい？」

「ええ、ほぼそうでした。いえ、あの、あたし、言わずもがなのことを言ってしまったかもしれません……お部屋のことで……」

「部屋？　お喜多さんの部屋かい？」

「ええ、あの部屋には前に、お竹さん、竹一の母親が入っていたとしゃべってしまったんです。ほんとうに考えなしでした」

お春が身を縮める。おゑんは、心持ち首を傾げた。お春がお喜多に告げたのは、むろんいらぬことだ。けれど、失言とまでは言えないだろう。誰を傷つけたわけでもないのだ。

「まあ、つい、しゃべり過ぎたの、口が滑ったのなんて、まま、あるからね。ついつい余計なおしゃべりをしてしまうことなんて、誰にでも覚えがあるだろう。褒められはしないけど、咎められるほどのものじゃない。気にしなくていいんじゃないかい」

「そうですね。でも、昨日の夕方、お喜多さん一人、庭に立っていました。ぼんやり空を眺めていたみたいで……。その様子が、お竹さんを思い起こさせて……」

「お春さんを引っ掻いてきたときの、お竹さんをだね」

「そうです。似てないし、全くの別人なのに、思い出してしまったんです。それで、お喜多さんもあたしに気が付いて、また、竹一のことを聞くんです。あの赤ん坊はどうしてるって。ええ、とても気にしているみたいでした。夕餉の膳を運んだときも、同じことを聞かれました。それに、部屋のことも気になるみたいで。だから、あたし、お部屋を替えましょうかって言ったんです。少し狭くなるけど、廊下の突き当たりの部屋が一間、空いているので、そこに移りますかと。お喜多さん、黙って首を横に振って、それっきりでした」

「それっきり?」

「はい。あたしが何を話し掛けても曖昧な返事しかしなくなって、ずっと押し入れの襖を見てるんです。あたし、他の仕事もあったので、お喜多さんをそのままにしておきました。どこか変だなとは感じていたのに……。それで、今朝《けさ》、会ったときはいつも通りで、竹一のことも部屋のことも一言も言わなくて。だから、あたし、おゑんさんに何も伝えなかったんです。というか、忘れてました。本当はきちんと報せないといけなかったんですね」

お春は忙しい。忙しくさせているのは、ほかでもないおゑん自身だ。治療の助手も患者や赤ん坊の世話も押し付けている。このところ、お丸、お絹、小女《こおんな》など手助けしてくれる奉公人を雇ったけれど、それで、お春が楽になったとは思えない。少しでも暇があれば、末音に薬草についての教えを乞うているし、夜なべで産着や襁褓を縫っているときもある。本人の「昔の苦労に比べれば、ここは極楽です。生きがいもたっぷりいただいてますし。もっともっと学びたいと心が逸りますよ」との台詞に偽りはないだろう。そして、お春の偽りのない心情に、おゑんが甘えているのも事実だ。

しかし、その事実と報せるべきことを報せなかった過ちは別のことになる。患者についてだけは、どんな小さなことでも細やかなことでも、おゑんの耳に入れておかねばならない。伝え忘れていたこと、報されていなかったことが患者の命を危うくする。そういう事実も、またあるのだ。

「正直、お喜多さんはわからないことだらけなんだよ。さっきみたいに、こちらの思いもかけない動きをする。心の揺れが激し過ぎるんだ。何を抱えているのか、どうにもわからない。そういう相手だから余計に、能う限り様子を摑んでおきたい。わかるね」

「はい。今日のことで、よくわかりました。次からは気を付けます」

「そうだね。お春さんは同じ間違いを二度はしない。そこは、たいしたものですよ。あ、それと、異変を感じる力もね。お春さんは、昨日、お喜多さんに異変を感じたんだろ」

お春がゆっくりと頷いた。

「異変というか、竹一を見てから急に気色が揺らいだような気がしたんです。竹一じゃなくて赤ん坊を見てと言った方が、正しいでしょうか」

「そうだね。お喜多さんが竹一を知っているわけがないんだからね」

「ええ、お外に出したのも昨日が初めてでしたしね」

「だとしたら、竹一を見たことと今日のお喜多さんの様子に、関わりのあるはずがない……と考えるのが尋常だろうさ」

「ええ、当たり前だとは思いますが、その当たり前が通じない気もして……」

お春と顔を見合わせる。話しても、話しても何も見つからない。何にも突き当たらない。深い藪に分け入っているようだ。藪を抜ければ道があるのか、切り立った崖の上に出てしまうのか、見当が付かなかった。

障子がカタリと鳴った。

「あの、すいやせんが」

遠慮がちな声が聞こえた。お春が素早く立ち上がり、戸を開ける。

「あら、甲三郎さん。そんな、縮こまってなくてもいいのに。お入りなさいな。心配いりませんよ。おゑんさん、ちゃんと身支度してますから」

お春の声音が軽くなる。笑いさえ含んでいた。弟をからかう姉のような口振りだ。

「あ、いえ。あの実は先生にお客さんなんで」

「あたしに？　患者ですか」

「いえ、備後屋の番頭でやす」

「備後屋さんの？」

「へえ、備後屋の主人からの言伝《ことづて》を持ってきたとのこってす。どうしやす」

「会いますよ。もちろん」

立ち上がろうとして、軽い眩暈を覚えた。その場に膝をつく。身体の熱が一気に引いていくようだ。頭から背筋にかけて、冷えが覆う。耳の奥を不快な音が貫いた。

「おゑんさん」

お春が身体を支えてくれた。思いの外、力がある。

「大丈夫ですか。無理をしないでください。かなり血が出ましたから、お客さんはまたにしてもらいましょう」

「いや、会いますよ。ええ、少し息を整えれば大丈夫です」

自分に舌打ちしていた。

何を慌ててるんだい。自分の身さえ御《ぎょ》せなくてどうするんだ。

「甲三郎さん、お客、表の部屋に通しておいてください。すぐに、行きますから」

甲三郎は黙って頭を下げると、障子を閉めた。お春が水の入った湯呑を差し出してくれる。喉に染みるほど美味しかった。

今度はゆっくりと、立ち上がる。足を踏み締める。眩暈も耳鳴りもなかった。お春に頷き、廊下に出た。

風が吹いて、竹が鳴る。この家は、どんな季節でも、青い竹の香りに包まれる。その香りを胸の奥まで吸い込み、おゑんは束の間、天空に目を走らせた。


番頭は藤助《とうすけ》と名乗った。鬢に白いものが目立ち、皺も深いが、背筋が伸びているからか、体付が引き締まっているからか、老いを感じさせない。

「この度は、お内儀さんがお世話になりまして、ありがたく存じます」

そう挨拶する声も張りがあり、若い。謡《うたい》でもしているのかと問いたくなるほどの美声だ。しかし、おゑんは声質より、言葉の中身に気を引かれた。

「お内儀さんというのは、お喜多さんのことですか？」

「さようでございます。主から、そう呼ぶように言い付けられておりますので」

「そうでしたか。それは、結構なことです」

結構なことだ。備後屋将吾郎は、お喜多を本気で妻として迎え入れようとしている。本気で、だ。なかなか出くわせないほどの結構としか言えない。お喜多の幸運をあらためて感じた。なのに、言祝ぐ気にはなれない。越さねばならぬ山が、まだ、目の前にいくつも聳《そび》えている。

「こちらは、主より、先生にお渡しするように預かってまいりました」

藤助が袱紗《ふくさ》包みをおゑんの前に置いた。確かめなくとも中身はわかる。金だ。

「お喜多さんをお引き受けするための掛りについては、川口屋さんからいただいております。それは、むろん、備後屋さんからいただいたのと同じことだと承知しておりますよ。ですので、もう十分です。これは、お仕舞いくださいな」

指先で包みを押し返すと、藤助は驚くほど激しく首を左右に振った。

「それは困ります。わたしは主から、先生にこれをお渡しして、お内儀さんのことをくれぐれもお願いするようにと言い付かって参ったのです。先生が受け取ってくださらなければ、わたしの顔が立ちません。どうか、お納めください。なにとぞお願いいたします」

額が畳に付くほど、低頭する。

なんとも大仰な男だねえ。

ため息を吐きそうになった。身体の芯が僅かに火照っている。気怠《けだる》さも覚える。相手にじっくり付き合う根気が湧いてこない。

「そうですか。わかりました。それでは、ありがたく頂戴いたします」

おゑんの一言に、藤助はほっと息を吐いた。

「ありがとうございます。これで主から叱られなくて済みます」

「備後屋さん、そんなに気が短い方なのですか」

「あ、いえ、そういうわけではありません。主は穏やかで、心の広い人物です。仕事については厳しい面もございますが、それは商人なら当たり前ですので」

藤助が当たり障りのない答えを返してくる。おゑんはさらに、どうでもいい気分に陥った。かといって、こちらから席を立つわけにもいかない。藤助は備後屋の番頭だという。そういう立場の者が、ただ金子を運ぶだけの役目でやってくるとは考えられない。果たさなければならない役は、他にあるのだろう。

「それで、お内儀さんのお加減はどんなものでしょうか？」

藤助は、本当の役目だろうお喜多の様子を尋ねてきた。遠回しでなく、ぽんと踏み込んでくる。ありがたい。余計な駆け引きがいらないぶん手間が省ける。もっとも、駆け引きをしないことと、真実《まこと》を語ることは別の話になるが。

「お喜多さんは、今、眠っておられますよ。少し、血が薄いようだし疲れもあるので、ゆっくり休んでもらっています」

「そうですか。では、お顔を見るのは無理ですね」

「ええ、無理です」

ぴしゃりと言い切る。

「備後屋さんから、様子を見て来いと言われましたか」

「あ……いや、主から命じられたわけではありません。先生にこの包みを渡すように命じられただけです。ですが、命じられたことだけを為して満足しているようでは、商人としては心許ないやつと見《み》做《な》されるかもしれません」

「ああ、なるほどね。では、藤助さんとしては手土産にするために、お喜多さんの様子をご自分の目で確かめたいと、そう仰ってるわけですか」

些か露骨な皮肉を投げてみる。藤助は顔色一つ、変えなかった。

「はあ、有り体に言ってしまえばそうなります。主はお内儀さんのことを心配しておりますが、こちらに顔を出さないように固く言い付けられているとかで、辛抱しておりますから」

備後屋が現れれば、お喜多がどう振る舞うか、どう気を昂らせるか読めない。できる限り、お喜多の心内を穏やかにしておきたくて、おゑんは備後屋のおとないを禁じた。それが間違っていたとは思わないが、さっきのお喜多の乱れ方からして、備後屋を遠ざければ済むというわけではないのだ。

「申しましたように、お喜多さんは今、眠っています。心身の恢復のためにはできる限り、平穏に過ごすのがいいのです。なるべく、情を揺り動かしたくないのですよ。そこのところ、備後屋さんによろしくお伝えくださいな。ただ――」

藤助が顔を上げる。おゑんの言葉を聞き逃すまいと、耳をそばだてる。

「お喜多さんは元気です。血の薄さとか浮腫みとか気になるところはありますが。お腹の子には影響はありません。順調に大きくなっていますよ。それも、お伝えください」

「安心していいと、そういうことですね、先生」

「今のところは、です。腹帯を巻くころになれば母親の体調も落ち着いて、無事に生まれる見込みも高くなりますが、それまでにはまだ少し間がありますからね。用心は当分、入り用です。だからこそ、静かに暮らしてもらわないとね」

それまでに、お喜多が産む決意をしてくれるのか、飽くまで子堕しを望むのか、そこもまだ見えてこない。

「そうですか、赤ん坊は順調に育っているのですね。わかりました」

藤助が二度ばかり、軽く頷いた。

「それだけ伺えれば十分です。主も喜ぶでしょう。先生、ありがとうございました」

「お礼を言われるところまではいってませんよ。これからが大切な時期になりますから。あたしを信じて、お任せいただくしかありません。どうか、よろしくお願いします」

頭を下げる。これは本気の願いだった。信じて任せてもらわなければ、治療に差し障りが出る。その危惧はかなり大きい。

「はい、もちろんでございます。先生は、吉原惣名主の信も厚い方と聞き及んでおります。手前どもとしては、安心もし、信じてもおりますので。こちらこそ、諸々、お願いいたします。今日は、約定もなく罷《まか》り越しましたことお許しください。しかし、先生と直にお話しできて、よろしゅうございましたよ。本当にありがとうございました」

おゑんより、よほど深く頭を下げ、藤助は美しい声で告げた。胸を撫で下ろす心地がする。藤助が信じると明言してくれたのもさることながら、辞去の挨拶に安堵したのだ。気怠さが増している。あまり長居はしてほしくない。

しかし、藤助は腰を浮かせようとしなかった。やや前のめりになり、おゑんの喉元を凝視してくる。細面で目も細い。その目をさらに細くして、見詰めてくるのだ。

「あの、先生、失礼ですが、喉をどうかなさいましたか」

「ああ、これですか」

わざと気のない声を出し、首の晒に指を当てる。

「調合中にここに、薬が散ってしまいましてね。ちょっと厄介な薬だったもので、かぶれてしまったんですよ」

さらりと騙る。騙って善心が疼くほど初心《うぶ》ではなかった。会ったばかりの他人に患者のあれこれを告げるほど無邪気でもない。

「かぶれですか。それは、いけませんなあ」

「ええ。本当に。とんだ不間《ぶま》をやってしまいました。お恥ずかしい限りです」

わざと恥じてみせる。そこで、藤助はやっと「では」と立ち上がった。それを待っていたかのように、風音が響く。

「おや、まるで潮騒のような音ですな」

「ええ、裏手の竹林が鳴っております」

「そういえば、このお家、竹林を背負っておられますね」

藤助が耳を澄ますように、首を僅かに傾けた。

「ええ、春先には美味しい筍《たけのこ》をいただきましたよ。それに、竹は漢方の薬にもなりますし」

「ほう。やはり、生薬に使えるものを植えておられるのですね。薬草畑とかもあるのですか？」

藤助は少し興をそそられたようだった。

「畑はあります。それに、野の草木も花も実も、薬になるものは多くござんすよ。ああ、そうそう姥《うば》目樫《めがし》などもね、若芽は五倍子《ごばいし》の代わりになります。染料にもなりますが、胃の腑や腸の薬に使うのですよ」

「ほう。先生は森羅万象、この世のあらゆるものを相手にされているのですね」

「……いえ、そんな大仰なものじゃござんせんよ」

曖昧に笑ってみせる。

引っ掛かる。なぜ？　という疑念が胸裏に引っ掛かる。

「では、これで。お邪魔いたしました」

一礼すると、藤助は去って行った。

「先生、あの方、手土産に菓子を持ってきてくれましたよ。今、評判の餅菓子です。並ばないと買えなくて、あっという間に売り切れちゃうんです」

お丸が弾んだ声で告げてくる。

「ああ、そうかい。お茶でも淹れて、みんなでお上がりな」

「え、先生は召し上がらないんですか」

「あたしは遠慮しとくよ。少し疲れたから部屋で横になろうかね。何かあったら呼びに来て……。あ、いや、ちょっと待っておくれ」

お丸に向かい、おゑんは首を横に振った。

「今、すぐに食べない方がいいかもしれない」

「あらま、そうですか。八《や》つにいただいちゃいけませんかね」

お丸が少し、恨みがまし気な目つきになる。

「ひとまず、末音に渡しておいておくれな。中身を確かめてくれってね」

「え、どういうことです?」

「そう伝えればわかるよ。末音が食べていいと言ったなら、好きなだけお食べ」

お丸は訝《いぶか》し気に首を傾げたが、すぐに「畏《かしこ》まりました」と頭を下げ、去って行った。部屋に戻り、羽織を脱ぐ。黒い長羽織が足元に絡みついてくる。それを畳むのさえ億劫《おっくう》だった。身体が怠く、重い。怠さも重さも、少しずつ増していくようだ。熱が出るのかもしれない。首筋の傷がずくずくと疼く。その疼きより強く、息の閊えを感じる。おゑんは湯呑に水を注ぐと、一気に飲み干した。

息が通り、頭がすっきりする。首は疼くが、耐えられないほどではない。すっきりした頭で考える。

あたしは、なぜ、お丸さんを止めたのか。末音に毒の有無を調べさせようとするのか。

客の手土産なのに、なぜ、ここまで用心が働く？

確かめた方がいい。

頭ではなく勘が囁いた。

このままにしておいては駄目だと、さらに囁く。囁きに逆らう気は起きなかった。

「甲三郎さん」

廊下に出て、甲三郎を呼ぶ。返事はない。

「甲三郎さん」

「へい。お呼びですか」

庭の奥から、甲三郎が現れる。水汲みでもしていたのか、尻端折《しりはしょ》りに襷掛けという格好だ。元武士とも吉原首代ともほど遠い格好であった。

「何か御用ですかい、先生」

小袖の裾を下ろし、襷を取って、甲三郎は尋ねた。

「甲三郎さん、申し訳ないけど、さっきの客をつけてもらいたいんですよ」

「客っていうのは、備後屋の番頭ってやつですかい」

「そう、顔は見てますね」

「へえ、あっしが玄関前にいたとき訪れてきたんで、しっかり見てやすよ。名も名乗りやした。備後屋の番頭で藤助だとね」

「じゃ、追いかけて気づかれないよう跡をつけてくださいな。さっき帰ったばかりだから、そう遠くには行ってないはず。黒の羽織に納戸《なんど》色の子持ち縞の小袖でしたね。お供は連れていないでしょう。あの番頭がどこに帰るのかを確かめてもらいたいんですが、頼めますか」

「わかりやした」

襷を懐に仕舞い、甲三郎は身をひるがえした。瞬きする間に植込みの陰に消えていく。その姿を見送り、おゑんは庭の植込みから空に視線を移した。

雲の縁が丸く、柔らかい。漂うように、ゆっくりと流れていく。夏場の猛々しい黒雲とは無縁の長閑《のどか》さだった。黒雲が覆い、稲光が走る。そんな夏空が嫌いなわけではないけれど、今は、この長閑な空が続くようにと祈りたくなる。

首の疼きに呼応して胸が騒ぐ。あるいは、気持ちの揺らぎが生身の傷を疼かせるのか。

備後屋の番頭の跡を追っても、帰り着く場は備後屋だろう。お春にそれとなくこき使われながら、それを楽しんでもいる甲三郎に余計な仕事を押し付けてしまった。悔いに似た気持ちも湧くけれど、それ以上に疑念が勝った。

あの男はなぜ……。

ふっと日が翳る。雲の陰に隠れたらしい。

おゑんは廊下の柱に寄り掛かり、目を閉じた。


甲三郎が帰ってきたのは夕闇がそろりと地に溜まり始めるころだった。空は鮮やかな橙《だいだい》と紅に染め分けられ、浮かぶ雲はみな、山の端に沈む日の光を浴びて金色に縁どられていた。橙と紅と金色の夕空と茄子紺《なすこん》の宵空がせめぎ合って、頭上に広がる。そんな刻だ。

「いやせんでした」

おゑんの顔を見るなり、甲三郎はかぶりを振った。おゑんは既に行灯を点《つ》けていた。患者に処方する薬を帖面に書き付けていたからだ。

行灯の淡い光と墨の香りの中で、甲三郎は「面目ありやせん」と続けた。

「謝ることなんてありませんよ。でも、いなかったとは？　甲三郎さんが追い付けなかったって話ですか」

「そうです。先生に言われてすぐ跡を追いやしたが、どこにもいねえんで」

「そんな……」

そんなことがあるだろうか。本道から脇に入った一本道はおゑんの家で行詰《ゆきづま》りになる。つまり、表からだと、ここに訪れるのもここから去るのも一本だけの脇道を使わざるを得ないのだ。むろん、雑木林の中に入り、山裾を回って本道に出る路径《ろけい》もあるにはあるが、そこだと回り道になる。めったに人が通らないので草が茂っていて、脇道ほど歩き易くもない。これからの若葉や木々の香り、秋の紅葉《もみじ》、道端に密《ひそ》やかに咲く花々を愛でるためなら、そぞろに歩くのもいいだろうし、おゑん自身、患者にぶらぶら歩きを勧めることもあった。けれど、藤助は患者ではない。わざわざ遠回りの道を選ぶとは考え難かった。林に隠れたとは、もっと考え難い。

「林の中にもいやせんでした」

おゑんの思案を読んだのか、甲三郎が告げる。

「本道まで出ても姿が見えなかったので、もしやと林の中も捜してみやしたが……」

そうだろう。この男なら、手抜かりはあるまい。捜せる場所は全て捜したはずだ。

「いなかったんですね」

「影も形もありやせん。綺麗に消えちまったみてえです」

人は消えない。消えたように思えるだけだ。

「走ったんでしょうね」

おゑんの呟きに、甲三郎が腕を組んだ。

「でやすね。先生がおれを呼んで追うように命じた。その僅かな間に、道を走って本道に出た。それしか考えられやせんね。羽織を脱いで、本道の人混みに紛れてしまえば見つけるのは相当、難しく……いや、ほとんど無理でしょう」

「ちょっと、甲三郎さん」

こんなときなのに、苦笑いをしてしまう。

「あたしは頼み事をしたんですよ。おまえさんになんであれ命じられるような立場じゃないでしょ。変に誤解されるような言い方、しないでくださいな」

「えっ、そうでやすか。けど、あっしは惣名主から先生の命《めい》には従うようにと、きつく言われておりやすが」

「勘弁してくださいな。甲三郎さんを顎で使うほどの度胸はありませんよ」

「いや、先生にもお春さんにも十分、顎で使われてやす」

こういう軽いやりとりをしていると、現の重さをふっと忘れそうになる。

現の重さ？　それは、どれほどのものになるのか。

「なぜ、走らねばならなかったんでしょうね」

甲三郎を見詰める。行灯の明かりが、その面に深い陰影を作っていた。見詰められた相手は組んでいた腕を解き、束の間、目を伏せた。そして、

「跡をつけられないため、ですかね」

と、低いけれどはっきりした口調で言った。

「ええ、おそらくそうでしょう。用心したんですよ。裏を返せば、あの番頭、いえ、こうなれば、本当に備後屋の番頭かどうか怪しいものですが、藤助と名乗った男は跡をつけられたくなかったってことですね。つまり、備後屋とは別の場所に帰った見込みが高い。その場所がどこなのかまでは見当がつきませんが」

「備後屋に、藤助って番頭はいやしたぜ」

「えっ」と声を上げそうになる。しかし、すぐに気が付いた。

「まるで別人でしたか」

「その通りで。備後屋の番頭、藤助はでっぷり肥えた五十絡みの男でやした。ここに来たやつとは、似ても似つかねえ風貌でさあ」

「甲三郎さん、備後屋まで行ってくれたんですね」

「へえ。一応、探りを入れてみようと思いやして。先生の名を出して番頭を呼び出したんですが、いまいち、よくわかってない風でした。愛想は悪くなくて、大店の番頭のわりに腰は低かったけれど、先生のこともお喜多のことも、桐葉って遊女の名前も知らないと言われやした。初めはね」

「初めは？　てことは、後は違ってきたってことですか」

「へえ、違いやしたね。備後屋が吉原の遊女を身請けするための身代金《みのしろきん》、かなりの金が動くのでその算段をしたのが自分だと話してくれやしたよ。けど、備後屋の身代《しんだい》からすればいかほどの額でもないから苦労しているわけではないとか、今の代で備後屋は一回り大きくなったのだとか、備後屋は五代目になるが、四代、五代と続けて入《い》り婿《むこ》だとか、その婿が商才に長《た》けていて、店を大きくしたのだとか、先のお内儀が生きている間も亡くなってからも、将吾郎が女遊びに現を抜かしたことは一度もなかったから、今回は本気なのだろうとか、そんなことも教えてくれやした。こっちが頼んだわけでもねえのに、でやす」

「本物の藤助さんとやら、なんともよく、しゃべったんですねえ」

かりにも、大店を担う番頭だ。そんなに口軽く諸々を、まして、主に纏《まつ》わる諸事を見も知らぬ相手にしゃべるだろうか。しかも、初めは何も知らぬと突っぱねていたのに。

おゑんは僅かに眉を寄せた。

「脅したんじゃないでしょうね」

「へ？　あっしが藤助をでやすか」

「まさかって顔ですね。そうだねえ」

行灯の明かりに照らされる男の面《つら》を見据える。甲三郎は瞬きもしなかった。

「凄《すご》んで相手を怯えさせ、白状するよう仕向ける。おまえさんが、そんな野暮な手を使うわけがないか。あたしの見当違いでしたかね」

「恐れ入りやす。確かに凄みはしやせんでした。ちょいと鎌《かま》をかけてはみやしたがね」

「鎌をかけた？」

「へえ、ちょいと前になりやすが、半籬《はんまがき》の遊女が、どこぞの店の番頭が客に付いたはいいが、酒癖が悪くて往生したと愚痴っていたんでやすよ。なんでもぐでんぐでんに酔って、遊女を蹴りつけたとか」

「おやまあ、それは、なんとも不粋の極みですねえ」

半籬は中見世《なかみせ》、交見世《まじり》とも呼ばれ、呼出しと二朱の遊女が交ざっている見世だ。川口屋など総籬の大見世と比べれば一段、格下となる。それでも、酔いに任せて吉原の女を足蹴《あしげ》にしたとあっては、ただではすむまい。手酷く痛めつけられ半死半生の目に遭うとまではいかなくとも、金策の尽きた客と同じく身の物一切を剝ぎ取られ、二度と来るなと放り出されても当然の行いだ。何より、吉原の遊びを知らぬ野暮天、不粋者と嘲笑われる。通人《つうじん》なら、どんな打擲《ちょうちゃく》より辛い嘲り《あざけ》だった。

「その不粋な番頭が藤助だったわけですか？」

「じゃねえかと、ふっと感じたんでやす。だって、備後屋は、一時、三日に上げず桐葉の許に通ってたんですぜ。そこまで主が入れあげている遊女のことを何一つ知らねえってのはおかしかねえですか。身代金として少なくねえ金が動くんだ。なのに、番頭は何も知らない、知らないの一点張り。その拒み方が、主を思ってというより何かを誤魔化そうとしている風に感じやしてね。で、ちょいと突《つつ》いてみやした。『吉原での不始末、いまだに気にしてるんですかい』とね」

そのときの藤助の顔付を思い出したのか、甲三郎は小さな笑声を漏らした。

「覿面《てきめん》でしたか」

「覿面でやした。あっしが吉原の者だと告げると、顔色が変わって、口をもごもご動かして、挙句の果てに俯いちまった。『あれは一生の不覚でした』と長息してやしたよ。まあ、わかり易いっちゃあわかり易い男じゃありやしたね」

「それで、人が変わったみたいに、あれこれしゃべり始めたんですね」

「ええ、ただ、さっき言った通り、てえした中身じゃなかったんですがね」

「いえ、そうとも言い切れないでしょう」

何がたいしたもので、何が不用なのか。今のところ選《よ》り分けはできない。わかっているのは、備後屋の番頭を名乗った男は偽者だった、その事実一つだ。男の正体も狙いも、まるで摑めない。摑むきっかけさえ浮かばなかった。

「けど、先生、どうしてわかりやした？　ええ、あの男が備後屋の番頭じゃないって、どうやって見抜いたんです？」

「見抜いたわけじゃありません。ちょいと引っ掛かっただけです」

「どこに、引っ掛かったんで？」

甲三郎が心持ち、前のめりになる。手妻《てづま》の種明かしをせがむ童に似た目つきだ。

「姥目樫、ですよ」

「は？　ウバメガシ？」

「常緑の木です。姥貝の姥に目玉の目、それに樫の木の樫。それで姥目樫です。材がとても堅くて、艪臍《ろべそ》などにも使いますかね」

「はあ……。艪臍って舟の後ろに付いてる出っ張りでやすか」

「そうです。あの男と生薬の話になりましてね、野草や雑木も生薬になると伝えたんですよ。そのとき、姥目樫も胃の腑や腸の薬になると付け加えました。でも、あの男、ほとんど興を示しませんでしたね。まったく食いついて来なかったんです」

「姥目樫にでやすか」

頷く。甲三郎の方は首を傾げた。話の筋が見えないのだ。おそらく、甲三郎自身、姥目樫という木を知らないのだろう。知らなくて当然だ。大半の者にとって、自分の日々に関わり合ってこないものはなきに等しいのだから。みな、懸命に生きている。一日一日の暮らしを支え、守るのに必死で、己とほど遠いところにある諸々を知る余裕などないのだ。おゑんだとて、医術より他の何を知っているかと問われれば、答えに窮してしまう。布の織り方も、焼き物の作り方も、鳥や魚の名も知らない。草木、野花についても生薬と結びつかなければ知らぬままで済ましたはずだ。けれど、あの男は知らねばならなかった。

「備後屋の番頭を名乗る男が、姥目樫を知らない。それってあり得ないんですよ。なにしろ、備長《びんちょう》炭《たん》の材なのですからね」

備長炭は姥目樫から作る熊野《くまの》産の炭だ。良質で、上物の中の上物であり、高直であり、おゑんたちが普段、好きに使えるような代物ではなかった。それでも、何度か音物《いんもつ》として受け取ったことがあり、炭火の鮮やかさにも、身体に染みてくる柔らかな温もりにも、火持ちの良さにも、燃え尽きた後の灰の美しさにさえも別格だと感心した覚えがある。

「備長炭の……なるほどな」

甲三郎が唸った。

「備後屋は薪炭屋だ。炭を商う店の番頭が、上等の炭の材を知らないわけがない」

「ええ、知らぬ振りをする意味もありませんしね。あたしの見た限り、とぼけている風もなかった。

本当に知らなかったのだと思いますよ」

　そこでおゑんは、頬にかかるおくれ髪を掻き上げた。

「姥目樫についちゃその場で変だなと思ったんです。気持ちに引っ掛かったんですよ。あのとき、すぐに甲三郎さんに跡を追うよう頼めばよかったんですよね。あたしが断じかねて愚図愚図している間に逃げられちまった。それも、きっと、あたしが疑念を持ったと察して、さっさと逃げ出したんだろうから、二重のどじを踏んだってわけになりますねえ。まったく、言い訳できないしくじりですよ。情けなくて……うん、甲三郎さん？」

「え？　あ、へい。なんでしょうか」

「なんでしょうかじゃありませんよ。あたしの言うこと、聞いてなかったんですか」

「いや、そんな、聞いてやすよ。ちゃんと聞いてやす」

「そうですか。なんだか、ぼーっとしてませんでした？　甲三郎さん、この一件、あまり乗り気じゃないんですか」

「いや、そ、そんなこたぁありやせん。偽者の備後屋の番頭がここに現れたなんて、えらいこってす。わかってやすよ。ただ、あの、すいやせん。ちょっと見惚《みと》れてて……」

　甲三郎の頬が紅潮する。

「見惚れてる？　何にです」

　おゑんは自分の部屋にざっと視線を巡らせた。よく整ってはいるけれど、華やかな飾りも豪奢《ごうしゃ》な調度もない。小さな黒塗の円卓が目を引く程度で、花さえ活《い》けていなかった。いたって質素で色味に乏しく、見惚れるようなものなど、どこにもないが。

「え、いや、あの、先生が今、髪を手で直したじゃねえですか」

「ええ、邪魔でしたからね。それが何か？」

「いや、その仕草がなんというか、あんまり艶っぽかったんで、それで見惚れちまいました」

「まっ」と、おゑんは寸の間、目を見開き、それから吹き出してしまった。

「えっ、笑われるようなこと言いやしたかね？」

甲三郎は、にこりともしない。生真面目な表情を崩さずにいる。

「ああ、堪忍ですよ。でも、おかしくてね。いえね、一風変わってるとか、背が高すぎるとか、得体が知れないとか、あたしもいろいろ言われてきましたが、艶っぽいってのは初めてですよ。あたしのどこをどう絞っても、艶だの色香だのは出てこないでしょうに」

「他人《ひと》が何をどう言おうが、あっしは先生の艶に見惚れた。それだけのこってす」

甲三郎の口調が尖る。おゑんがあからさまに笑ったことが、気に障ったらしい。

「甲三郎さん」

名を呼ぶと、「へい」と答え、僅かに膝を進めてくる。

「あたしには花が咲きませんよ」

「え？」

「竹でさえ稀には花を付けるそうですが、あたしは一生、花とは縁がない。そういう生まれなんです」

甲三郎の眉が寄り、眉間に皺が刻まれた。

「まあ、咲かないなら咲かないで、かまやしないんです。花を付け、実を生《な》らすだけが人の生き方じゃありませんからね。花が咲いても咲かなくても、竹は竹です」

「先生、すいやせん。あっしにもわかるように話をしてくれやせんか」

おゑんは甲三郎を見据えたまま、かぶりを振った。

「いえ、止めときましょう。今、甲三郎さんと話さなきゃならないのは、あたしのことじゃなく、正体の知れない男が備後屋の番頭を名乗って現れた、その事実についてです。さて、どうしますかね。放っておいていい類のものじゃない」

甲三郎は何か言いたげにおゑんを見返してきたが、その言葉を息と一緒に呑み下した。

「とりあえず、川口屋さんには報せておかねばなりませんね。文を書きます。今日あったことをできる限り詳しく認《したた》めましょう。男の人相も含めてね」

男はこれといって目立つところのない風貌だった。ただ、鼻頭の右横には二つ並んで、口元には一回り大きな黒子があったと記憶している。

「じゃあ、あっしが一っ走りして届けてきやす」

「いえ、使いは他の者に頼みます。甲三郎さんは用心のためにも、ここに居てください。できれば、当分の間、昼夜を問わず離れないでいてもらいたいんですが」

甲三郎の喉元が上下に動いた。

「先生、剣呑な気配を感じやすか」

「あの男、あるいは、男と仲間がここを襲う。その懸念はありますよ。たっぷりとね。ただ、なんのためにってとこが今一つ、はっきりしないじゃないですか。備後屋の番頭を騙ったのだから、お喜多さん絡みなのでしょうが、なぜ、お喜多さんを狙っているのか、どうしたいのか……」

さらおうとしているのか、殺したいのか、他に何かあるのか、読めない。そして、正体の知れない男とお喜多がどう繋がっているのかも、だ。読めないどころか真っ黒に塗りつぶされている気さえする。

「甲三郎さん、お喜多さんが吉原に来たのは、十年以上昔のことですよね」

「へえ。おそらく、十年よりずっと前になるんじゃねえですか。まだ、ほんの童のころに売られてきたとか聞いたような……いや、他の女のことだったかもしれねえが」

吉原だ。語られる女の境遇がどこまで真実《まこと》でどこから嘘になるのか、そう容易く測らせてはくれまい。いきおい、わかり易い、よく似た身の上話が溢れる。御家人の娘だったただの、没落した名家の子女だったただの、父親の借金の形《かた》に売られてきたただの、遊女が語る身の上に客は耳を傾け、信じた振りをしなければならない。女の話を疑うのも過去を穿《ほじく》るのも、野暮の骨頂だ。女を足蹴にしたほどには責められはしまいが、蔑まれはする。ただ、おゑんは客ではなく医者だ。治療のために知るべきことは、知る。粋だ野暮だに拘る用はない。

「川口屋さんに尋ねてみましょう。それも、文に書き加えておきます。こういうことがあったのだから、遠慮はしていられませんからね。あぁ、そうだ。甲三郎さん、甘い物お好きでしたよね。よかったら、それ、お上がりなさいな。お茶を淹れ替えますから」

卓の上には、餅菓子と湯呑が二つずつ置かれていた。甲三郎が帰ってきたとき、お春が気を利かせて運んできてくれたものだ。

「おっ、こりゃあ美味そうだ。いただきやす。お茶はこれくれえ温いのが菓子には合ってやすよ。うん、美味いや。餡子《あんこ》の味が絶妙でやすね」

「そうですか。それはよかった。偽番頭の手土産じゃあるんですがね」

甲三郎の動きが止まった。食べかけの餅菓子を手にして、おゑんを見詰めてくる。

「あぁ心配しないでいいですよ。毒入りじゃありませんでした。ただの美味しい餅菓子ですよ。末音に調べてもらいましたから、間違いありません。お春さんたちも、しっかりいただいたようですよ。満足したと言ってました」

「……先生、あっしをからかって喜んでやすか」

「ええ、甲三郎さんが用心なく口に入れたものだから、ちょいと悪戯心《いたずらごころ》が湧きました。珍しいでしょ、そんなに不用心なのは」

「先生に勧められたものでやすからね。用心なんてしやせんよ」

残りの餅菓子を頬張ると、甲三郎はちらりとおゑんを見やった。

「姥目樫のことで引っ掛かった。それだけの理由で毒を疑ったんでやすか、先生」

「深く疑ったわけじゃありませんよ。用心するに越したことはないと考えただけです」

甲三郎は茶を飲み干すと、短い息を吐き出した。

「なるほど、用心深くなければ生き残れない。そういうわけでやすか」

「そんなことは、あたしが言うまでもないでしょう。潜ってきた修羅場の数は甲三郎さんの方がずっと多いんですからね」

「あっしの場合は、わかり易いんでやすよ。刃《やいば》を交えても、素手であっても、どちらが強いか、それだけのこってす。先生の場合は、ややこしいじゃねえですか。上手く言えねえけど、いろんなものが絡まってる気がしやすよ。人の情とか、生い立ちとか、隠し事とか、もっと……こう、ややこしい、わかり難い、勝ち負けがはっきりしねえ修羅場な気がしやす」

おゑんは偽りでなく、笑っていた。ほとんど苦笑に近い。

「どっちが強いかそれだけって、何を暢気《のんき》に言ってるんです。そこがはっきりしたときには、甲三郎さんか相手か、どちらかが死んでるわけでしょう。あたしはね、どんな修羅場でも生きて潜り抜けたいんですよ。やりたいことも、やらなきゃならないことも、たんとありますからね。どんな大義があろうと、名分があろうと、そこに殉じて死ぬ気はありません。とすれば、用心に用心を重ねて生きるしかないでしょう」

やらなきゃならないことが、たんとある。

与吉の笑い顔がふっと浮かんだ。あの子は亡くなる直前、何を想っただろうか。救ってやれなかった幼子の面影に竹一の寝顔が重なる。

やらなきゃならないことも、守り通さねばならないことも、たんとある。

甲三郎の視線から目を逸らし、横を向く。

「でも、この餅菓子については取り越し苦労だったようです」

手を伸ばし、小さな木皿に乗った菓子を摘まみ上げる。

「毒を盛ってないってことは、あっしたちを皆殺しにする気はなかったってこってすかね」

「皆殺しにしたいのなら、別の手を使うでしょう。よくよく考えれば、土産の菓子に毒を仕込むってのは、あまりにも悪手かもしれません。誰がどれだけ食べるかわからないですし、食べない者がいる見込みだってあるわけだしね」

「で、やすね。数を頼んで押し入り斬り殺した方が、ずっと、手っ取り早くはありやす」

「また、物騒なことを。手っ取り早く片付けられちゃ堪りませんよ。だけど、ま、この話はここまでとしましょうか。相手の出方がわからないのに、先走って騒いでも仕方ありませんからね。ただ、戸締りはいつにも増して、きっちりしときますよ」

「惣名主に助《すけ》っ人《と》を寄越してもらいやすか？」

「いえ。甲三郎さん一人で十分でしょう。まさか、甲冑《かっちゅう》を身につけた軍勢が襲ってくるわけじゃないでしょうから。四、五人ならなんとかなるでしょう」

「なりやすね。二人ぐらいは先生が引き受けてくれるでしょうし」

にやりと笑うと甲三郎は立ち上がり、軽く頭を下げ出て行った。

おゑんは一口、餅菓子を食《は》んでみる。餡子の甘さと風味が口の中に広がった。なるほど、美味い。お丸が喜んだわけだ。携えて来た相手が誰であっても、美味な菓子は美味で、人を喜ばせる。そんなことを考えるともなく考え、おゑんは残りの菓子を口に運んだ。


その夜、熱が出た。

たいして高くはないが、不快な汗をかいてしまった。そのせいで、眠りが浅くなったのか、夢を見た。遠い昔の夢だ。おゑんは、まだ肩上げをしている童で、祖父も祖母も母も末音も傍らにいた。末音はなぜか今のまま、老女の姿で薬草を選り分けている。祖父は、異国の書を読み、祖母と母は笑いながら針仕事をしていた。

それだけの夢だった。何も起こらない。いや、起こらないうちに目が覚めたのかもしれない。目が覚める寸前、海鳴りを聞いた。北の海の、低く唸るような音だ。嵐が近いと告げる音でもあった。

目覚め、起き上がる。遠くで犬が吠《ほ》えている。胸の上に手を置く。汗のせいで、湿っぽい。おゑんは長く息を吐き出した。

あたしはもう、童じゃない。

十分に大人と言えるほどの歳になった。だから、察していた。夢の中で聞いた音は海鳴りなどではない。人の足音だ。鎌、鍬、棒や包丁。手に手に得物《えもの》を持ち、押し寄せてくる人々の足音だ。祖父を、祖母をなぶり殺し、母を死に追いやった者たちの足音。それを生々しく耳底によみがえらせてしまった。

なぜ……。なぜ、今、こんな夢を見たのか。

来し方を忘れたわけではない。忘れられるような過去ではなかった。けれど、過去に振り回されても、引きずってもいないはずだ。それほど、弱くはない。

廊下に出て、雨戸を開ける。

空は白み、地の闇も僅かに薄くなっていた。消えようとする星の瞬きを見上げる。人の放つ気配はどこにもない。

ひとまず、夜は平穏に明けていくようだ。風も凪《な》いで、竹も鳴らない。犬の遠吠えも止んだ。おゑんは夜と朝のあわいに立ち、底深い静けさに身を浸していた。

吉原惣名主川口屋平左衛門から文が届いたのは、二日後のことだった。

目を通し、息を呑む。指が震えた。

「どうしやした」

甲三郎が覗き込んでくる。

「今朝、男の骸《むくろ》が見つかったそうです」

「は？　男の骸……」

「鼻頭と口元に、黒子のある男が骸で見つかったと書いてありますよ」

甲三郎に文を渡し、おゑんは唇を噛んだ。耳の奥で、海鳴りに似た足音が響き始めた。

六

文が届いたその日、おゑんは川口屋に足を向けた。

「先生がお出でにならなければ、こちらから伺うつもりでした」

開口一番、平左衛門が告げてくる。

「ええ、もしかしたら惣名主がお見えになるかもとは考えましたよ。けど、生来のせっかちなもので、当てなく待つってことが苦手でね。つい、出向いちまいました」

おゑんは微かに笑い、平左衛門も笑みを浮かべている。しかし、笑い合いながら茶をすすり、話に興じる、そんな悠長な一時を過ごすために吉原の大門を潜ったわけではない。むろん平左衛門も、茶飲み仲間を迎え入れたなどとは考えてもいないだろう。

「川口屋さん、お文の件ですがね」

おゑんが切り出すと平左衛門は頷き、廊下に向かって「梅蔵《うめぞう》」と人の名を呼んだ。閉め切ってあった障子が僅かに開く。三寸ほどの隙間にしか見えなかったのに、男が一人、するりと身体を滑らせ入ってきた。細身ではあるが、それなりに肩幅も上背もある。しかし、男の動きは幅も重さも感じさせないものだった。

さすがに吉原惣名主の飼っている男だ。並ではない。甲三郎も同じ類だが、梅蔵と呼ばれた男の方がやや年季が入っているようだ。

「おまえの探ってきたことを先生に、余さずお話ししろ」

「へえ」

梅蔵は障子の前に膝を揃え、懐から一枚の紙を取り出した。おゑんに差し出す。

「殺された男の似顔絵でやす」

おゑんは二つ折りの紙をゆっくりと開いた。

「どうです。先生のところに現れた男に似ていますか」

平左衛門の口調は穏やかで柔らかいけれど、向けられた眼差しは少しも緩んでいない。

「ええ、間違いないと思います。黒子だけでなく顔や鼻の形もそっくりですね」

平左衛門が頷く。梅蔵はやや伏し目がちになり、ぼそぼそとしゃべり始めた。

「男は海辺大工町《うみべだいくちょう》の外れの草むらに転がっていやした。棒手振《ぼてふ》りの蜆《しじみ》売りが見つけたとか。前夜、その近くで商売していた夜泣き蕎麦《そば》屋が、そんな死体はなかったとはっきり言ってるので、蕎麦屋が店仕舞いしてから殺られたんでしょう。仏さんは、めった刺しにされてやしたが、胸の一撃が命取りになったようです。それが初めの一刺しだったとしたら、それで絶命していたんじゃねえかと。これは、あのあたりを縄張りにする岡っ引の親分の見立てでやす。その似顔絵も親分の手下の一人が描きやした。昔、絵師の見習いをやっていたんだそうで。その似顔絵を持ってあちこち嗅ぎ回ってはみたものの、今のところ、仏さんの身許についちゃあ手掛かりらしきものは出てきてねえみてえでやす」

おゑんは、つい眉を顰めてしまった。

「めった刺し……それなら、絶命した相手をさらに何度も刺したってことですよね」

「へえ……そうなりやすね」

「なんのために、そんなことを」

「わかりやせん」

梅蔵がかぶりを振る。平左衛門がおゑんに視線を向けた。

「先生はどう思われますかな」

「そうですね。あたしとしては、思いつく理由《わけ》は四つですかね」

おゑんは指を一本立てた。梅蔵がその指先をまじまじと見詰める。

「まずは、下手人《げしゅにん》が一刺しじゃ足らぬほどの怨《うら》みを抱いていた」

「確かに。人は怨みが増すと抑えが利かなくなりますからな。それなら、殺された男は相当な怨みを買っていたわけだが、それがどんなものだったか探るのは難儀でしょうな」

平左衛門がやけにゆったりとした物言いをする。

信じていないのだ。おゑんも信じていなかった。

あの男、偽番頭が怨みから殺された。その見込みは百に一つもあるまい。そんな、生易しい事件ではないはずだ。

「二つ目は、ただ単にそういう殺し方をしたかったから、そうした」

「となると、殺されたのは、殺人鬼に行き合ってしまった運の悪い男となりますなあ」

これも、論外だ。運、不運で片付けていては埒が明かない。

わかっている。おゑんは三本目の指を立てた。

「ごまかすためかもしれませんね」

「ごまかすとは、傷をですかな」

平左衛門の口吻《くちぶり》が心持ち引き締まった。

「ええ。実際に目にしたわけじゃありませんからなんとも申し上げられませんが、心の臓を一突きして相手を葬ったのなら、相当手慣れた殺し方じゃないですか。それをごまかすために、わざとあちこちに傷を付けた。素人のやり方のように見せかけたのです」

うーむと平左衛門が唸った。納得していない声音であり表情だった。そうだろう。自分で口にしながら、おゑん自身、すとんと胸に落ちてこない。

「海辺大工町あたりを縄張りにする親分さんは、なかなかの遣り手《やて》でしてね。わたしも顔見知り程度の間柄ではあるのです。ええ、なかなか頭の回る岡っ引ですよ。で、その親分さん、あっさり、命取りになった一撃を見抜いてしまったわけですからな。だとしたら、ごまかし切れなかったことになりますが……。先生。四つ目は？」

「隠すため」

「隠すため？」

「ええ、あの男の身体に見られちゃ不味《まず》い何かがあったなら、そこに傷を付けることで隠す、あるいは消してしまえるかもしれませんね」

「不味い何かとは、例えば入墨とかですかな」

「そうかもしれませんね。痣とか火傷《やけど》や古傷の痕かもしれませんし、ここではなんとも言えませんよ」

梅蔵が無言で、おそらく我知らず腕を撫でている。僅かに持ち上がった袖口から彫り物がちらりと覗いた。

「なるほど、それは一理ありますな。梅蔵」

「へい」

「親分さんに先生の今の言葉を伝えろ。その上で、もう一度、傷を調べてもらえ」

「わかりやした」

梅蔵は素早く立ち上がると、入ってきたとき同様、滑るように廊下へ出て行った。足音一つ立てない無駄のない足運びだった。甲三郎と通ずる動きでもある。

こういう男を何人、飼っているのやら。

横目で平左衛門を窺うけれど、むろん、何を読み取れるわけでもない。

「惣名主」

窺い知れない相手なら、真正面から攻めるしかあるまい。

「お喜多さんについて、少し聞かせてもらえますか」

「はい、なんなりと。ただし、わたしが知っているのは桐葉という遊女ですからな。お喜多のことは、ほとんど存じてはおりませんよ」

「吉原に来たのは、まだ幼いころなのですよね」

「ええ。小さいころから見目の良い子でしたよ。頭の回りも速く、口数は少ないけれど、こちらの言うことを素早く解せました。これは、育て甲斐《がい》があると思ったものです。ですので、禿として一から躾《しつけ》をしてきました。ただ……」

「ただ？」

平左衛門が短く息を吐いた。

「数年遅れて、安芸が美濃屋さんに買われて、やってきました」

そこで、さらに息を吐き出す。

「ものが違いましたな。桐葉だけでなく、他のどんな女よりも格が一つ上だった。いや、正直、あのときは美濃屋さんをやっかむ楼主が吉原中におりましたよ。もちろん、わたしもその一人でね。しかし、今となっては、安芸は吉原全ての宝のようなものですからな。よくぞ見出《みいだ》してくれたと、美濃屋さんに感謝しております」

「惣名主、らしくござんせんよ」

おゑんも息を漏らす。少しわざとらしい、長い吐息だ。

「あたしは、花魁じゃなくお喜多さんのことを尋ねたんです。なのに、川口屋さんは途中で話をすり替えようとした。些か姑息《こそく》じゃありませんか？　吉原を束ねる惣名主のなさることとは思えませんね」

「おや、これはしてやられましたな」

平左衛門は肩を窄め、舌の先を突き出した。ずい分と砕けた、剽軽《ひょうきん》な仕草だ。おゑんは顎を引く。

これまでの関わり合いの中で、川口屋平左衛門の軽みがなかなかに厄介で、剣呑だと察していた。美味そうに煙草を吸いながら、満足げに笑みながら、誰かの始末を命じる。それくらいの芸当は朝飯前の男なのだ。

「そうですな。話をすり替えても、先生をごまかせるわけがありませんでした。よく、わかってはいたのですが、つい、つい……」

「つい、話しあぐねた。その理由《わけ》はなんなのです」

平左衛門の表情がすっと消える。なんの情も浮かんでいない眼が、おゑんに向けられる。

「失礼して、煙草を喫《の》んでもよろしいかな」

「ご随意に」

煙草盆を引き寄せると、平左衛門は煙管《キセル》に煙草を詰め、火入れから火種を取り出した。白い煙がゆらりと立つ。

「桐葉はうちが買い取った娘ではありません。譲り受けたのです」

「譲り受けたとは？」

「貰ったのですよ」

一瞬、悪臭を嗅いだ気がして、おゑんは口元を歪めた。今、吉原の惣名主が語っているのは、古い器や猫の子についてではない。人だ。吉原では女は品物。売り買いできるし、日々、されている。吉原の理《ことわり》も則も、解してはいるつもりだった。それでも、女は品であると共に人である。そこを押さえてこその亡八、遊女屋の主だろう。品として見定める冷徹さと人として扱う温情。二つを兼ね備えていなければ務まらないはずだ。

平左衛門は、そのあたりの兼ね合いが巧みで、女たちを決して甘やかしはしないが、惨くも扱わなかった。しかし、今の平左衛門の口調には温情の欠片《かけら》もない。

「そういう眼で見ないでくださいな、先生」

平左衛門が苦笑する。

「多少、あからさまな言い方になりましたかな。桐葉については、わたしも、よくわからぬところが多々ありまして、ついつい、ぞんざいな物言いになってしまう」

「それは、惣名主でも摑めないところがあると、そう仰ってるのですか」

「さようですな。まぁ、順を追って、話しましょう。どうも今回の一件、知っていること、持っている札を全部晒さねば、真相が見えてこない類のようですので」

「ええ、あたしもそう思います。もっとも、あたしの持ち札はさほど多くはござんせんがね。川口屋さん、話を聞かせてくださいな。お喜多さんは口入屋《くちいれや》や判人《はんにん》を通して川口屋に来たわけじゃないのですね」

「違います。丑松《うしまつ》という女衒《ぜげん》崩れの男が連れてきたのですよ。この子の面倒を見てくれないかと。丑松とは顔を知っているという程度の仲で、親しいわけでも、商いで結び付いているわけでもなかったのですが」

「それなのに、どうして川口屋さんに？」

平左衛門が首を横に振った。

「わかりません。わたしも尋ねはしましたよ。どうして、うちに連れてきたのかと。そうしたら、丑松は『川口屋でならなんとかなると思った』とぼそぼそ答えました。ええ、ずい分と昔のことなのに、ちゃんと覚えておりますよ。名前負けしない大きな身体の男でしたが、たいてい、目を伏せてぼそぼそとしゃべっていた記憶があります。その日はとりわけ、そんな風で、聞き取るために身を乗り出さねばなりませんでした」

川口屋でならなんとかなる。

どういう意味なのか。

「お喜多さんは、まだほんの子どもだったんですよね」

「ええ、童でした。利発そうな顔立ちで、とてもおとなしい子でしたよ」

「これといって変わったところが見受けられたわけでもなく？」

「わたしには、いたって当たり前に見えました。ええ、ですから、丑松には重ねて尋ねましたよ。なんとかなるの意味をね。しかし、丑松は――たいした意味はない。この子は身寄りも家もない。川口屋なら、一生、面倒見てくれるのではと連れてきたのだ――と、そう言うのみでした。まあ一応、筋は通っておりますが、なんと申しますか……一刻も早くこの子を手放したいと焦っている。そんな感じを受けはしましたな」

「川口屋さんは、その様子を訝しくは思わなかったのですか」

思わないはずがない。

今よりずっと若かったとはいえ、川口屋平左衛門だ。常とは違う相手の様子に用心をしなかったとは、考え難い。

「問い詰めましたよ」

煙管を置くと、平左衛門は腕を組んだ。

「出自や在所は問わないが、どういう経緯《いきさつ》で吉原に辿り着いたのか、そこだけは、はっきりしてくれと言い渡しました。わたしも川口屋という店を背負っておりますからな。安易な取引はできません。そして、一旦、子どもを引き取ったならそれ相応の責任が生じます。途中で放り出すわけにはまいらぬのです」

「ええ、わかります」

まさに冷徹と温情。女を品物として取引しながらも責任は持つ。吉原の商いだ。

「で、丑松さんとやらはなんと?」

「亡くなった知り合いの娘だが、自分には育てられないので連れてきたとか、そういう風なことをぼそぼそと答えましたよ。嘘っぱちだとすぐわかる嘘でしたがね。あまりに胡散臭かったので、わたしは断りました。後腐れのない娘でなければ引き受けられないと告げたのです。そしたら、丑松のやつ、逃げ出しましたよ」

「逃げた?」

「ええ、まさに」

当時の何を思い出したのか、平左衛門は口元を綻ばせた。

「あれには驚きました。急に子どもを押し付けてきて、いえ、押し付けるというより放り投げてきたって感じでしたかね。こちらが慌てて抱きかかえている間に、ものすごい勢いで逃げて行ってしまったのです」

これは想像もしていなかった顛末《てんまつ》だ。

「それで?」

「それだけです。丑松はいなくなり、わたしの腕の中には女の子が一人、残りました。はい、それだけなのですよ、先生」

平左衛門はまだ笑んでいた。作り笑いではなさそうだ。

「川口屋さんは、その女の子、お喜多さんを遊女桐葉として育てたのですね」

「ええ」

「なぜです」

「なぜ？　まだ年端も行かぬ娘ですからな、見捨てるわけにもいきますまい。そのまま、通りにうち捨てるほど人でなしではないつもりですが」

通りにうち捨てはしないだろうが、他所《よそ》に回すぐらいはできたのではないか。捨てられた娘は無料《ただ》同然だろうし、川口屋の威光もある。半籬や惣半籬といった格下の見世なら、引き取り手はいくらでもあったはずだ。

平左衛門はお喜多を手放さなかった。その理由《わけ》が知りたい。おゑんがそう問うと、平左衛門の笑みはさらに大きくなった。

「全く、どこまでも怖いお人ですなあ、先生は。どうして、そうも過たず泣き所を衝けるのですかな。ははは、怖くて不思議なお方だ」

怖がっている風など微塵《みじん》もなく、惣名主は朗らかに笑った。

「強いてあげれば、眼でしょうかねえ」

「お喜多さんの眼が気に入ったと仰るんですか」

「ええ、気に入りました。わたしの腕の中で泣くでなし、喚くでなし、借りてきた猫のようにおとなしくしておりましたが、ひょいと顔を上げて、わたしをじいっと見てきましてね。その眼がなかなかのものでした」

「美しかったのですか」

あるいは猛々しかった――。

「暗かったのですよ。とてつもなく暗くて、底のない闇のように思えました。そのくせ、闇の中に青白い炎のようなものが揺らめいている。そんな気もしました」

そこで平左衛門はおゑんの顔色を窺い、僅かに笑った。

「先生、腹の中で吹き出してはおられませんかな。川口屋がえらく甘ったるいことを言ってやがる、と。まあ、口にしてみれば、我ながら読本《よみほん》の一節のようで面映《おもは》ゆくなりますがね」

「いえ、わかります」

わかる気がする。おゑんもお喜多の眼を覗いたのだ。

「では、川口屋さんはお喜多さんの暗みに惹かれて、育てる決心をしたのですね」

「まあ、そうですかなぁ。正直、自分でも確《しか》とは答えられないのです。ただ、惹かれた云々《うんぬん》はともかく珍しいとは思いましたな。色里ですから、楽をして生きてきた女などどこにもおりません。みんな、それなりに闇を抱えております。桐葉のように、あの幼さであの暗みを抱える者は、そうそうおりませんでしょう。珍しいのです。そして、人は珍しいものに惹かれる性分を、多かれ少なかれ、持っておるようです」

ああ、なるほどと、おゑんは首肯しそうになった。

川口屋は、幼いお喜多を珍しいと感じ、この珍しさは売り物になると判じたのだ。どこまでも商人の眼差しであり、思案だ。

「では、お喜多さんが吉原に来るまでの行立、生い立ちについては、川口屋さんもほとんどご存じないのですね」

「全く、知らないままです。知る用もなかったですから」

「丑松という男は、どうなりましたか」

「消えました。少なくともわたしは、あの日以来、丑松の姿を見ておりません」

「そうですか」

思わず知らず、天井を仰ぐ。

「先生は、偽番頭の男と桐葉の生い立ちが繋がっているとお考えなのでしょうか」

「考えております。川口屋さん、全てが動き出したのは、お喜多さんが身籠ってからですよね。お喜多さんの様子が乱れ始めたのも、備後屋の番頭と偽って男が現れたのも、その男が殺されたのも、お喜多さんの懐胎がわかってから。お喜多さんは幼いころから、吉原で育ちました。吉原での年月については、川口屋さんは全てわかっていますよね」

確かめるまでもない。禿にしろ、振袖新造にしろ、花魁にしろ、吉原の女は誰もが囲われている。籠の中に閉じ込められた、美しい鳥だ。その振る舞い、挙措の一つ一つを見張られ、好きに羽ばたくことは許されない。桐葉という遊女がどう生きてきたか、平左衛門は余すところなく摑んでいる。しかし、偽番頭の存在は明らかにその籠からはみ出していた。

「わかっております。それも仕事のうちですから」

「では、この男に見覚えは？」

似顔絵の男の顎に指を置く。

「ありませんな。桐葉の客ではない」

「人目を避けて、そっと逢っていたとかもありませんね」

「逢引《あいび》きですか？　いや、それこそあり得ない。女たちが情夫《いろ》を作って、逢引きする。そんな緩い店ではないつもりですが」

「では、お喜多さんとこの男は、どこで結び付いたのか。吉原に来る以前と考えるしかありませんね」

おゑんは呟いた。誰に聞かせるつもりもない。己の思案を動かすための呟きだ。

「でも、それを探る術がないとしたら……」

「桐葉に直に問うてみることは、できませんか？」

平左衛門が珍しく身を乗り出してきた。

「無理ですね。そんなことをしたら、お喜多さんの心をまた乱しかねません。医者として、とうていできるこっちゃありませんよ」

「とはいえ、他に手立てがございますか」

「手立てねえ……守るしかないでしょうか」

「守るとは？　桐葉をですか」

「お喜多さんと腹の赤子をです。下手人云々は、腕の立つ親分さんにお任せすればいい。あたしたちが捕り物に関わることはありません。ただ、相手の正体が見えないのは難儀ではあります。だから、徹底して守りに入りましょうか。今のところ、あたしに言えるのはそれぐらいです」

「正体のわからない者が、お喜多の命を狙っていると、先生はお考えなのですな」

おゑんは束の間、口を閉じた。

「お喜多さんの腹の子の命を狙っている。そうじゃないでしょうか」

平左衛門も唇を結び、煙管を取り上げた。しかし、口には運ばず薄い煙を見詰めるばかりだ。おゑんも薄煙の行方を目で追ったけれど、ふわりと上がるだけで、すぐに儚《はかな》く消えてしまった。

「性に合いますかなあ」

平左衛門が呟く。とっさに意味が解せなくて、惣名主を見詰めてしまった。

見詰められた相手は、くすりと笑うと煙管の雁首《がんくび》を煙草盆の縁に打ち付けた。中身が灰落としに綺麗に落ちる。煙はさらに薄くなりながら、それでも揺蕩《たゆた》った。

「守りに徹して、相手の出方を待つ。そういうやり方が、先生のご気性に合っていると、わたしには思えませんが」

「おやまあ。あたしはそんなに戦《いくさ》好きに見られてるんですか。それは困りものですねえ」

「先生が戦や喧嘩《けんか》がお好きだなどとは思うてもおりませんよ。避けられる揉め事なら避けて通る。関わりのない面倒事には口も手も出さない。そういうお方だとは承知しておりますが。けれど、避けられない、深く関わってしまった戦なら、とことん戦う。そういうご気性でもあろうかと、わたしなりに見積もっております。あながち的外れではありますまい」

「でもねえ、川口屋さん」

おゑんはやんわりと平左衛門の言葉を遮った。

「この一件、戦うべき相手が見えないんですよ。敵の姿がはっきりしないのに、戦なんか仕掛けられないじゃないですか」

「さよう。藪の中にうずくまったまま、尻尾《しっぽ》の先さえ覗かせてはおりませんな。けれど、見えないことといないこととは、同じではありません。全くの別物です」

空の煙管を握り締め、平左衛門は言った。

「敵はいるのですよ、先生。けれど我々は、その姿の一端さえ捉えられていない」

おゑんは微かな煙草の匂いを嗅ぎ、それを払うように首を振った。

「駄目ですよ、川口屋さん」

「駄目とは？」

「あたしを煽《あお》っても駄目です。『敵が藪の中に潜んでいるなら、力尽くで引きずり出せばいい。そうすれば正体がはっきりするじゃないか』なんて言い出すほど、逸っていないし、血の気が多くもありませんからね」

「おや、体よくかわされましたかな」

苦笑している老人に心持ち身を寄せ、おゑんは囁いた。

「惣名主ならどうなんです？　敵の次の攻めを待ちますか。攻めてくる前に潰しますか」

苦笑が朗笑に変わる。齢《とし》を感じさせない艶のある声だ。

「ははは。今度は、わたしが煽られる番ですかな。まったく、隅に置けない方ですなあ。先生と比べれば、見えない敵など野鼠《のねずみ》程度の剣呑さもない気がしますが」

「それはそれは、兎《うさぎ》を狩るのが上手いと狼に褒められた狐《きつね》の心境ですよ」

平左衛門が笑みを残したまま、右肩だけをひょいと上げた。

「迂闊に動けば、お喜多さんを危うくするやもしれません。それだけは、なんとしても防がねばならない。だから、守りに徹する。あたしはそう考えています」

真顔で、おゑんは告げた。

「しかし、惣名主はそこに懸念を感じている……ですね？」

「ええ、そうです」

あっさりと平左衛門は頷いた。その後、僅かに眉を顰める。

「先生の仰っていることは間違ってはおりません。今は、相手の出方を窺うしかないとわたしも思うております。ただ……本当に守るだけでいいのか……今さらですが、気になるのですよ」

「お喜多さんの眼、ですか」

平左衛門が顔を上げ、瞬きを繰り返した。この老人にしては珍しく、生の驚きが瞬きから零れる。ほんの一瞬で消えはしたが。

「おわかりになりますか」

「わかります。というより、あたしが川口屋さんなら間違いなく思い出して、気に掛けてしまう。そう感じたのですよ」

昔、幼女の眸に宿る暗みを商いに使えると踏んだのは、川口屋平左衛門自身だ。それは間違ってはいなかった。幼女は桐葉の名で、座敷持ちの遊女にまでなったのだから。

安芸という稀代《きたい》の花魁が現れたことで、桐葉はその陰に隠れざるを得なくなったけれど。日輪は、その強い光で周りを照らしながら月も星も覆い隠してしまうのだ。安芸も売られてきた女だ。暗い闇はある。だが、その闇を包み込んでしまう艶《あで》やかさも有していた。桐葉や他の遊女が及びもつかない華やかな艶《えん》だ。ただ、桐葉はそのことを口惜しがったり、安芸を妬んだりはしなかっただろう。憧れも、羨みもしなかっただろう。そんな人らしい情の動きは持ち合わせていなかったのではないか。桐葉、いや、お喜多の情は思わぬ動き方をする。激しく、猛々しく、抑えが利かない。

おゑんは首筋にそっと指を這わせた。

痛みはもう、ほとんどない。末音の薬がよく効いて、傷も思いの外早く治りつつある。しかし、記憶は消えない。

人から獣に変わったようなお喜多の様子、振る舞い、目つきは、おゑんの内にしっかりと刻み込まれている。むろん怖いとは感じないし、厭う気もさらさらない。

だが、気にはなる。心が惹かれもする。

平左衛門はおゑんとは違う意味で、お喜多を気に掛けているのだ。

「あのとき、もう少し拘るべきでした」

唸るように平左衛門は言った。

「幼い桐葉の暗みにばかり気を取られ、生い立ちまで知ろうとしなかった。わたしの落ち度ですな。全く、こんな形で抜け目の付けが回ってくるとはねえ」

「抜け目ではござんせんよ。吉原で女の生い立ちを気にする者など、おりませんからね」

「いや、先生、慰めてくださらなくて結構です。わたしは女より男を気にせねばならなかった。幼い女の子を連れてきながら、一銭も取らずに逃げ去った男こそをね。明らかに尋常でない仕業ですからな。なんとしても捕まえて、詳しく話を聞いておくべきだったのです」

平左衛門が長くため息を吐く。

「気味が悪いですねえ」

おゑんは偽りでなく、寒気を覚えた。

「川口屋さん、いえ、吉原惣名主が来し方を振り返って悔いる。ため息を吐く。なんとも、気味が悪いですよ。惣名主、何を企んでいるんです」

「企んでなどおりません。些か途方に暮れておるだけです」

これもまた、寒気がするような台詞だ。背中の悪寒を抑え込み、おゑんは笑ってみた。

「惣名主が途方に暮れる？　冗談はそのくらいにしといてくださいな。患者が待っておりますので、これで失礼いたしますよ。では」

立ち上がろうとした手首を摑まれた。

「先生、逃がしませんよ」

平左衛門はおゑんを見上げ、口元を緩めた。手首を摑んだ指は緩まない。

「先生は、桐葉を引き受けるとお約束くださった。どうか、お忘れなく」

「忘れてなんかいませんよ。あたしは、お喜多さんを引き受けました。その責任は、わかってるつもりです。だから、さっきから言ってるんですよ。守りに徹すると。敵の姿が朧にでも見えてくるまでは、守りを固めるのが……。川口屋さん？」

おゑんはそっと手を引く。指は容易く離れた。

「どうしたんです。些か慌てておられますか」

問うてから、胸裏で舌打ちしていた。

問うべきではなかった。問うことで、また一歩、深入りしてしまう。

「慌てる……ええ、少しばかり狼狽えておるのかもしれません」

平左衛門の指が自分の目の端を押さえた。

「眼ですよ、先生。眼を思い出したのです」

平左衛門は、ため息を吐き出すように言った。

「ええ、お喜多さんのですね」

「いや、丑松の眼です」

平左衛門の黒目がおゑんを見据える。

女ではなく男の眼だと、吉原の惣名主は告げたのだ。

「丑松は怯えた眼をしておりました。ええ、先刻、焦っていたと申しましたが、こうしてしゃべっているうちに思い出してきたのです。あれは、焦りではなく怯えでした。怯えている者の眼でした」

「それは、小さな女の子……お喜多さんに怯えていたわけですか?」

問いを重ねる。深入りどころではない。もう、首のあたりまで、沈み込んでいる。

今さら、じたばたしても始まらないじゃないか。この一件、とっくに抜けられなくなってるんだ。

己に言い聞かせる。背中の悪寒は既に治まっていた。

「わかりません。それを確かめなかったわけですからな。ただ、丑松という男、まがりなりにも吉原で女衒を生業《なりわい》としておりました。用心深くはあっても臆病ではありますまい」

「そんな男が怯え、逃げ出し、吉原から姿を消した……」

ここで、また、平左衛門のため息の音が耳に届く。

「桐葉を取り巻く何もかもがなぜ剣呑な色合いに染まるのか。先生、どうやらそこを明かさねば、敵は見えてこない気がするのですよ」

「それをあたしにやれと？」

「先生の他にできる者はおりますまい。少なくとも、わたしには思い当たる者が、他には一人もおらぬのですが」

「川口屋さん、あたしは医者です。岡っ引でも、同心でもありません」

「はい、先生はお医者です。けれど、格別の力をお持ちだ。ですから、桐葉を託しました」

おゑんは身体を心持ち、引いた。もう一度、手首を摑まれた気がしたのだ。平左衛門の手は本人の膝の上に行儀よく収まっていたのだが。

「ええ、先生は真実《まこと》を見抜く力、あるいは真実に気付く力を持っておられる。先の、吉原《ここ》で起きた毒薬事件では、その力に助けられましたからな。あの御恩は忘れておりませんよ」

「……忘れてくださって、結構ですよ」

むしろ、綺麗に忘れてもらいたい。吉原を束ねる男に力や才を見出されても、ろくなことにはならない。それくらいは、承知している。

「先生なら、本当の意味で、そして、いろいろな意味で桐葉を救ってくださる。信じて間違いはございますまい」

煽った後は正面突破の正攻法できたか。

おゑんは束の間、奥歯を嚙み締めた。が、すぐに力を緩める。

覚悟していたのだと思い至る。

あの竹林の家を出て、吉原の大門を潜るまでに覚悟は決めていた。惣名主から難題を持ちかけられると、予《あらかじ》め感じるところがあったのだ。自分がその難題を断らないとも、わかっていた。敵に用心をするだけでは、お喜多を守り切れない。頭のどこかで察していたのだと思う。ただ、惣名主の難問を受け入れ、藪に潜んだ相手と対するには、今のおゑんは些か分が悪い。こちらは丸見えなのに、向こうは足先すら現していないのだ。

「川口屋さん」

呼びかけた声に何を嗅ぎ取ったか、平左衛門が口元、目元を引き締めた。

「丑松って男を調べることはできませんかね」

「丑松をですか。いや、先生、それは難しいでしょう。とっくに吉原から消えた男ですからな。調べるといっても、何をどうすればいいのか手立てが思いつきませんが」

「〝今〟じゃありません。〝来し方〟です」

「来し方、つまり丑松の過去を探れないかと？」

「ええ、どんな些細なことでも構いません。丑松さんに関わること、在所や生い立ちなんかがわかれば儲けものですが、そう上手くはいかないでしょう。だったら、もっと小さな……例えば、どこに住んでどんな暮らしをしていたか、独り身だったのか、女房子供がいたのか、行き付けの店があったのか、酒は呑んだのか、そして、どんなことをしゃべっていたのか。これらは、ちょっとした立ち話や噂話程度でもいいのですが。ともかく、丑松さんのことを覚えている人がまだ、いるかもしれません。探すだけでも探してもらえませんか」

「丑松ねえ……うん？　そう言えば」

平左衛門の白毛《しらげ》交じりの眉が僅かに上がる。

「梅蔵は若いころ、丑松の下で働いていたはずだが……」

「梅蔵さんて、さっきの男衆ですね。川口屋さんの子飼いじゃないんですか」

「違います。十年ほど前、ぶらぶらしていたのをわたしが拾いました。甲三郎ほどではありませんが、そこそこ腕は立つし、頭の巡りも速い。使い勝手のいい男です」

なるほど、女だけでなく男もまた、商売道具の一つというわけか。

この老人が、人に人として接するのはどんなときなのか。束の間、頭の隅で考える。しかし、今、そんな思案はどうでもいいことだ。

「では、梅蔵さんから話が聞けますね」

「そうですな。何分、昔のことですし、日銭で雇われて、暇な折だけ手伝いをするとかそんな関わりだったはずですので、あまり役に立たないかもしれませんが」

「それでも、すぐ近くに丑松さんに繋がる人がいた。幸先《さいさき》はいいじゃないですか」

「先生は丑松が今回の件に結び付いていると、お考えなのですかな」

「いいえ、あたしには何もわかってません。けど、丑松さんはお喜多さんを吉原に連れてきた人です。経緯《いきさつ》はわかりませんが、幼かったお喜多さんとどこかで関わり合った。それだけは確かでしょう」

細い紐帯《ちゅうたい》ではあるが、今のところ、それを手繰《たぐ》り寄せるしかないだろう。

「なるほど、わかりました。梅蔵が戻って来次第、先生の許にやりましょう。わたしからも尋ねてみますが、先生が直に取り調べられる方がよろしいでしょうからね」

「取り調べだなんて、梅蔵さんは咎人《とがにん》じゃありませんよ。昔のお話を伺う、それだけのことですと、本人にはちゃんと伝えてくださいな」

「畏まりました。あまり脅かさないようにいたしましょう。それと、梅蔵以外にも丑松を覚えている者がいないか、探ってみます」

「お願いします」

平左衛門が心持ち、目を細くした。

「それでは、この件、お任せしてよろしゅうございますな」

「しょうがありません。断れないところまで追い込まれたようですからねえ」

「ご冗談を。先生なら引き受けてくださると信じて、お願いしただけですよ」

たいした詭弁《きべん》だ。しかし、おゑんも、老獪《ろうかい》な男にうまうまと乗せられたとは感じていない。自ら乗ったのだ。

「ほんとに、これじゃ、狐と狸《たぬき》の化かし合いと言われちまいますよ」

「全くですな。さしずめ、先生は九尾《きゅうび》の妖狐《ようこ》。わたしは頭に苔《こけ》を生やした古狸、ですかな」

「まっ」

不覚にも吹き出してしまった。平左衛門も声を出して笑う。僅かな間だが二人の笑声は縺れ合い、重なり合い、座敷の内に響いた。

が、いつまでも笑っているわけにはいかない。平左衛門は軽く自らの膝を叩き、おゑんを見据えた。

「他には何かお指図がありますかな、先生」

「指図なんてありませんが、ちょっとお願いしたいことはあります。備後屋さんに会わせてもらうことはできませんかね」

「備後屋さんに？」

「ええ、あたしがお店を訪ねてもよござんすか。少し、お話がしたいのですが」

「話というのは？」

平左衛門の口調がひどく慎重になった。お喜多にしろ梅蔵にしろ、吉原の人間だ。いわば惣名主の手のひらに乗っている。しかし、備後屋将吾郎は大門の外で生きる商人だった。平左衛門の手の内にはない。そういう相手を巻き込むことは吉原の則に背く。慎重な口調が告げてくる。むろん、おゑんも承知の則だ。

「ご迷惑を掛けるような振る舞いは、決していたしません。あちらもお喜多さんのことが気になっているでしょうから、それを伝えがてら話をしてみたいのです」

「もしかしたら、寝物語にでも桐葉が自分の来し方をしゃべっているのではと、お考えですか」

「いえ、さすがに、そこまで甘いことは考えてませんよ。ただ、備後屋将吾郎という商人がお喜多さんに何を感じたか。聞けるものなら聞きたいと望んでいるだけです。それも、無理強いはいたしません。どうか、ご安心を」

「いや、心配などしておりません。そのあたりの匙《さじ》加減は薬の調合と同じく、巧みでいらっしゃいますからな。ただ、備後屋さんは忙しいお方だ。上手く、捕まるとよろしいが。ともかく、これから、すぐに人を遣りましょう。事情を伝えて、備後屋さんのご都合を伺ってまいります」

平左衛門は文を認めるとそれを奉公人の一人に託した。手際がいい。淀みのない動きだ。一連の仕事を終え、平左衛門は満足げに笑んだ。胸元に手をやり、上下に撫でる。

「先生のおかげで、このあたりがすっきりいたしましたよ」

「まあ、惣名主の台詞とは思えませんね。まだ何一つ変わりも進みもしていないのに」

「ですな。この先の見通しはほとんど立っておりません。それでも、もやもやと溜まっていたものが流れた気がするのです。先生のお指図が小気味よく、もやもやを流してくれた。そんな気がしております」

「それはそれは、惣名主の憂いを僅かでも減らせたなら、何よりです。でもね……」

「わかっております」

平左衛門は頷くと、居住まいを正した。

「先生にさらなる厄介をおかけすることになると、重々、承知しております。それに見合うだけの御礼はさせていただくつもりです」

端坐の姿勢から、平左衛門は一礼した。優雅な仕草だ。さすがに鍛えられている。粋で雅《みやび》でありながら、芝居がかった風は僅かもない。たかがお辞儀一つだが、こういう非の打ちどころのない所作ができる者は吉原でも、そう多くないのだ。

この惣名主と全盛の花魁安芸ぐらいだろうか。少なくともおゑんは、その二人しか知らなかった。が、ここで気圧されるわけにはいかない。おゑんの正念場はここからだ。

「そのことなのですがね、川口屋さん。お言葉に甘えて、ちょいと相談がござんす」

「相談？」

平左衛門の顔がゆっくりと上がる。

「ええ、実はこちらにもね、お頼みしたいことが一つ、あるんですよ。あぁ、お喜多さんの件とは全く関わりなくて、あたし一己《いっこ》の頼み事になるんですが」

おゑんは笑みを浮かべ、平左衛門を見詰めた。見詰められた方はにこりともしない。むしろ、眼の中にあからさまな用心の色を走らせた。

「先生の頼み事……ですか」

「ええ、実はねえ」

語り出す。平左衛門は気色を動かさず、表情を変えず、おゑんの語りに耳を傾けていた。


朝方に出かけたのに家に帰り着いたとき、空は既に夕暮れの色合いになろうとしていた。薄っすらと紅く、浮かぶ雲は沈もうとする日の光を浴びて赤金色に染めあげられている。そこを鳥の群れが鳴き交わしながらわたっていく。穏やかで、美しい一日の終わりを約束しているかのような風景だ。

お喜多は眠っていた。

身体を縮め、両の手の指を握り締め目を閉じている。何かに耐えている子どものようだと、おゑんは思った。お春によれば、お喜多は今日一日、寝たり起きたりを繰り返していたようだ。起きているときも、ぼんやりと空を眺めていることが多かったとか。ただ、熱も浮腫みもなく、頭風や動悸《どうき》も訴えなかった。

「脈もしっかりしていますし、食事も三食、きちんと食べました。だから、暫くはこのまま様子見でいいと考えたのですが、どうでしょう」

お春に問われ、おゑんはそれでいいと答えた。お喜多の寸口《すんこう》に指を当てると確かな脈が伝わってきた。生きている証だ。

「小水の方もちゃんと出てるね」

「はい。後で帖面をお見せします」

食事の量、小水や便の回数、言葉、様子、訴え等々を患者一人一人、できる限り詳しく帖面に記すようにしている。患者の治療に役立つし、後々の参考にもなってくれる。

「……先生」

お喜多がもぞりと動き、目を開けた。おゑんの手をそっと握る。

「おや、起こしちまいましたかね。もう一眠りしてもいいよ。それとも、起きて身体を拭いたりしようか。少し、汗ばんでいるようだからね」

「先生、吉原に行ってきたんですね」

「おや、誰かに聞いたのかい」

お喜多がほんの少し首を横に振った。

「誰にも聞いてません。でも、わかります。匂いがするもの」

「吉原の匂いが？」

今度は、お喜多の首は縦に動いた。

吉原の匂いとは、どんなものだろう。

おゑんは想いを巡らせる。

化粧の香りだろうか。花やお香の芳香だろうか。

違う、そんなものではない。人の身体と心が絡み合い、縺れ、混ざり合う、生々しい匂いだ。あたしは吉原の移り香を纏って帰ってきた。お喜多さんの鼻は、ほんの微かなそれを嗅ぎ取ったのだ。

「ごめんなさい」

不意に、お喜多が詫びてきた。

「おや、何に謝ってんだい。思い当たらないけど」

「あたし、先生にまた……怪我をさせてしまって……」

「ああ、首のことか」

「ごめんなさい。申し訳ありません。あたし……あたし、どうしてあんなこと、しちゃうのか、自分でもわからなくて、なんにも考えられなくなって、何もかも壊さなきゃいけない、そうしないと大変なことになる……どうしてだかそんな気持ちになって……気が付いたら、気が付いたら、あんなことを……あたし、先生を傷つける気なんてなかったんですよ。あたし、先生のこと好きだし、あたしのこと助けてくれるってわかっているのに、なのに、あんな酷いことをしてしまって……」

「お喜多さん」

おゑんはお喜多の手の甲を軽く叩いた。口調を柔らかく丁寧なものに変えて、囁く。

「いいんですよ。謝らなくていいんです。謝ることなんか一つもありませんよ」

とん、とん、とん。同じ調子で優しく、そっと叩き続ける。

「お喜多さんは何も悪くないんです。わかりますね」

ひくっ。お喜多の手が震えた。

「あたしが悪くない？　先生、でも、あたし呪われているじゃないですか。あたし、呪われた子ですよね。だから、だから、あんなことをしでかしてしまって……」

おゑんの背後で、お春が身動ぎした。お喜多の言葉を聞き逃すまいと、前のめりになったようだ。

息を潜めて耳をそばだてている気配が伝わってくる。

「お喜多さん」おゑんは、ゆっくりと女の名を呼んだ。

「お喜多さんは誰に、何に呪われているんですか」

「……わかりません。でも、あたしが先生を傷つけたんですもの。あたし、やはり呪われていて、平気で他人《ひと》を傷つけられるんです」

「平気じゃありませんよ。こうして、謝ってくれているじゃありませんか。お喜多さん、あんたは呪われてなんかいませんよ。呪われた人ってのはね、『ごめんなさい』なんて謝ったりはできないんです。だって、自分が悪いだなんて思ってもいないんだから」

ざっ、ざっ、ざっ。

耳の奥で響く。徒党を組み、医者の屋敷に押し入り、祖父を祖母を、斬殺した人々。その足音だ。海鳴りと重なる音は、こんな風に唐突によみがえってくる。

人々の中には、祖父の患者が大勢いた。病や怪我が完治したとき、満面の笑みで祖父に謝意を伝えていた人たち。出入りの魚屋も薪炭屋もいた。奉公人として長く勤めていた女もいた。そういう者たちが、鉈《なた》を鎌を包丁を鍬を手に、襲ってきたのだ。北国の湊《みなと》を抱える町に広がった流行病《はやりやまい》。その因《もと》が異国人である祖父だという、根も葉もない噂に踊らされて、数日前までしゃべり合い、笑い合い、挨拶を交わしていた一家を皆殺しにするために。

あれこそ、呪いではなかったのか。人という生き物に振り掛けられた、呪いだ。

おゑんは丹田に力を込めた。耳奥の音を抑え込む。今、向き合うべきは己の過去ではない。現の患者だ。

「さっ、わかったね。あんたも吉原で名を成した女じゃないか。容易く、騙されたりするんじゃないよ。しっかりおし」

物言いを戻し、鼓舞する。お喜多が大きく目を見開いた。

「騙されるって、どういうことです」

「あんたは騙されてるんだよ。騙されて、呪いだの悪だのと思い込まされている」

お喜多の手を強く握り返す。

「負けるんじゃないよ。他人の言うことを鵜呑《うの》みにして、自分はこうだと決めつけるんじゃない。抗うんだ。抗って、自分がどんな者なのか自分で決めるんだ。そうしないと、あんたは自分を見失って、他人の言うままの木偶《でく》になっちまう。いいね、お喜多さん、あんたは木偶じゃない。人、なんだ。忘れちゃいけないよ」

おゐん、おまえは人だ。忘れるな。そして、どこで生きても、どんな生き方を選んでも人であり続けろ。

ええ、わかっていますよ、お祖父さま。

「先生、あの……」

お喜多が身を起こす。胸元から、白い玉が零れ落ちた。

「あ、いけない」

慌てて玉を摑んだお喜多の頰が、仄かに赤らんだ。

「うん？　お喜多さん、それは？」

「……ごめんなさい」

「おやおや、また謝るんですか。今度は、何が理由です？」

「あの、この玉……黙って借りてるんです。あの、押し入れに仕舞われていた行李の中で見つけて

「……」

「お竹さんのです」

お春が耳元で告げる。

「行李の中にあったのならお竹さんの遺品です。あたしには覚えがないから、お丸さんが片付けてくれたんだと思います」

「お喜多さん、あんた、行李を開けたのかい」

おゑんの問いかけにお喜多の頬がさらに赤みを濃くした。

「は、はい。何が入ってるんだろうって気になって。す、すみません」

身を縮め、頭を下げる。

「いえ、別にかまやしないよ。どうせ、引き取り手のない荷物なんだからね。けど、その玉はなんだい？」

「わかりません。でも、これを持っていると、どうしてだか落ち着くんです」

お喜多が玉を渡してくる。おゑんの手のひらにすっぽり収まる大きさだ。

「おや、これは犬《いん》の子《こ》……かね」

玉には黒糸で縫取りがしてあった。黒い小さな丸が二つ並び、その下にもう一つ丸がある。耳だろうか、左右に三角の薄布が縫い付けられている。なんとも雑な拵えだが、その分素朴で、愛嬌が感じられた。

「お喜多さんは、これが気に入ったのかい」

「はい。あの、行李を開けたとき微かに匂った気がして。えっと、山の匂いです。山で嗅いだことのある匂い。なんだか懐かしくて、持っていたら気持ちも落ち着いて……だから、つい、すみません」

鼻に当ててみる。なんの匂いもしなかった。お春に渡したけれど、やはり何も匂わなかったらしく、無言でかぶりを振った。

「ずい分と古いものみたいだねえ」

「そうですね。匂いはとっくに薄れてしまってますね。でも、布は新しくて……あぁ、そうだ。お竹さんに余り布はないかと尋ねられたことがあったわ。それで……たまたま持っていた端切れを上げたんです。そう、あれ、白でした」

「じゃあ、これはお竹さんが拵えたもんだね」

「だと思います。端切れを何に使うのか尋ねたときに、えっと確か、お竹さん……」

お春は記憶を手繰り寄せようと、視線を宙に動かした。

「ああ、そうだ。生まれてくる子どものために、人形を作り直すんだと言ってました」

「拵えるじゃなくて、作り直すと言ったんだね」

「ええ、間違いありません」

「だとしたら、これは竹一のもんだ。おっかさんの形見ってことになる。でもまぁ、頼めば貸してくれるんじゃないかね。あの子は、なかなか太っ腹のようだし。ね、お春さん」

お春が微笑《ほほえ》む。目尻の下がった優しい笑顔になる。

「ええ、竹ちゃんは太っ腹な上に気配りができますから、快く貸してくれますよ。あたしから、よく頼んでおきます。『いいよ、好きなだけ貸してあげる』って言うでしょうよ。まだ、『ぶぶっ』っとしか聞こえないけど」

「あっ、じゃあ、あたし、赤ちゃんの襁褓を縫うの手伝います。貸してもらうお礼をしなくちゃいけないもの」

お喜多が冗談に乗ってくる。軽やかな笑い声を立てる。

うん、これなら大丈夫だ。

おゑんは胸の内で呟いた。

お喜多のこの落ち着き具合からすれば、今のところ懸念はない。今のところは、だが。

「でも、本当に匂ったんですよ。ふわっと山の香りがしたんです」

笑顔のまま、お喜多が言う。おゑんは手のひらで軽く玉を転がしてみた。

「この玉、乾いた草でも入っているのかねえ。お春さん、中身を上手いこと取り出しておくれよ。ほんの少しでいいから」

「はい。お安いご用です」

お春が両手で丁寧に玉を受け取る。お竹の形見と思えば、ぞんざいに扱えないのだろう。

「それとね、甲三郎さんと末音にあたしの部屋に来るように伝えてくれないかい」

「畏まりました。二人とも家の内におりますから、すぐに伝えます」

「お春さんも、だよ。三人に話がある」

お春の眉が僅かに動いた。何かを感じ取った顔だ。

「ええ、そうだよ。お察しの通り、ちょいとややこしい成り行きになっちまってさ。三人に力を貸してもらいたいんだ」

素直に白状する。お春は肩を竦め、立ち上がった。

「末音さんに叱られますよ、おゑんさん」

「覚悟の上だよ」

さて、どこまで覚悟ができているのか。

おゑんは、薄っすらと漂い始めた闇に目を凝らす。

全てを覆い隠す闇をどう剝ぎ取れるのか。切り裂けるのか。

「ね、先生、あたし、本当に襁褓を縫いますから」

お喜多の無邪気な声が耳朶に触れ、薄闇へと流れていく。

七

顔を曇らせ、ため息を吐く……と思っていたけれど、末音の表情はほとんど変わらない。平左衛門が新たに持たせてくれた上等の茶葉を味わうように、ゆっくりと茶をすすっている。代わりのように、甲三郎が身を乗り出した。

「先生、惣名主とそんな約束を交わしたんでやすか」

と、念を押してくる。咎めている風はないが、探るような目つきにはなっていた。

「そうですよ。断り切れなかったもので……と言っても信じちゃくれないでしょうけど」

「信じませんや。真っ赤な嘘じゃねえですかい」

そこで甲三郎は、並んで茶をすすっている末音とお春に顔を向けた。

「そうでやしょ？　先生が断れずに渋々、何かを約束するなんて」

甲三郎が口を閉じると、

「あり得ませんの」

末音がさらりと後を続ける。どこで稽古をしたのだと、突っ込みたくなるほど息が合っていた。

「おゑんさまが惣名主と約束なさったのなら、それに見合うだけの理由があるはずですの。その理由を明かすために、わたしどもをお呼びになったんでしょう」

さらりさらりと、末音は言葉を続ける。

確かにその通りなので、肩を竦めるしかなかった。

末音、お春、甲三郎。三人を前に、おゑんは川口屋平左衛門とのやりとりを掻い摘まんで告げる。丑松のことも梅蔵のことも話した。当然だが、甲三郎は梅蔵を知っていて、信用して構わぬ相手だと言い切った。

「梅蔵さんとは、かなり親しいんですか」

「いいえ、一度か二度、酒を飲んだぐれえの仲でやす。そのときも、お互い、てえした話はしねえままでやしたよ。もともと無口で不愛想な性質《たち》らしく、半刻ばかり、ほとんど黙って飲んでやしたね」

「じゃあ為人《ひととなり》について、詳しいわけじゃないんですね」

「へえ、知りやせん。ただ、梅蔵が裏切るこたぁねえと思いやすよ。自分が吉原より他の場所で生きていくこたぁできねえと、わかっているでしょうからね」

おゑんは顎を引いた。

そうだ、吉原とはそういう場所だった。女だけでなく男もまた、呑み込んでしまう。呑み込み、自分の内で溶かしてしまう。魔境そのものだけれど、溶かされながら生きているのは生身の人だ。

おまえさんは、どうなんです。吉原より他のところで生きていく気はあるんですか。生きていけるんですか。

零れそうになった問いの言葉を呑み下す。

余計なことだ。甲三郎の行く末は甲三郎自身が決める。おゑんの未来《さき》を決めるのはおゑんしかいないように、だ。

「では、梅蔵さんからの報せは焦らず待つとして、もう一つ、備後屋さんと会えるようなら、明日にでも出かけてみようと思います。これは、川口屋さんが上手く取り計らってくれるのを待つしかありませんけどね」

「そうですね。お喜多さんのためにも、備後屋さんと会って話をするのは大切かもしれません。お喜多さんのお腹の子、今のところは順調に育っています。月満ちて生まれたときに、父親である備後屋さんの力は入り用ですからね」

お春がやや口調を硬くする。かつておゑんの患者だったこの助手は、男という生き物の薄情さも身勝手さも解していた。解さざるを得ない来し方があったのだ。

だから、心配している。お喜多が子を産んだ後、備後屋将吾郎が約定通り、母と子を受け入れるか案じている。備後屋を疑っていると言い換えられるかもしれない。

ただ、おゑんは違った。

おゑんはお春ほどの疑念を備後屋に抱いてはいない。お喜多を捨てる気なら、もっと早くそうしただろう。お喜多が望むように子を堕ろさせ、金を積んで、後腐れなく別れる。そういうやり方を選べたはずだ。

備後屋はそうしなかった。お喜多と生まれてくる子と三人で生きる道を歩もうとしている。そこは信じて差し支えないだろう。

おゑんが備後屋に会いたいのは、行く末のためではなく過去、来し方を知るためだ。お喜多との関わりを能う限り詳しく知りたい。それが、どこにどう結び付くか、まだ曖昧なままだが、備後屋の周辺からしかその示唆は得られないように感じる。

そう、感じるだけだ。言わば、勘でしかない。

「でも、おゑんさん、大丈夫なんですか」

お春が膝を僅かばかり前に進めた。

「それでなくても忙しいのに、さらにお仕事が増えますよ。あ、こちらは構いません。新しく手伝いの方を雇ってくださったので、前より楽になったぐらいです。でも、おゑんさんは忙しいままでしょ。お身体に障らねばいいですけど」

「まあ、そこはなんとかなりましょうよ」

おゑんより先に、末音が答えた。

「おゑんさまは、若い駒のように丈夫でございますから、ちっとやそっとのことでは障りなど出ますまいよ。そのあたりは、おゑんさまご本人が一番よくわかっておられますからの。無理をしているようで、ぎりぎり無理にならない手前で立ち止まる。そのへんの塩梅《あんばい》が絶妙です。いつも感心させられますで。だから、お春さん、心配しなくてもよろしいのですよ。ただねえ――」

末音が上目遣いにおゑんを見やる。

「おゑんさま、お喜多さんは吉原の惣名主さまからの、いわば、おあずかりでございますね。とすれば、偽番頭が殺された件に関わるのも、お喜多さん絡みのことになりますかの」

「そうだね。いくらあたしが物好きでも、頼まれもしない面倒事に手を出したりはしないよ」

末音の手の中で、白い湯呑がくるりと回った。

「それで、どういう駆け引きをなさいました。面倒事に手を出す代わりに、惣名主さまからは何を引き出すおつもりですかの」

おゑんはもう一度、肩を竦めた。

こうも何もかも見通されてしまうと、かえって気分がすっきりする。

「ご助力を頼んだんだよ」

おゑんも湯呑を手に取る。茶の馥郁とした香りを吸い込む。

「末音、お春さん、この前あたしがした仕組みの話、覚えているかい？」

一瞬だが、末音とお春が顔を見合わせた。

「はい、覚えていますよ。親を失った子と里親を結び付け、子どもたちが健やかに育っていけるよう見守るための仕組みですよね」

「その他に、赤ん坊の部屋を整えたいとも言うておられましたの」

「ああ、与吉のような子を二度と出さないための仕組み、そして場所を作りたいのさ」

与吉は大人の惨い仕打ちに、泣くことしかできぬまま命を散らした。その名前を口にするたびに、里親に抱かれ、ここを去って行ったときの顔が浮かぶ。

「あ、もしかしたら」

お春が口元に手をやった。

「そのために入り用な金子を……」

「そう、川口屋さんにお願いしてみたよ。もちろん、全額なんて大層なことは言わない。お気持ちだけの出捐《しゅつえん》を、と伝えといた。まあ、川口屋さんも、かなりの難事を頼んできてるんだ。こちらの願いに合わせて、多少の無理はしてくれるだろうさ」

「ちょっと待ってくだせえ」

今度は、甲三郎が膝を前に進める。

「あっしには、その仕組みとかなんとかの話はまるで見当がつきやせんが、そこは置いといて……要するに、先生は惣名主と取引をしたってこってしょ。この一件を首尾よく片付けたら、それ相応の出捐をしてもらうって。そういうこってすよね」

「してもらうじゃなくて、してほしいと頭を下げたんですよ」

「ああ、そうですかい。どっちにしても、この度の一件をなんとかできてからの話になりやすよね。そうじゃないと、あの惣名主が大枚をはたくわけがねえ」

おゑんは真顔で首肯していた。

吉原の惣名主は情や義理だけでは動かない。応じるとしたら、おゑんの差し出した事実に納得したときだけだ。百も承知していた。

甲三郎がさらに前に出てきた。

「先生、目星がついてんでやすか?」

「目星ってのは、偽番頭殺しの下手人が誰かってことにですか」

「へえ。正直、あっしには何も見えてやせん。けど、下手人がわかれば、道が開けて見えてくるものがあるのかなと、それぐれえは感じてやす。先生には、その道がわかってるんじゃありやせんか」

「いいえ、全く見えてませんねえ」

かぶりを振るしかなかった。

「ええっ、そんなぁ」

甲三郎はあからさまに顔を歪めた。

本当におもしろい男だ。打ち捨てられた面のように、あらゆる表情を消し去ることができるくせに、童に似て情をほとばしらせもする。

あの冷ややかさとこの情動。実に、おもしろい。

「先生のこったから、ある程度の目星がついてるもんだとばっかり……」

「甲三郎さん。あたしには、そんな力はありませんよ。なんにもわかっちゃいないんです。だから、じたばたしてるんじゃないですか。あまり買い被らないでくださいな」

「でも、おゑんさん、なんとか真相を明かしてください」

お春が少し急いた調子で、口を挟んできた。

「川口屋さんが助力してくれるなら、おゑんさんの言う仕組みの話、ぐっと現に近づくんじゃないですか。子どもたちのために、しっかりした仕組みを作りたいのは、あたしも同じです。あたしにできることなんて、あまりないでしょうけれど、患者さんと赤ん坊の世話はお任せください。今は、急変するような患者もいませんし、あたしたちでなんとかなります。だから、おゑんさんは事件の方に力を尽くしてください」

「ちょっと、お春さん、そんなに前のめりにならなくても……」

「ほほほ、なにしろ、吉原の惣名主ですからの。いかほどの金子を用立ててくれますやら。楽しみですの。できれば、薬草畑ももう少し広げたいし、新しい薬の干場も作ってもらえたら助かりますがの。ほほほ」

「末音。おまえ、鏡を覗いてごらん。強欲婆そのものの顔になってるじゃないか。ちょいと二人とも、捕らぬ狸の皮算用は止めておくれな。そんなに話が上手く運ぶわきゃあないだろ。もう一度言うけど、あたしにはなんの道筋も見えてやしないんだ」

束の間、座敷が静まる。しかし、すぐに、末音が静寂を破った。

「でも、おゑんさまはわたしたちを部屋に集められました。それは、それぞれに役目を言い付けるためでございましょう。おゑんさまは、この一件と真正面からぶつかる覚悟をしている。それを告げるためでもありますの。だとしたら、きっと……」

そこで言葉を切り、末音は小さく笑った。

「きっと、なんらかの手立てを見つけられます」

末音が胸を張る。その自信に満ちた姿に、おゑんは励まされる。気持ちがふっと軽くなるのだ。遠い昔、おゑんがまだ肩上げをしていたころから、末音はこうやって励まし続けてくれる。買い被りではない。現に基づいた信頼を伝えてくれる。

「失礼します。先生、吉原から、お文が届きましたよ」

障子が開き、名前の通りに丸いお丸の顔が覗いた。甲三郎が素早く動き、紙包みを受け取る。川口屋平左衛門からの文だった。上質の墨の香りが仄かに広がる。

短い文にさっと目を通し、顔を上げると、三人が真っすぐに見詰めていた。瞬きもしない六つの目が、おゑんに向けられている。

「明日、備後屋さんに会えることになりました。お店まで行ってきますよ」

「お供しやす」

甲三郎が身を乗り出した。おゑんは、首を横に振る。

「いえ、一人で行きます。明日、もしかしたら梅蔵さんがこちらに来るかもしれません。そうしたら、あたしが帰るまで待ってもらってくださいな。それで、できれば二人してこの家の周りを見張っていてほしいんです。梅蔵さんが来なければ、甲三郎さん一人でお願いしますよ」

甲三郎の顔が僅かだが、引き締まった。

「先生、用心しなきゃならねえことが起こると、お考えなんで？」

「いえ、起こる見込みはそう高くはないでしょう。でも、人が一人殺されています。そして、あたしはこれから、思いつく限りあれこれと動いてみようと思ってんですよ。動けば藪を突っつくことになる。その中に下手人が潜んでいる藪があれば、些か剣呑かもと考えちまいましてね。ふふ、こう見えて、性根はわりに臆病なんです」

「臆病じゃなく、用心深《ぶけ》えんでしょう。確かに、藪から虎や狼が飛び出してきちゃあ、剣呑じゃありやすね。けど、そうなったらなったで先生の思い通りなんじゃねえですか」

甲三郎が薄く笑う。おゑんも微かな笑みを返した。

虎だろうと狼だろうと、姿を現してくれたらしめたものだ。これまで、影さえ見せなかった相手の尻尾なりと摑めるかもしれない。一度、摑んでしまえば、そう容易く藪に逃げ込ませはしない。全身を引きずり出してみせる。

「じゃあ、用心棒、頼めますね」

「むろん」

「お春さん、申し訳ないけど、あたしは明日の診察が終わったら出かけるからね。宵あたりまでには帰れると思うけれど、確かじゃないね」

「はい。ご心配なく」

「他の患者と竹一は、お絹さんとお丸さんに任せて構わない。お春さんは、できる限りお喜多さんについていておくれ。話し相手になったり、何かを一緒に拵えたり、ともかく、気持ちを昂らせないこと。そこだけに気を配ってくれれば十分だから」

「心得ました。明日は、お喜多さんの部屋で襁褓を縫うことにします。おしゃべりでもしながら、のんびりとね」

「ああ、それがいい。お願いしますよ。それと末音」

「はいはい」

「お喜多さんに例の香油で揉み治療を施しておくれ。首から肩にかけて、軽くでいいよ」

「畏まりました」

「あとは、お喜多さんの、いや、お竹さんだね。お竹さんの持っていた玉の中身をできるだけ早く調べてほしいんだよ。なんだか妙に気になってね」

「わかりました。でも、大層古いもののようですから、はっきりとは摑めないかもしれませんの。苔が交じっていたようではありますが。まぁやれるところまで、やってみましょう」

「ああ、そうしておくれ。ふふ、頼りになる顔ぶれが揃っていて助かるよ。みなさま、よろしゅうお頼み申します」

冗談めかして頭を下げたけれど、口にしたのは本気の台詞だった。

頼りになる。それぞれがそれぞれの仕事をきちんと熟せる。そういう面々が揃ったことは、おゑんにとって幸運以外のなにものでもない。

ただ、その幸運に縋ってばかりもいられない。

藪を突き、獲物を追い出す。それは、おゑんが自ら引き受けた仕事だった。医者の道とはかなり外れてしまうけれど、果たさねばならない役目だ。承知している。

「おゑんさま」

末音が囁きに近い小声で、おゑんを呼んだ。

「言わずもがなのことでございますが、無茶はなさいませんように」

「わかってるよ。あたしだって、我が身は可愛いんだ。無茶なんてするわけないさ」

「どうですかのう」

末音は密やかに吐息を零した。


備後屋の奥座敷には、蘭草の香りが満ちていた。

新しい畳が敷き詰めてあるのだ。

そう豪奢な座敷ではない。凝った造りでも、見るからに高価な置物があるわけでもなかった。床の間には掛軸もなく、ただ松の一枝が活けてあるのみだ。花ではなく、濃い緑の一枝は蘭草の香りと相まって、これから訪れる初夏の気配を漂わせていた。

足音が聞こえた。落ち着いた、しかし、弾む調子を秘めた音だ。

「お待たせいたしまして、申し訳ありません」

障子が開き、光と風と男が入ってくる。

光は昼下がりの眩しさを、風は白い小さな花弁を一枚携えていた。男は恰幅のいい商人だった。きっちりと結い上げた髷にも、地味な小袖にも、黒い羽織にも、商いを順調に回している自信が溢れている。

「備後屋将吾郎でございます」

名乗った後、備後屋は手をつき、低頭した。平左衛門ほどではないが、滑らかで美しい所作だった。

「ゑんと申します。お忙しいところにお邪魔をいたしましたこと、ご寛恕《かんじょ》ください」

「いやいや、とんでもない。先生には一度、お目にかかりたかったのですよ。しかし、わたしから出向くのは禁じられておりますし、どうしたものかと悩んでおったのです。今日、こうしてお出でいただけて、嬉しい限りです。ささっ、そんな隅でなく、こちらにお座りください」

備後屋が上座を示す。おゑんは笑みながら、やんわりと拒んだ。

「ここで十分でござんす。床の間を背負うのは性に合いませんので」

瞬きした後、備後屋はからからと笑った。

「なるほど、お噂通りの方のようですな」

笑いを収め、備後屋の主はよく通る声で言った。

「噂？　はてさて、どんな噂でござんすかねえ。まっ、ろくでもない類のものだろうとは推察できますがね。闇商売に手を染めてあくどく稼いでいるだの、どうしようもない一国者《いっこくもの》だのと。おおかた、そんなところでしょう」

「己に関わることは、己で決める。そういう方だと伺いました。どんな些細なことでも他人《ひと》任せにはしないのだと」

備後屋は、今度は口元だけで笑った。おゑんも笑む。こちらは苦笑だ。

「その噂の出所はどこらあたりでござんしょうね。些か的外れな気もしますが」

「さようですか？　わたしとしましては、噂は噂でなく事実だったのかと、合点した心持ちになっておりますが、違いましたかな」

「ええ、違いますね。己で決めたいと望むときは多々ありますが、他人さまの思惑や言行に流されることも、たんとありますよ。嫌になるぐらい、たんとね」

そのとき、小女が茶を運んできた。
十五、六歳に見える少女は落ち着いた所作で茶を置き、頭を下げた。ほとんど音をさせずに歩き、戸を閉める。よく躾けられていた。
奉公人の躾が行き届いているということは、商いが滞りなく回っているのだろう。内側に綻びやひび割れがあれば奉公人も浮足立ち、振る舞いが乱れる。

「備後屋さん、今日、お伺いしたのはお尋ねしたいことがいくつかできたからです」

備後屋が上座に落ち着いたのを見計らい、おゑんは切り出した。

相手を見定めようと探りを入れるのは、もういいだろう。

「それは、お喜多に関わるお尋ねですね」

おゑんは僅かな安堵を覚えた。

備後屋は桐葉ではなくお喜多と口にした。遊女の名ではなく本名を呼んだのだ。そのことに、ほっとする。しかし、すぐに口元と気持ちを引き締めた。

「そうです。お喜多さんについて聞かせていただきたいのです。備後屋さん、先日、うちに備後屋の番頭を名乗る男が現れました。それはご存じですね」

「ええ、川口屋さんから報せをいただきました。正直、驚きましたよ」

「男は藤助と名乗りました。それは、こちらの番頭さんのお名前ですね」

「さようです。先代のころから備後屋に奉公している者です。しかし、その日、藤助が一日中店にいたことは確かですから、報せを受け取ったときには首を捻りました。何かの間違いだとしか思えなかったのです。実際、替え玉であったわけですが」

「番頭さんを名乗った男が殺されたこともお耳に入っていますか？」

「はい。それも川口屋さんが報せてくださいました」

備後屋が短く息を吐いた。

「偽番頭の男はお喜多さんの様子を知りたがっていました。あたしから聞き出そうとしたのです。むろん、伝えはしませんでした。患者に関することですから、本物の備後屋の番頭さんであっても伝えはしなかったでしょう。もっとも、あたしはすっかり騙されてしまって、そのときは男が偽者だと疑いもしなかったのですが」

「しかし、先生は川口屋さんに偽番頭のことを報せたのでしょう。いつ、どうして疑いを？」

「それは、ちょっとした引っ掛かりなんですが……」

おゑんは姥目樫についてのやりとりを手短に語った。備後屋が低く唸る。

「なるほど、仰る通りだ。薪炭屋の番頭が備長炭の材になる木の名を知らぬわけがない。うちの藤助には仕入れを一任しておりますから、炭の材や質については誰より詳しいのです。姥目樫と聞けば、すぐに上質の炭に結びつけるでしょう。しかし、そこから相手を疑うとは、さすがですな」

「疑《うたぐ》り深くて用心深い。そういう者だと、川口屋さんは言うておられませんでしたか」

「言われておりましたな。たいそう頼りになるとも言われました。だからこそ、安心してお喜多をあずけられるともね」

「備後屋さん、お喜多さんとお喜多さんの腹に宿った子を本気で望んでおられますか」

とん。一歩、踏み込む。

「心底から望んでおります」

躊躇いのない返事だった。

「なぜです」

「なぜ？」

「ええ、なぜ、お喜多さんを女房にと望まれました」

備後屋は顎を引き、瞬きをした。顔つきに戸惑いが滲む。それが芝居なのか本心の表れなのか、判じられない。

「お喜多に惚れましたから。それでは答えになりませんかな」

「いいえ、十分でござんすよ。人が人に惚れるのは理屈じゃありませんからね。不粋なお尋ねをしてしまいました。お許しください」

低くした頭を上げると、備後屋と視線が絡んだ。

「やはり疑っておられるのですか」

視線を絡ませたまま、今度は備後屋が踏み込んでくる。

「わたしがなぜ、お喜多を女房に望んだか。その答えを知りたくて、今日、ここにお出でになった。そして、惚れたの一言では納得できていない。そうなのですね、先生」

おやまあ、この男もなかなかの難敵だ。

おゑんは背筋を伸ばした。

川口屋平左衛門ほどでないにしても、相当の狸かもしれない。こちらの一撃をかわして、逆に攻めに転じてきた。

「いえ、備後屋さんのお喜多さんへの気持ちを疑っているわけじゃありません。ただ、今回の一件、お喜多さんと備後屋さんが出逢ったところから始まっている。そんな気がしてならないんですよ。もし備後屋さんがお喜多さんを見初めなかったら、赤の他人のまま接することなどなかったらって、ね。ええ、そんなことといくら考えたって詮無いこととはわかっています。でもあたしとしては、始まったそのところから思案するしかなくて、となれば、備後屋さんにどうしてもお話を伺わなくちゃならなくなりましてね。それで、こうやって押しかけてしまった。そんな塩梅なのですよ」

「なるほど、では、お喜多との出逢いから話をすればよろしいのですな」

備後屋は明日の空模様を占うような、なにげない口調で言った。

「ええ、差し支えなければ」

「差し支えなどありませんよ。吉原の女を正妻に据えるのはいかがなものかと、眉を顰める者も多少はおりますが、そんな声など気にも留めておりませんから」

茶をすすり、備後屋は微かに笑んだ。

「お喜多とは、客と遊女として出逢いました。吉原では当たり前の、ええ、ごくごく当たり前の出逢い方ですよ。ただ、わたしの方で妙に気になってしまって、二度、三度と通い続け、いつの間にか馴染みになっておりました。そのころには、他の女と遊ぶ気は綺麗に失せて、お喜多……当時は桐葉と呼んでいましたが、この女一人と決めていたのです。その気持ちが夫婦《めおと》となりたいとの願いに変わるのに、そう月日はかかりませんでした。幸い、手堅い商いを続けておりまして、そう苦労なく、お喜多を身請けできるだけの金子を用意できました。お喜多は商家のお内儀として、上手くやっていくだろうと思えましたし、お喜多自身も励む気は存分にあるはずです」

「備後屋さん、前々から吉原にはお通いだったんですか」

口を挟む。相手の滑らかな口調を少し乱してみたかった。

「いや、それが……吉原遊びは初めてでした。それまでは商い一筋とまでは言いませんが、いたって真面目な、裏返せばおもしろみのない男でした。ただ、商いは好きでしたし、備後屋を守り育てていかねばとの気負いもあって、吉原だけでなく、どんな遊びにすら現を抜かす暇も気持ちもありませんでした」

備後屋はさして口調を変えぬまま、淀みなく続けた。

「あ、お聞き及びかもしれませんが、わたしは入り婿でして、他の店に奉公していた折、先代備後屋将吾郎の目に留まり一人娘の婿にと望まれたのです。お菊《きく》というその娘は早くに母親を亡くしていたせいなのか、しっかりとした気性で店の奥を纏めておりました。しっかり者ではありましたが、優しく穏やかでもあり、申し分のない相手だったのです。ええ、有り体に言って、備後屋より一回り小さな店の手代でしかなかったわたしからすれば、全てが夢のような縁談でした」

一介の奉公人に過ぎなかった者が、備後屋ほどの店の婿に納まる。お喜多は遊女双六の頂点まで駆け上がったけれど、備後屋の主も商人双六の上りまで至ったらしい。

「わたしには身寄りも財もなかった。あるのは自分の身体と商いへの熱だけです。そういう者を先代もお菊も受け入れてくれました。婿入りしてから、苦労が一つもなかったと言えば嘘になります。辛いことも悔しいことも落ち込むことも多々、ありましたよ。それでも、義父や女房や奉公人たちに助けられて、なんとかここまでやってこられた気がします。もっとも、先代もお菊も数年前に相次いで亡くなってしまいました。二人の亡き後、わたしは義父と女房への恩返しのつもりで、ますます商いに没頭していったのです」

おゑんは湯呑を手に取り、そっと口をつけた。上質の茶の深みのある香りと味が身の内に広がる。

美しい話だ。身寄りのない若者が商才を見出され、大店の主となり、商いを繁盛させる。一角の商人となってからも、亡き妻や義父への恩を忘れず精進し続ける。

どこにも文句のつけようがない美談ではないか。

しかし、茶の香りほどの深みはない。

備後屋の語った話は上澄みでしかない。澄んで美しいだけの上辺に過ぎないのだ。人の根はその上澄みのさらに下、底に沈んで溜まった泥の中まで伸びている。美しいだけの話では、伸びた根の先には届かない。が、備後屋が泥に埋まった根のあたりを明かすわけがなかった。備後屋だけではない。

沈み、埋まり、隠れている己の根をあえて語る者など、そうそういないだろう。

「では、吉原に足を向けたのは商いへの気持ちが一段落したから、でござんすか」

あけすけな問いを向けてみる。

「あ、いや、それはその……」

備後屋が初めて言い淀んだ。

「ちょっとした厄介事がございまして、それで初めて吉原に行くことに……」

「厄介事？　吉原とですか？」

厄介事は吉原では日常茶飯事だ。いつも、どこかで、何かの厄介事が起こっている。けれど、厄介事が先にあり、そのために大門を潜ったというのは？

「あっ、もしかして」

おゑんは我知らず、障子戸に目をやっていた。

備後屋をおとなったとき、思いの外、丁寧な扱いを受けた。おゑんの訪問は、平左衛門から予め告げられていただろうから、門前払いはさすがにないはずと思ってはいたが、番頭自らが座敷まで案内をしてくれたのは意外だった。

いかにも実直そうな初老の番頭は、自分の偽者がおゑんの家に現れたことも、殺されたことも知っていて、ひどく気に病んでいた。実直なうえに小心なのかもしれない。

甲三郎によれば、あの男が酔った挙句、吉原で不粋な狼藉を働いたとか。

珍しい話ではない。生真面目で小心な男が、酒と女の力で箍《たが》が外れ醜態を晒す。巷に溢れる話に過ぎない。しかし、本人や本人の周りの者からすれば、よくある話でお仕舞いにはならない。商人であればなお、後始末は厄介だろう。

「先生は、藤助の……その吉原での一件をご存じなんですね」

「ええ、まあ、ちょっと小耳に挟んだ程度ですが……」

「そうですか。まあ、そこは知らぬ振りをしてやってくださいい。本人はひどく応えておりますので。藤助は備後屋一筋で奉公してきて、女房も子どももおりません。一人前の商人になるまでは所帯など持てないと励んできて、ふと気がつくと、四十の坂を越え何年も過ぎていたのです。そうなると、一抹の淋しさや不安を覚え、それを誤魔化したくて吉原に通い始めたと、本人はそう言っております」

「なるほど」

要は遊び慣れていなかったのだ。酒を吞むのではなく、吞まれてしまったのだから。

「番頭さん、そんなに暴れたのですか。つまり、備後屋さん自らが出向かねばならないほどのことをしでかした？」

「はあ……本人は酔っぱらって覚えていないらしいのですが、遊女の頰を打ったり、蹴りつけたりしたらしく……」

甲三郎から聞いた通りだ。あの番頭が女を打擲している場面などどうにも浮かばないが、事実なのだろう。見た目という皮を一枚、脱ぎ捨てたとき、人は思いも寄らぬ姿を露にする。番頭の皮は厚く、重く、脱ぎ捨ててみた心地よさについつい我を忘れたのではないか。

「雇い主である備後屋さんが出て行けば、事は収まり易いですからね」

「ええ、藤助に頭を下げられて、断るわけにはいきませんでした。あれが、こんなしくじりをしでかしたのは、わたしが覚えている限り初めてでしてね。何十年にもわたって、備後屋のために働き続け、尽くしてくれた奉公人の頼みです。無下にはできません」

束の間、備後屋が目を伏せた。

遠慮……か。

おゑんは胸の内で呟く。

備後屋には、古手の番頭への遠慮があったのだろう。婿に入ったころ、備後屋の商いのやり方を一から教わったのかもしれないし、備後屋将吾郎となってからも何くれとなく支えてもらったのかもしれない。だから、主従の繋がりの内には、僅かな遠慮が紛れ込む。番頭に縋られ、頭を下げられたとき、備後屋は安堵の吐息を漏らしたのではないか。相手に貸しを作れた安堵だ。これで、胸に染み込んだ遠慮の気持ちを薄められる、と。

いや、それでは物事を斜《はす》に見過ぎだろうか。

おゑんは、軽く頭を振った。

斜に見過ぎだ。それに今は、備後屋主従の間柄に拘っているときではない。

「それで、備後屋さんは吉原に出かけ、そこで、お喜多さんに出逢ったのですね」

「はい。川口屋さんの籬の向こうに、お喜多はおりました。一目で……」

備後屋は唇を結んだ。それから、僅かに開き小息を吐いた。

「魅せられました」

「それから、川口屋さんに通い始めたのですね」

「はい。他の見世に行く気も、他の女の客になる気も起きませんでした。お菊が亡くなってから後添えを勧められることもありましたが、そんな気には毛頭なれなかったのです。しかし、お喜多だけは別でした。この女と一緒になりたいと、焦がれるように想いました」

恋を知り初《そ》めた若者の台詞のようだ。備後屋は少し躊躇いがちに、しかし、隠すことなく胸中を語っている。そう感じられた。

「お喜多さんがどういう気性なのか、呑み込んだうえでの想いですね」

念を押してみる。備後屋の一途な想いには心を揺さぶられもするけれど、揺さぶられたままではいられない。おゑんにはおゑんの果たすべき仕事があった。

「正直に申し上げますよ。改めて言うまでもなく、気が付いておられるでしょうが」

おゑんは自分の喉にそっと指を這わせた。

「この傷は、お喜多さんに付けられました」

「……はい」

「お喜多さんは普段は穏やかです。あ、いえ、穏やかというより陽気でおしゃべりで、よく笑います。食べ物の好き嫌いもなく、身体を動かして働くことを厭いません」

「はい」

「楽しいことを見つけると子どものようにはしゃぐし、とても素直な面もあります」

もう一度、喉を撫でる。痛みはほとんどない。

「けれど、突然変わります。全くの別人のように猛々しくなるのです。気が昂り、どうにも抑えが利かなくて、ひどく乱れてしまう。そうなると手が付けられなくなります。二階から飛び下りようとするし、周りにいる者に見境なく襲い掛かろうとする。お喜多さんのそういう一面を、備後屋さんは全てご存じですね」

「存じております。ただ、川口屋さんに報されただけで、お喜多のそんな姿を直に見た覚えはありません。わたしにとっては、いつも明るく心休まる相手です。ですから、信じられない気はいたします」

「ええ、そうでしょう。川口屋さんでさえ、お喜多さんの変わりように驚いたほどですから。備後屋さんが信じられないのも当たり前ですよ」

おゑんは膝の上に手を重ねた。

「川口屋さんは、お喜多さんを幼いころから禿として育ててきた人です。なのに、お喜多さんの乱れ様を見たのは初めてでした。それまで、お喜多さんの振る舞いは尋常で、川口屋さんを驚かすようなことは一度もなかったそうです。備後屋さん、あたしが何を言いたいのか、察しておられますね」

備後屋は少し、躊躇った風だった。が、すぐに答えを返してきた。

「子を孕んだ。そのことで、お喜多は変わったと……」

「そうです。お喜多さんは身の内に子を宿したときから、ひどく心を乱すようになりました。子を産むことに恐れを感じ、その怯えをどうにもできなくて乱れるのです」

「でも、誰でも出産に怯えるものなんじゃありませんか。ましてや、初産となるとなおのこと怖いでしょう。お産は命懸けですから、覚悟がいるのではありませんか。いや、わたしは男ですから子を産むことがどんなものなのか全く、わかりませんが」

おゑんはゆっくりとかぶりを振った。

「あたしのところには、孕んだ女がやって来ます。子を産みたい者も、子堕しを望む者もおります。誰もがそれぞれの事情を抱えて、それぞれの不安や恐れに耐えながら来るのです。でも、お喜多さんは、そんな女たちとは違っていました。上手く言えませんが……お喜多さん、子を産むことではなく自分が産むだろう子に怯えていたんじゃないでしょうか。生まれてくる自分の子。そのものを恐れていた。我を忘れるほど恐れていた。そんな気がしてならないのですよ」

膝の上の手に視線を落とす。指先が仄かな草色に染まっている。薬草の色だ。祖父の指も同じような色をしていた。末音のそれは、色がもっと濃い。

「誤解しないでくださいい。備後屋さんの子を産みたくないと、そういう意味じゃありません。誰の子であろうと、お喜多さんは恐れ戦《おのの》いたと思います」

備後屋が顔を上げる。

「お喜多は、今、どうしています？　先生に傷を負わせるほど乱れておるのですか」

「落ち着いています。ある患者の赤ん坊のために襁褓を縫うと言ってました。気持ちの鎮まる薬も処方しましたから、今のところは大丈夫でしょう」

「……そうですか。それで、お腹の子も無事なのですね」

「ええ、順調に育っていますよ。あたしとしては、このまま月満ちて生まれてくることを願っています。けれど、お喜多さん自身はそうじゃない。我が子を望んでいないんですよ」

備後屋の頰から血の気が引いた。

「先生、まさか、赤子を堕ろそうと考えておられるのでは……ありませんか」

「考えていません。危ないですからね」

「危ない？」

「ええ、今のお喜多さんの身体では、腹の子を堕ろせば命が危うい。いえ、どんな人でも命懸けではあるのですが。堕ろすのも産むのも、ね。お喜多さんの場合、身も心も疲れ切っていて、産むの産まないのと悩むどころじゃないんです。ともかく、心身を恢復させることが先決なんですよ。そうすれば、落ち着いて思案もできるでしょう。そのときは、備後屋さんもお出でになるといい。二人でじっくり話をしてみてくださいな」

備後屋の喉元が上下に動いた。

「それで、もし……もし、お喜多がどうしても産みたくないと言い張ったら、先生は、わたしたちの子を……始末なさるおつもりですか」

おゑんは黙って、目の前の男を見詰めた。

わたしたちの子。備後屋はそう言った。お喜多とも腹に宿った命とも、本気で関わろうとしている。そこは、信じて差し支えない。証のような一言だった。

胸が軽くなる。この父親がいるのなら、赤ん坊は不幸にはならない……かもしれない。

「理由によります。産めない理由に、ね。お喜多さんの場合、その理由がわかりません。お喜多さんは怯えてはいるけれど、語ろうとしない。そこに、偽番頭の登場だの殺しだのが絡んできて、ますます、見通しが立たなくなっています。でも、それはこちら側の事情。お腹の子には関わりありません。関わりなく宿って、育って、生まれてくるんですよ」

備後屋の喉が、もう一度動いた。それは息を呑んだのではなく、言葉を押し出すための動きだったようだ。

「生まれてきて、幸せになれますか？」

思いがけない問いが、商人の口から漏れる。おゑんは躊躇わなかった。

「備後屋さんのような父親が付いているのなら、見込みはあるでしょうね」

さっき感じたままを答える。

「ただね、備後屋さん。母親がその子を愛《いと》しく思えるか、どうか。赤ん坊の幸不幸には、その一点がどうしても絡んできます。端からいないのならともかく、傍らにいるのなら、その母親から万が一にも拒まれたとき、赤ん坊は幸不幸どころか生き続けることさえ、難しくなる。よしんば、母親代わりの乳母がいたとしても、母親に慈しんでもらえていないと感じてしまえば、その子は心内に傷を負うでしょう。目には見えない傷は厄介です。見えないから気付かない。気付かないから手当てが遅れる。備後屋さんという父親がいるなら全て大丈夫と言えるほど、人の子の幸せは甘くない。お喜多さんが望まないまま子を産んだら、その子はどう育つのか。お喜多さんは子にどう向き合うのか。正直、わかりません」

口の中が渇く。おゑんはもう一口、茶をすすった。

備後屋は腕組みをしたまま、宙を見詰めていた。

「備後屋さん」

「はい」

「あたしに任せてもらうことは、できますよ」

「任せるとは？　お喜多は既に先生のお世話になって……」

腕を解き、備後屋はおゑんを見詰めた。

「お喜多ではなく、赤ん坊を、ですか」

「ええ。この話、いずれはお喜多さんにも伝えようと思っています。赤子を闇に流さず、産んでもらう。その後、どうしても育てられないのなら、あたしが引き受けます、と」

「引き受けるとは？」

「あたしの手許で育てながら、里親を探します。その子を大切に育ててくれる相手に託すのです。その仲立ちをしたいと思っているのですよ。お喜多さんが子を望まないなら――」

「わたしの子です」

備後屋がおゑんを遮る。語尾が微かに震えていた。

「赤ん坊はわたしとお喜多の子です。先生の子ではない」

おゑんは奥歯を噛み締めた。言い過ぎたと気が付いたのだ。逸り過ぎた。焦り過ぎた。

どうすれば、お喜多の出産まで漕ぎ着けられるのか目算が立たず、逸り、焦っていたのだ。備後屋の苛立ちはもっともだ。父親の立場を蔑《ないがし》ろにされたと感じただろうし、そう捉えられても仕方のない言い方をしてしまった。

「申し訳ありません」

おゑんは手をつき、深く低頭した。

「出過ぎた物言いをいたしました。備後屋さんのお気持ちを考えもせず、お許しください」

「いや、そんな、先生がお喜多のために努めてくださっていることも、わたしどもがご苦労をかけてしまっていることも十分に承知しております。ありがたくも思っておるのです。でも、先生。わたしは、お喜多との子を自分で育てたいのです」

そこで息を吐き、備後屋は続けた。

「お菊は出産が因《もと》で亡くなりました。二人の子を幼くして失った後の三度目のお産でした。難産でまる二日、苦しみましたよ。子を産んだ後、力尽きたのか翌日に息を引き取りました。生まれてきた子は女の子でしたが、五日も生きられぬまま、母親の後を追うように……。義父は、それまでも病がちではあったのですが、娘と孫を一時に失ったことで生きる気力を失い、みるみる衰えて三月後《みつき》に彼岸に旅立ちました。お産は、わたしから家族を奪ったのです。わたしが、心底から家族と呼べる者たちは、みな、いなくなりました」

長い吐息が、備後屋の口から零れ、広がっていく。

そうなのだ。新しい命を生み出すはずのお産の隣に死はうずくまり、口を開けている。その口に、いくつの命が呑み込まれていったことか。

「ですから、もう奪われたくはないのです」

備後屋の声が耳朶に触れる。

「お喜多と夫婦《めおと》になり、共に子を育て、家族となりたいのです。先生、どうかお願いいたします。お喜多を、子を、守ってやってください」

備後屋は、おゑんに負けぬほど低く、頭を下げた。

備後屋を出る。風が心地よい。

この前まで身が縮むような寒風が吹いていたのに、直に、南からの風を「暑い、暑い」と忌む季節がやってくる。季節の移ろいに人の心がついていかない。今年はどこか危うさを潜ませた年になる気がする。夏から秋にかけて、天が荒れなければいいがと心配になりもする。が、人が天の未来《さき》を憂えても詮無いことだ。今はともかく、風の心地よさを喜ぶしかないだろう。おゑんは流れる雲から目を逸らした。

「先生」

呼び止められたのは、風に頬を撫でられながら辻《つじ》近くまで歩いたときだ。

振り返ると、藤助が息を弾ませながら、立っていた。

「主人がこれをお持ち帰りくださいと、申しております。詰めるのに手間取りまして、お渡しするのが遅れました」

大きめの竹籠を差し出す。きりりと引き締まった香りが鼻に届いた。

「まあ、これは備長炭ですか」

「はい。うちの店で最上等の品でございます。夜になりますと、まだ冷えますので、ぜひお使いいただきたいとのことです」

「こんな上等の炭、もったいなくて使えませんよ。あたしたちに手が出るお品ではないのでしょう」

「そんな、ご冗談を」

苦笑いしながら、藤助はおゑんに籠を渡した。

「とはいえ、ここまで上物の炭となると、わたしどもも使った記憶がございませんでして」

「まあ、そうなんですか」

「ええ、もちろん、品定めのために炭を熾《おこ》すことはあります。匂いや火の色、温まり具合を確かめねばなりませんので。でも、自分たちの暮らしに使うのは、割れ物や屑物《くずもの》です。どうぞ、一度、確かめてみてください。香に劣らぬ良い香りがしますし、部屋の温もり方が違います。主の気持ちですので、ぜひに」

商い用の笑みを浮かべると、藤助は一礼して踵を返そうとした。

「あ、番頭さん」

今度は、おゑんが呼び止める。

「ちょっと、お尋ねしたいのですがよろしいですか」

「はぁ……さて、なんでございましょうか」

笑みを浮かべてはいるが、眼には明らかな用心の色が滲んでいた。

「いえ、番頭さんは、前々からお喜多さんのことをご存じだったのですか。備後屋さんのお内儀になる人としてではなく、桐葉という吉原の女として知っておられましたか」

藤助が身を縮める。

「先生……それは、わたしの吉原での失態と絡めてのお尋ねで……」

「え？　あ、いえいえ、そうじゃありません。その件とは関わりなく、お尋ねしたのですが、気に障ったら――」

堪忍ですよ。と続く言葉を呑み込んだ。これでは、おゑんが藤助の狼藉を知っていると明かしたようなものだ。藤助は、ますます身を縮める。

「本当に情けない。ええ、思い出すたびに情けなくて、居ても立ってもいられない心地になります。酒を呑んで酔っ払った挙句、女を殴るなんて、我ながらもう本当にどうしようもありませんよ。旦那さまにも、大変なご迷惑をかけてしまって……」

「魔が差すってことが人にはありますからね。酒の上でのしくじりなど、誰にも一度や二度はあるものです。まあ、女に手を上げたのはどうかと思いますが、今さら気にしてもしょうがないでしょう」

「はあ、旦那さまにも気にしなくていいと慰めていただきました。あの騒ぎのおかげで、女房にしたい女に出逢えたのだからと……。あ、えっと、お尋ねの答えになっておりませんね。あの、わたしは存じ上げておりませんでしたよ。お喜多さんは、川口屋さんの遊女でございましょう。川口屋さんは総籬の大見世。わたしが遊べるような見世ではありませんので。わたしは、もっぱら半籬か惣半籬の見世で……いえ、もう、今は吉原に通ったりはしておりませんよ。もう、懲りましたので。本当に懲りました」

藤助は真顔で懲りた、懲りたと繰り返した。

「でも、まあ、旦那さまが仰る通り、よいお内儀さんに巡り合ったのなら怪我の功名かとも思います。旦那さまはお優しい方ですから、わたしを慰めて仰ったのでしょうが、三分ぐらいは本音でしょうから。そう考えると、わたしもここが軽くなります」

藤助の手が自分の胸を軽く叩く。おゑんは、その顔を真正面から見据えた。

「番頭さんは、お喜多さんのことをどう考えています？」

「え？　どうと仰いますと？」

「備後屋のお内儀としてやっていけると考えていますか？」

藤助が瞬きする。分厚い唇がもぞもぞと動いた。

「そりゃあ、もう……考えておりますよ。旦那さまが選ばれた方ですから間違いはないでしょう。きっと、立派なお内儀になりなりで……」

「番頭さん」

おゑんは一歩近づき、藤助のすぐ前に立った。おゑんの方が背が高く、相手を見下ろす格好になる。

僅かに屈み、耳元で囁く。

「大丈夫ですよ。お店から、だいぶ離れているじゃありませんか。誰に聞かれる心配もありません。正直なところを聞かせてもらえませんかね」

「正直なと言われましても、お喜多さんがどういう気性の方か存じ上げませんしねえ。でもまあ、わたしとしては本心から良かったと思っておりますよ。旦那さまは、お菊さまを亡くされてからずっと独り身を通しておられましたから。御新造さんを迎えられるのは良いことだと思います。家の中も落ち着きますし。お菊さまが惨い亡くなり方をされただけに、ほっとしておりまして……」

藤助が口をつぐんだ。黒目がうろつく。

「惨い？　お菊さんはお産が因で亡くなられたと聞きましたが」

「は、はい。その通りです。お嬢さまをお産みになって……お産の後はお白湯も飲めたし、話もできたようなのですが、翌日に急に苦しみ始めて、そのまま……」

「大層な難産ではなかったのですか？」

「え、あ、はあ……そうですね。赤子がなかなか下りてこなかったと聞きました。わたしは男ですし、奉公人に過ぎませんから詳しいことは知りませんが、お菊さまは亡くなられるとき、かなり苦しんだようで、人相が変わるほど顔を歪めておられたそうです。先生、お産というのは、そこまで惨く、危ういものなのでしょうか？」

「お菊さんの様子がおかしくなってすぐに、医者を呼びましたか？」

「呼びました。お産が長引いて心の臓が弱っていたのだろうとの診立《みた》てのようでしたが」

「そうですか。心の臓がねえ」

おゑんは空を見上げる。さっきよりも雲足が速くなった。地上より、風が強いのだ。

「あ、いらぬおしゃべりをしてしまいました。先生、どうか、このことはご内密に、お願いします。言い訳をするつもりはありませんが、わたしは普段、こんなに口軽くはないのです。なぜか、先生に見据えられると隠し事をしてはいけないような気になってしまいまして。あぁ、これはやはり言い訳になりますか」

隠し事をしてはいけないような……。とすれば、生真面目で小心な番頭は、本心を語ったことになる。語った中身は、備後屋の話と僅かにずれて重ならない。このずれは何からくるのか。単なる思い違い、事実の受け取り方の違いの範疇に収まるのか。

「それでは、これにて失礼いたします。先生もお気を付けてお帰りください」

藤助が足早に去って行く。おゑんから逃げようと焦っているようだ。

遠ざかる商人の背中を追うが如く、風が強くなった。


竹籠の炭は、殊の外、女たちを喜ばせた。

「なんて芳《かぐわ》しいんでしょ。これを燃してしまうなんて、もったいなくてできませんよ」

お春が弾んだ声を出せば、末音も珍しく口元を綻ばせた。

「これだけの炭なら、水を清めるのにも、湿気を吸い取るのにも使えますの。お春さんの言う通り、良い香りもしますし、お部屋に置いておけば何かと使えますすで」

「なんだか齧ってみたくなりませんか。美味しそうですよ。あぁほんと、いい匂い」

お丸はくすくす笑いながら、備長炭に鼻を近づける。

「そうだねえ。好きにお使い。魚でも焼いたら美味しいんじゃないかい」

「そんな、もったいない。魚ならもっと安い炭で十分ですよ」

お丸が首を横に振る。

「じゃあ、これで水を濾《こ》して、美味しいお茶でも淹れてみましょうか。お喜多さんにも一休みするように言ってきますから」

お春が腰を上げる。

「お喜多さんは、変わりはないかい」

「ええ、ありません。大丈夫ですよ。おゑんさんが出て行かれてから、ずっと襁褓を縫ってくれてます。あれだけあれば、竹一がどれほど汚しても大丈夫ですね」

「そう。じゃあ、あたしも様子を見に行こうかね」

おゑんも立ち上がる。末音が見上げてきた。

「おゑんさま、どうかなされましたか。少しぼんやりしておられますが、何か気になることでもございましたかの」

さらりと問うてきた。おゑんは肩を竦める。この老女だけは、どうにも厄介だ。何もかも見透かしている。いつもなら、見透かしたまま黙っているが、今日は声を掛けてきた。それだけ、おゑんの様子が普段と違っていたのだろう。むろん、末音でなければ気が付かないほどの、僅かな変容でしかないはずだが。

「ずれているのさ」

小声でそう答える。お春が、心持ち眉を寄せた。こちらも、なかなか手強《てごわ》い。

「とても小さなずれなんだけど、どうも引っ掛かってね。後で詳しく話をするよ。お喜多さんのことが気になるんでね。そっちが先さ」

末音は頷き、お春は「ずれ」と呟いた。

おゑんは廊下に出て、奥へと足を向けた。お春が後に従う。まだ〝ずれ〟について考えているのか、黙したままだ。

「お喜多さん、入りますよ。いいですか」

障子越しに話し掛ける。「はい、どうぞ」と、静かな声が答えた。

これなら、確かに大丈夫そうだ。

障子戸を開けたとたん、微かな香の香りが漂う。

「おやまあ、これは」

おゑんは廊下に棒立ちになり、目を見張った。

八

襁褓の山だ。

晒を使ったり、古い浴衣《ゆかた》を解いて縫い直した襁褓が山のように積まれている。

「おやまあ、お喜多さん、ずい分と精を出しましたね」

「あら、先生、おかえりなさい」

襁褓の山の傍らで、お喜多が笑う。

屈託のない、憂いもない、純としか言いようがない笑顔。備後屋将吾郎ほどの商人が心惹かれた理由が、わかる気がした。

「なんだか、縫い出したらおもしろくて、止まらなくなってしまって」

「そうかい、でもね、もうそこらへんで止めといておくれな。これじゃ、赤ん坊が二、三十人いたって間に合うよ。けど、お喜多さん。お針が好きなんだねえ」

「お針、ですか。うーん、どうですかね。何かを自分の手で作っていくのは、おもしろいかも……。一日中やっていても、飽きない気がします」

「そうかい。じゃあ、襁褓はいいから、もうちょっとややこしい物を作っちゃあどうだろうねえ」

「ややこしい物？」

「そう、例えば……、おや、お春さん」

襁褓を畳んでいたお春が「はい」と返事をする。

「竹一が泣いちゃあいないかい」

「あら、ほんとうだわ。お丸さんがてこずっているみたいですね」

「ちょいと、連れておいでな」

お春が心持ち、眉を上げた。

「ここに、ですか？」

頷いたおゑんを寸の間、見詰め、お春は座敷を出て行った。

「綺麗な縫い目だねえ」

おゑんは襁褓を手に取り、一枚、一枚、確かめる。どれも、小さな縫い目が物差しでも当てたように、真っすぐに並んでいた。

「襁褓ぐらい、誰だって縫えますよ」

「ところが、あたしはからっきしでね。いつだったか、襁褓を拵えるのを手伝ったんだけど、こんなに縫い目がでこぼこしていたら、とても赤ん坊には使えないって。お春さんと末音に全部、解かれちまってね。それから、針を使うのは諦めたよ。諦めたというより、二度と縫い物に手を出すなと引導を渡されたってのが正しいんだけどね」

「まあ、先生ったら」

お喜多がころころと笑う。その声が消えぬ間に、お春が赤ん坊を抱いて入ってきた。とたん、お喜多の顔が強張る。

「お喜多さんは、竹一に会うのは二度目だね」

「……はい。この前、庭で見かけましたけど……」

「抱っこしてみるかい」

「え？」

「竹一を抱っこしてみないか、と言ったんだよ」

息を詰めたのは、お春だった。

「おゑんさん、それは……」

竹一を抱く手に力を込め、お春は僅かにかぶりを振った。

今のお喜多は落ち着いている。穏やかで、静心を保っている。不意に暴れたり、我を忘れたりは、まず、ないだろう……か？

大丈夫なんですか。竹一を渡してもいいんですか？

お春が無言で問うてくる。

おゑんは竹一を受け取ると、柔らかく、しかし、しっかりと抱きかかえた。

「お喜多さん、どうです？」

お喜多が首を横に振った。

「あ……あたし、い、いいです、赤ん坊なんて抱っこしたことないし……怖いです」

「怖い？」

「だって、落としたりしたら、大変じゃないですか。それに、それに、あたし……すぐに気を乱してしまうし……。駄目です、先生。あたし、赤ん坊なんて抱っこできません」

お喜多は俯き、何度もかぶりを振った。

「この子を傷つけるかもしれないと、心配してるのかい？」

「ええ……先生、ほんとに勘弁してください。あたし……無理です。自分が怖くて……わかってるんです。自分がおかしいって、わかってるんです。自分のことが抑えられなくて、ちゃんと考えられなくなって、自分でも何をするかわからなくて……そんな女なんです。だから、あたしには……」

「わかってるんじゃなくて、そう思い込んでるだけだろ」

「は？　え、ち、違います。先生だって知ってるじゃないですか。あたし、先生に何度も、何度も酷いことをして、大怪我をさせてしまって……」

おゑんは大きく息を吐き出した。竹一が見上げてくる。泣いた後なので、いつにも増して眸が潤んでいた。まだ、邪悪も裏切りも無念も知らない眸は、どこまでも澄んで、その美しさについ目を逸らしそうになる。

「何度もじゃなくて、二度、だよ。それに大怪我じゃない。確かに喉は人の急所ではあるけど、命取りになるような傷を負ったわけじゃないよ。お喜多さん、あたしはね、あんたがおかしいなんて思わない。けど、思い込みの強い性質《たち》ではあるね」

「思い込み、ですか」

「そうだよ。一度、こうだと自分で思い込んだら、それが真実《まこと》になっちまう。違うんじゃないかなんて露ほども疑わない。考えもしない。だろ？」

お喜多が顎を引いた。唇が尖る。

「それじゃ、あたしが頑固で偏屈みたいに聞こえるじゃありませんか」

「そうそう、他人《ひと》の言うことになかなか耳を貸さない頑固な偏屈屋。そういったところさ」

「先生ったら酷い。そんなこと、ありませんよ。あたし、他人の言うことを聞きます。ちゃんと、聞きますとも。そりゃあ、多少は聞かないこともあるかもしれないけど……ともかく、あたしは思い込みだけで動いてるわけじゃありません」

「じゃ、抱っこしてみるかい」

おゑんの腕の中で、竹一が身動ぎした。

「自分を、何をするかわからない危ない者と決めつけないで、お喜多さんの心が感じた通りに、動いてごらんよ」

お喜多の口が開く。水面《みなも》に浮かび上がってきた鯉《こい》のように、開いては閉じ閉じては開く。

「あ、あたしは、別に赤ん坊なんて抱きたくないし……」

「じゃ、触るだけでも触ってごらんな」

「触るって……」

暫く躊躇い、お喜多はおずおずと手を伸ばした。

指先で竹一の頰をそっと押さえる。

「まっ、柔らかい」

お喜多は手を引っ込めた後、自分の指先を一心に見詰めた。

「赤ん坊って、こんなに柔らかくて、ぷっくりしてるんですね。それに艶々している」

「竹一は上手に、大切に育てられてるのさ。貰い乳ではあるけど、たっぷり飲めて、腹は満たされている。襁褓もきちんと替えてもらえて、暖かな夜具で眠れる。だから、満ち足りているんだよ。心身が満足していれば病にも罹りにくいし、肌の艶もよくなる。大きな声で泣いたりもできるのさ。みんな、お春さんのお手柄だね」

「お手柄だなんて。竹一は育てやすい子ですよ。よく笑うし」

「え、笑う？　赤ん坊が笑ったりするんですか？　だって、まだ、お座りもできないでしょ」

「笑いますよ。お喜多さん、赤ん坊って、こんなに小さくて、お座りもできないのに、ちゃんと笑ってくれるんですよ。ね、竹ちゃん」

お春の言葉に応じたわけではないだろうが、竹一は黒目を動かし、唇を横に広げた。

「まっ、ほんとだ。笑った」

お喜多が目を見開いた。本当に驚いているのだ。

「あたし、赤ん坊って泣いてるか眠ってるかだけだと思ってたのに……」

「あら、とんでもない。よく笑うし、機嫌がいいと独り言を言いながら遊んでますよ。それに、こちらの様子をよく見ていて、あたしが傍を通ると用もないのに呼んだりするの。そういうときは、ちょっと構ってもらいたいんでしょうね。あ、もちろん、そうでない子もいます。癇が強くて、ちょっとした物音で泣き出す子もいるし、竹ちゃんのように一人遊びが好きな子も、猫でも犬でも鳥でも、動くものに夢中になる子もいるんですよ」

「人だからね。赤ん坊もそれぞれさ」

「赤ん坊も人、なんですね」

「そうさ。まさか熊の子や松の枝に見えてるわけじゃないだろう。あたしやおまえさんと同じ、人だよ。違うのは、この世で生きてきた年月の長短だけさ。ねえ、お喜多さん」

「あ、はい」

「おまえさん、なんだと思ってたんだい」

「何って……」

「赤ん坊のことをさ。人だと考えたことはなかったのかい。自分と同じ人だってね」

「え、いえ、それは……人に決まってるじゃないですか。理屈はそうで……」

「理屈を聞いてるんじゃないよ。おまえさんの気持ちを尋ねてるのさ。おまえさんは、ずっと赤ん坊を厭うていた。恐れてもいたのかね。でも、一度でも、赤ん坊が人だって、自分が人を産めるんだって考えたことあるかい」

お喜多は無言だった。口を結び、瞬きもせず、竹一を見詰めている。そして、両手をそろりと差し出した。その手に竹一を渡す。お春が僅かに前に寄った。

「お喜多さん、もっと胸に近づけて、しっかりと抱いてください。そうしないと、赤ん坊が怖がりますからね」

お春の言葉に頷き、お喜多は竹一を抱き直した。

おゑんはちらりとお喜多の面を窺う。張り詰めていた。

「おや、泣かないね」

「きゃは」

不意に竹一が声を上げて笑った。柔らかで明るい声がぽんと弾ける。竹一は笑った後、桜色の唇をもごもごと動かした。

「竹ちゃん、笑ったわ」

お春も嬉しげに声を弾ませる。

「だね。いいご機嫌じゃないか。どうだい、お喜多さん？」

「あ、重いです。それに、温かい。こんなに温かいなんて思わなかった……」

「赤ん坊は温かいんだよ。それに、竹一は骨がしっかりしていてね、並の赤ん坊よりちょっと重いかもしれない」

「この赤ん坊、前にこの部屋にいた患者さんの子、ですか」

「そうだよ、この子は無事に生まれてきてくれたけど、母親は救えなかった」

お喜多は身体を丸め、竹一に鼻をくっつけた。お春が腰を浮かす。おゑんは眼差しで、お春を制した。

大丈夫。案ずることはないよ。

「お乳の匂いがする。それに、お日さまの匂いもする」

身を起こし、お喜多が呟く。

「そう、不思議なことにねえ、子どもってお日さまの匂いがするのさ。自分の足で外を出歩ける童ならいざ知らず、どうして、こんな赤ん坊でも同じ匂いがするんだろうね」

甘い乳の匂いと陽だまりの匂い。お喜多の鼻は、確かに嗅ぎ取ったようだ。

「ふぎゃっ、ふぎゃっ」

笑ったときと同様に、不意に竹一が泣き始めた。お喜多の黒目がうろつき、戸惑いが浮かぶ。お春が泣いている赤ん坊を受け取った。

「あら、襁褓が濡れたのかしら。どれどれ……ああ、やっぱり濡れてる。竹ちゃん、気持ちが悪かったのね」

「襁褓を替えるんですか?」

「ええ、この子、お尻が濡れるのが嫌いみたいで、すぐ泣いちゃうんですよ。でも、大丈夫、お喜多さんのおかげで襁褓はたっぷりあるもの」

「あ、あの。あたし、見てていいですか。襁褓を替えるところ」

「いいですよ。ああ、なんなら替えてみます?」

「え、え、あたしが襁褓を……」

「そうそう、ちっとも難しくないですからね。じゃ、やってみましょうか。襁褓はね、男の子と女の子とでは畳み方が違うんですよ。男の子の方は前を厚めにして、紐でしっかり結んで、あ、でも、あまりきついと赤ん坊が苦しがりますから、結び方を覚えて……あら、お上手。お喜多さん、手際がいいわ。襁褓を替えながら、股とかお尻の様子を見てくださいね。かぶれてないかとか、できものができてないかとか」

「きゃっ、お春さん、この子、お尻が青いです。痣がこんなに――」

「それは、どんな赤ん坊にもあるんですよ。一年ぐらいで消えちゃいます」

「ほんとに？　驚いた。なんだか、驚くことばかり」

お喜多が肩を窄めた。その横顔に、おゑんは声をかける。

「なんにも知らないのに、怯えていたんだねえ」

お喜多の顔がおゑんに向けられた。眼差しがぶつかってくる。

「そうだろ。お喜多さん、赤ん坊のことなんて何一つ、知らなかったじゃないか。襁褓の替え方さえも、ね。知りもしなかったものを厭うて、怯えてきた。馬鹿馬鹿しいとは思わないかい」

「先生……」

「でも、おまえさんは知ってしまった。竹一って子の温もりとか重さとかを、知ってしまったんだよ。知った上で、さてどうするか、さ」

お喜多は固まったように身動きしない。

おゑんを見据えながら、唇を僅かに震わせている。

「ねえ、お喜多さん、さっきの話の続き、ややこしい物のことだけどさ」

おゑんはわざと軽い口調で告げた。

「赤ん坊の着物を縫っちゃあ、くれないかい」

「赤ん坊のって、この、えっと、竹ちゃんのものをですか？」

「そうさ。ただ、今は竹一だけだけど、うちは、いつ赤ん坊が増えるかわからないんだよ。だから、できるだけたくさん欲しいねえ。それに産着も入り用だ」

「産着」

　お喜多は呟き、膝の上に手を重ねた。その後、
　膝の上の手を腹に移し、挑むような眼差しになる。

「先生、その産着って、この子のために拵えろと、そういう意味ですか」

「何度も言ってるだろう。産む、産まないはおまえさんが決めること。おまえさんにしか決められないことなんだよ。ただし、今の身体じゃ堕ろすのは難しい。お産より、さらに命懸けのことになる。だから、もう少し様子を見るんだ。そこのところは得心してくれているよね。おまえさんだって、命は惜しいだろう」

「ええ、あたしは死にたくない。生きていたいです、先生」

「じゃあ、まだ間がある。その間のうちに、着物なり産着なりを縫い上げちゃくれないかと、頼んでいるのさ」

　逡巡《しゅんじゅん》の間があるかと思ったが、お喜多はすぐに首肯した。

「わかりました。やってみます」

「そうかい。助かるよ。ただし、あまり根を詰めないでおくれね。身体に障るからさ」

「先生、あたし、お針がわりに好きみたいです。どこまでやれるか心許なくもありますが、精一杯、

やってみます。それで……それで、頑張って、竹ちゃんに着物を縫ってあげたいです」

「まあ、竹ちゃん、よかったわね。綺麗なおべべが着られるわよ」

お春が竹一に声をかけると、赤ん坊はさかんに手足を動かした。すこぶる機嫌がいい。もっとも、竹一はたいてい機嫌がよかった。さっきのように泣くときには泣くが、満たされるとすぐに泣き止む。乳をたっぷり吸い、夜もよく眠る。育てやすい子だった。

「先生の手のひらで転がされてるみたいで、ちょっと癪は癪だけど。でも、しょうがないかなあ。役者が違いますものね」

お喜多は裁縫道具を片付けながら、肩を窄めた。

「まっ、それは言い掛かりってもんだよ。あたしは手のひらで他人を転がすなんて真似、しやしないからね。人聞きの悪いことをお言いでないよ。ねえ、お春さん」

「え？　さて、どうでしょうか。どう答えていいものやら悩みますね。ただ、あたしも時折、おゑんさんの手のひらで踊らされてるなって気にはなりますけど」

「まあまあ、お春さんまで何を言い出すやら」

苦笑したとき、目の端に白い小さな塊を捉えた。

「おや、これは？」

「あ、それ、糸巻の際、糸が絡まってしまって。ぐちゃぐちゃになっちゃったんです。でも、捨てるのももったいないから、後で解こうかと思って」

お喜多の言う通り、それは白い糸の絡まりだった。

「糸口さえ見つかれば解けると思うんだけど、あ、これかな」

お喜多が絡まりの中から、糸を摘まみ上げた。

「えっと、こうやって引っ張って……あら、嫌だ。やっぱり絡まっちゃう」

「お喜多さん、無理やり引っ張っても解けないでしょ」

お春が小さく笑う。

「でも、元は一本の糸なんだから、そんなにややこしくはないはずなのに」

お喜多がひょいと持ち上げる。糸の先に絡まりが丸くぶら下がっていた。

「まあ、なんだか玩具《おもちゃ》の手車《てぐるま》みたいだわ。ね、おゑんさん……え、おゑんさん？ どうかしました？」

おゑんは答えず、手を差し出した。

「お喜多さん、それ、見せておくれ」

「はい？ あ、この糸ですか。先生、解いてくれます？」

おゑんはお喜多と同じように、糸の先を摘まみ持ち上げてみた。三、四寸ほど真っすぐに糸は伸び、その先はくちゃくちゃと絡まり合っている。

「もともとは一本の糸……なるほど、もしかしたら……」

お春とお喜多が顔を見合わせた。

「おゑんさん、もしかしたらってなんのことです？」

お春が身を乗り出してくる。

「お春さん、これ、何に見える？」

「は？ これって……糸が絡まっているだけでしょ。さっき手車みたいと言いましたけど……うーん、どう見ても糸が絡まっているとしか見えません。でも、これが何か？」

「そうだね。十人のうち八人、いや九人はそう答えるだろうが……」

「違うんですか？」

「いや、違わない。その通りだよ」

お春は首を傾げ、微かに揺れる糸の絡まりに目をやった。そのとき、障子戸の向こうから、甲三郎がおゑんを呼んだ。

「先生、梅蔵が来やした」

短く、告げる。おゑんは頷き、ゆっくりと指を握り込んだ。


梅蔵は部屋の隅に畏まり、目だけをうろつかせていた。

吉原で顔を合わせたときは、もう少し厳《いか》つい感じを受けたが、こうして向き合ってみると、しっかりとした体付ながら、そう目立つところのない男だ。

「梅蔵さん、わざわざご足労いただいて、すみませんでしたね」

「あっ、いや、惣名主から行けと言われたもんで……」

もそもそと答える。表情はほとんど変わらず、不機嫌ともとれる顔つきだった。

「そうですか。でも、もう少し前に出てきてくれませんかね。そんなに隅に縮こまられていると、どうにも話しづらくてねえ」

「あ、へい」

座ったまま前に進むと、梅蔵は鼻をひくつかせた。

「ふふ、薬草の匂いがしますかね」

「あ？　いや、あの、なんて言うか、緑の葉っぱみてえな、花みてえな、いい匂いがするもんで。これ、薬の匂いなんでやすか？」

「ええ、薬になる前の草や花、実を乾かした匂いですよ。あたしたちは慣れてしまって気にもしないのですが、外から来られるとやはり、匂いますかね」

「へえ。でも、嫌じゃありません。いい匂いで、気持ちが清々するようでやすよ。そうでやすか、薬草の匂いなんで」

「ええ、裏手にたんと干してあります。風向きで香りが強くもなるんでしょう」

「虫もあるぜ」

不意に甲三郎が口を挟んできた。

「知ってるかい、梅蔵。虫も薬になるんだってよ。おれ、夏になったら蟬《せみ》の抜け殻を集めるように、末音さんに頼まれてんだ。なんでも、熱冷ましに使うらしい」

甲三郎の口調に釣られるように、梅蔵の顔つきが明るくなった。

「蟬の殻が熱冷ましに？　へえ、驚きだ。けど、甲三郎、えらく詳しいじゃねえか。こちらで生薬のことまで習ってるのかよ」

「いやまさか。けど、門前の小僧くれえには、知ってるかもな」

「なるほどね。てえしたもんだな」

梅蔵は本気で感心しているようだ。

大門の内にいたときより、舌は滑らかに動くらしい。無口で不愛想だと甲三郎は言ったが、吉原とは全く異質の清々とした匂いに包まれて、心持ち饒舌《じょうぜつ》になっている。

願ってもないこと。だんまりを決め込まれたら、事が前に進まない。

「梅蔵さん、今日、なんのために来ていただいたか、そこはご存じですね」

「へえ、だいたいのことは甲三郎から聞きやした。丑松の兄貴のことだとか」

「ええ、今、丑松さんについて話ができるのは、吉原では梅蔵さんしかいないんですよ」

「いや、そう言われても……」

梅蔵は目を膝に落とし、首を捻る。

「あっしも、兄貴なんて呼びながら、丑松さんのことをよく知ってるわけじゃねえんで。吉原に流れてきたころ、ちょいと面倒を見てもらったってだけなんで。三月《みつき》もしねえ間に、丑松の兄貴は吉原から消えちまいやしたし……」

「消えたのは、どうしてだと思います？」

やや長い間《ま》の後に、梅蔵はかぶりを振った。

「わかりやせん。見当がつきやせんや」

「お喜多さんと関わりがあるとは思いませんか」

「お喜多？　桐葉のこってすか。あ、いや、それは……」

腕組みをして、梅蔵は考え込んだ。

「川口屋さんに幼いお喜多さんを渡してすぐ、丑松さんは吉原からいなくなったのですね」

「そこんところは、あっしにはなんとも言えやせん。丑松の兄貴が急にいなくなったのは事実でやす。けど、人が急にいなくなったり、見知らぬやつがひょっこり現れたり……そういうの、別に珍しくはありやせんからね」

人が消えるのも、新たに入ってくるのも、吉原では日々の光景に過ぎない。消えるのは、大門を出て行ったという意味だけでは、むろんない。物言わぬ骸となって鉄漿溝《おはぐろどぶ》に浮かぶことも、投込寺《なげこみでら》に葬られることも〝消える〟うちに入る。

しかし、今、おゑんが会いたいのは、現の人間だ。生身を持ち、来し方を語ることのできる者だ。

「丑松さんについて、知ってることって何がありますか?」

よく知っているわけではない。その一言は、裏返せば、僅かだが何かを知っていると取れる。おゑんは梅蔵の無骨な顔を見やった。

「知ってること……」

梅蔵は腕を組み、おゑんの視線を避けるように天井を睨んだ。

「知っていること、知っていること……う―ん、そう言われてもなあ」

梅蔵の口から、低い唸り声が零れる。

「一緒にいたときに、どんな話をしたんだ?」

甲三郎が助け舟を出した。

「そりゃあ、仕事の話よ。兄貴は女衒を生業にしてたんで遠出することも多くて……うん、おれも二度ばかり一緒に動いたことがあったが、どうにもなぁ……」

「性に合わなかったか?」

「うむ。綺麗事を言うつもりはさらさらないし、汚れ仕事を厭うていちゃあ、吉原じゃ生きていかれねえってのはわかってる。だろ?」

甲三郎に面を向け、梅蔵は口元だけで笑った。甲三郎も似たような笑みを返す。

「むろんだ。今さら、綺麗だの汚いだのと仕事を分ける気はねえよ。けど、おめえは女衒って商いが嫌で、兄貴分の丑松と袂を分かったわけだろ」

「袂を分かつもなにも、もともと、いい加減というか緩い繋がりでしかなかったからよ。こっちの足が遠のいてしまえば、知らぬ間に縁も切れるって寸法さ。そうこうしているうちに、吉原の内で兄貴の姿を見かけなくなった。それだけのこった。けど……まあ、そうだな。女を買い漁《あさ》るってのは、少しばかり苦手ではあったな。おれには無理だと、すぐにわかっちまったよ。ああ、だから綺麗事じゃねえぜ。でも、ほら、売られた娘の行く末なんて、おれらにはだいたい見えるじゃねえか。そりゃあ安芸みてえに、花魁としての天辺《てっぺん》まで上り詰めりゃあよ、違う景色ってのが広がるのかもしれねえが、たいていの女たちはそこまで行き着けずに、西河岸《にしがし》とか羅生門河岸《らしょうもんがし》あたりの局見世《つぼね》で生きることになるってな」

どう生きて、どんな死を迎えるか。

確かに見える。

まだ幼ささえ残した娘たちの行く末に、梅蔵は怖《お》じたのだ。

「梅蔵さんは独り身ですか」

問うてみる。

「へえ。家も家族もありやせん。気楽と言っちゃあ気楽な身の上でやすよ」

「そうですか。お独りですか」

今は独り身であっても、かつては誰かの子であったろう。家族がいて、その家族の中に姉がいたかもしれない。妹がいたかもしれない。もしかしたら、若い父親として幼い娘を抱いたことがあったかもしれない。

その記憶が梅蔵に、娘を売り買いする商いへの躊躇いと嫌悪をもたらしたとも考えられる。ただ、今、穿《うが》つべき過去は、梅蔵のものでなく丑松のそれだ。

「丑松さんが、お喜多さんをどこから連れてきたか知りませんか」

「知りやせん」

短い、しかし、揺らぎのない答えが返ってきた。

「あのころ、あっしは兄貴とは別の仕事をしてやしたから」

別の仕事とは、つまり、首代のことだろう。女を売り買いするより、匕首《あいくち》を手に命のやりとりをする方を選んだわけだ。

梅蔵は思いの外、素直に語ってくれている。惣名主、川口屋平左衛門から言い含められてはいるのだろうが、こちらを誤魔化す風も隠し事を抱えている様子も見受けられない。正直に真摯に、偽りのない話を告げていると思われた。

が、何も出てこない。何も見えてこない。丑松という男は濃い霧の中だ。誤魔化しや隠し事があるならそこを突いて崩せばいい。その向こうに誤魔化し隠したかった真実がある。けれど、端から何もないのであれば手の打ちようがない。

これは、些か面倒だね。

おゑんは思案を巡らす。手の中に、まだ、さっきの絡んだ糸を握っていた。

試してみるしかないか……。

胸の内で呟いたとき、甲三郎が「けどな」と言った。

「けどな、一緒に飯を食ったり、酒を呑んだりもしたんだろう。そしたら、仕事の話をしていただけじゃなかろうよ」

その問いに、梅蔵は軽く鼻を鳴らした。

「甲三郎、じゃあ聞くが、おめえ、誰かと飲み食いしながら自分の昔の話なんかするか？」

「え……昔の話か。うーむ、しねえかもな」

「だろ？　吉原でまともに昔語りをするやつなんて、いるわけねえさ。だから、兄貴だって何も言いやしなかったし……」

不意に、梅蔵が口をつぐんだ。眉間に皺が寄る。

「梅蔵、どうした？」

梅蔵の顔を覗き込もうとした甲三郎の動きを、おゑんは目配せで止める。

相手が何かを思い出そうとしているのなら、そっとしておかねばならない。こちらにできるのは、ただ静かに待つことだけなのだ。

甲三郎は頷き、僅かに退いた。

竹林から、鶯の声が響いてくる。春先のぎこちなさは拭い去られて、滑らかさと艶やかさを増した啼声だった。

「一度だけ、兄貴が言ってたな。山は嫌いだとか……そんなことを」

「山は嫌い？」

相手の言葉を繰り返してみる。それで、記憶を僅かでも揺さぶるのだ。

思い出せ。もう少しだけでも思い出せ。

「あれは……あれは、いつだっけな。うーん、詳しくは思い出せねえけど、兄貴と酒を呑んでた。おれが待合《まちあい》の辻あたりを歩いていたら、兄貴から声をかけられたんだ。酒を奢《おご》ってやると言われて、ほいほい付いて行った。どっかの飲み屋に入って、二人でしこたま飲んだわけよ。そのとき、おれが品《しな》川《がわ》の出だって話になって……えっと、うん、そうだ。酒の肴《さかな》に出た刺身が美味くて、そのついでに海の話になったんだ。おれは品川の出で、海釣りをよくやってたみてえなことをしゃべったら、兄貴が海の側《そば》で暮らすってのはどんな風なんだとか聞いてきたのさ。そうそう、自分の在所をしゃべったのは後にも先にも、あのときだけだったな。ま、今、言っちまったが」

「丑松さんは、自分の在所については何も言わなかったんですか」

「へえ、言いやせんでした。ただ、『海はいいな。おれは山は嫌いだ』と呟いたのは覚えてやす。だから、『兄貴の生まれは山の近くなんで』って尋ねてみたんでやすよ。話の流れからすりゃあ、そうとしか思えねえでしょ」

おゑんは頷き、眼差しで梅蔵を促した。もう少し、詳しく話を聞きたい。しかし、梅蔵は「それだけなんで」と、肩を窄めた。

「それっきり兄貴は黙り込んじまって、こっちが何を言っても上の空というか、あまりしゃべりたくねえのか口をつぐんだままでやした。なんだか尻の据わりが悪くて、あっしは一足先に店を出たんで」

もう一度、頷く。

「丑松さんは、山の近くで生まれ育ったんでしょうかね」

「じゃねえでしょうか。わかりやせんが」

「それで、梅蔵さんは、丑松さんが山を嫌っているように感じたのですね」

「いや、嫌っているというより……うーん、嫌っているというより、なんだかなあ……」

梅蔵が何度も首を傾げる。そして、忙しげに瞬きを繰り返す。

「恐れている?」

おゑんの呟きに、梅蔵の瞬きが止まった。

「あ……へえ、そうでやすねえ。恐れている。それが一番、ぴったりきやすかねえ。しゃべってるうちに思い出しやしたが、兄貴、あっしが山の近くの生まれかって尋ねたすぐ後、身体をちょっとだけ震わせたんでやす。そのときの横顔が……ひどく怯えてたようで、盃《さかずき》から酒が零れちまいました。あれは、指も震えてたんじゃねえでしょうかね」

そこまでしゃべり、梅蔵は息を吐き出した。

「先生」

甲三郎が膝を前に進める。

「丑松が山を恐れているって、どうして、わかったんでやす」

「わかったわけじゃありませんよ。かもしれないと思っただけです。ただね、お喜多さんも山の村で育った記憶があるんですよ。罠にかかった獲物のことを覚えていました」

甲三郎の眉が心持ち上がった。目元が、これも心持ち張り詰める。

「川口屋さんの話だと、丑松さんは、まだ幼い子だったお喜多さんを捨てるように置いて行ってしまった。話を聞いただけですが、まるで逃げ出したみたいだとあたしは思いましたよ。恐れ、怯え、そんなものを感じてしまってね」

「ちょっと待ってくだせえ」

甲三郎がおゑんを遮るかのように、右手を横に振った。

「丑松とお喜多は同郷だったと、先生は考えてるんでやすか？」

「もしかしたらとは、考えていますよ。けれど、確かじゃない。確かだとの証なんて一つもないんです。それに、万が一、同じ在所だったとしても、かなりの齢《よわい》の開きがあるわけだから、お喜多さんが生まれたころには、丑松さんは既に江戸で暮らしていたはずですよね。とすれば……」

とすれば、どこでどういう経緯《いきさつ》で二人は繋がったのか。

いくら、ここで思案を巡らしても無駄だ。真実は摑めない。

「本人に尋ねるしかないですかね」

「え、本人って、お喜多にでやすか？　それは無理じゃねえかな。幼過ぎて、何も覚えてねえですぜ、きっと」

「丑松さんに、ですよ」

甲三郎が口を閉じる。視線がおゑんを撫でる。

「丑松に直に尋ねる？」

「ええ、それが一番手っ取り早く、しかも、確かですからね」

甲三郎の眉が寄る。眼の中に戸惑いの色が過った。

「先生は丑松の居所をご存じなんで？」

「いいえ、知りません。これから捜し当てなくてはと思ってますよ」

「捜す？　このお江戸のどこにいるかもわからねえやつを、いや、江戸にいるかどうかもわからねえ相手ですぜ。もっと言うなら、生きているのか死んじまったのかさえ、はっきりしねえじゃねえですか。どうやって捜し出すってんです」

おゑんを詰《なじ》るようでありながら、甲三郎の口調は弾んでいた。これから楽しい何事かが待っている、それを感じ取った童の物言いであり目つきだ。

「梅蔵さん」

「へえ」

「ちょいと年月は経ちましたが、今でも丑松さんの顔はわかりますかね」

「へえ、そりゃあ……よほど面変《おもが》わりしてねえ限りわかると思いやす。大人は老けたぐれえじゃ顔形はそう変わりやせんからね。それに昔から、人の顔を覚えるのは得意なんで。たぶん、見分けられるはずでやすが」

梅蔵は下から舐《な》めるように、おゑんを窺った。こちらの目つきには弾みも明るさもない。

「けど、先生。甲三郎の言う通り、兄貴を捜し出すなんて無理でやしょう。吉原を出た後、どこに行ったのか、とんと見当がつかねえ。本人がいなきゃ、面を確かめるなんて真似はできやせんぜ」

「そこなんですが、見込みは薄いかもしれませんけど……梅蔵さん、ちょいと探ってもらいたいところがあるんですよ」

「へえ。どこでやす？」

梅蔵が身を乗り出す。甲三郎も身を寄せてきた。

「ちょいと、二人ともそんなに近づかなくても話はできますよ」

苦笑いしながら、二人の男の耳元に囁く。

「え？」男たちが同時に身体を引いた。二人とも視線はおゑんに向けたままだ。

「先生、それ、どういうこってす」

甲三郎の眉間の皺が深くなった。

「まだ、ちゃんと話せるところまで思案が纏まっちゃいないんですよ。けど、そう悠長にも構えていられないって気もしてねえ。梅蔵さん、あたしもちょいと動いてみるつもりです。だから、丑松さんのことはお頼みしますよ」

「へえ、先生の命《めい》の通りに動けと、惣名主から言い付けられておりやすから。言われた通りの仕事をさせてもらいやす」

梅蔵は軽く頭を下げると、立ち上がり部屋を出て行った。

「あっしは、何をすればいいんです」

甲三郎がおゑんを見つめたまま、居住まいを正した。元武士だからなのか、身体に力があるからなのか、この男はいつも美しい姿勢を崩さない。美しく隙のない姿勢は、不意の一撃をかわすにも、刹那の一撃を放つにも入り用だ。

決して敵には回したくない。けれど、味方だの仲間だのと決めつけてもならない。どこまでも厄介な相手だと思う。

「甲三郎さんには今まで通り、お喜多さんをお願いします。いえ、もしかしたら今まで通りってわけにはいかないかもしれませんね」

「何事かが……その何事がなんなのか、あっしにはわかりかねやすが、ともかく動き出すと、そういうこってすね」

「藪を突いてみます。鬼が出るか蛇《じゃ》が出るか、それとも何も出てこないかわかりませんが、突く藪が見えてきたのは事実です。やれることをやるしか、ありませんからね」

「わかりやした。けど、先生、無茶はいけやせんよ。先生はお医者です。危ねえ場所に踏み込んじゃならねえ。その手前で引き返さねえといけやせん。そこんとこだけは、覚えておいてくだせえ」

「まあ、首代の台詞とは思えませんね」

「あっしは首代としてものを言ってるんじゃありやせんよ。え……なんでやす？」

おゑんがあまりにまじまじと見詰めたせいか、甲三郎は顎を引き、微かに頬を赤らめた。

「いえ、別に……」

おゑんは目を逸らす。

首代としてでなければ、何者として語っているのだ。そう問おうとした口を結び、黙り込む。首代は首代でなければならない。人であってはならないのだ。人として情が揺れれば隙ができる。隙ができれば命取りになる。

おゑんが言うまでもない。甲三郎は百も承知のはずだ。

「いえね、なんだか末音に説教されている気分になっちまいましたよ。嫌だねえ、あまり似ないでくださいよ。口煩《くちうるさ》いのは末音一人で十分なんだから」

わざと、軽い口調で告げる。

「ですかね。末音さん、おもしろいんで、一緒にいると、ついつい引きずられて似てくるのかもしれやせん。これからは気を付けやす」

甲三郎も軽く受け応えてきた。

もう、そろそろ仕舞いにしなければならない。

お喜多の件に切りをつけて、この男を、この男が本来生きていくべき場所に返さねばならない。この男のためにも、だ。

「おゑんさま」

かたりと障子が鳴って、末音の顔が覗く。

「よろしいですかの」

「ああ、構わないよ。お入り」

末音は障子の間から、するりと身を滑らせて入ってきた。白い上っ張りを身に着けている。梅蔵が「気持ちが清々する」と言った薬草の匂いが濃くなった。

「おゑんさま、これですがの」

末音が紙包みを取り出し、おゑんの前に広げた。茶色の乾いた葉が数枚、重なり合っている。おゑんは両手で、包みごと持ち上げた。

「これは、お竹さんが竹一に残した、あの玉の中に入っていたものだね」

「さようです。この葉の他にも三種か四種の草やら苔やらの滓《かす》が入っておりましたが、なんとか形がわかるのはこれくらいでしたの。ただ、大棗《たいそう》や桂皮《けいひ》、それに竜骨《りゅうこつ》が混ざっていたのではと思われますで。はっきりとは申せませんがの。他のものは、よう、わかりませなんだ」

大棗、桂皮、竜骨……どれも、気持ちを鎮める効用がある。

「それで、この葉は？」

「ほとんど正体の見当がつきませなんだ。わたしどもには、あまり馴染みのないもののようです。いろいろ、調べてはみたのですが、もしかしたらという程度にしか、わかりませんでの」

「もしかしたら、なんなんだい?」

「もしかしたら、桜百合《さくらゆり》とか地元で呼ばれている、百合の類の葉ではないかと……。いえ、あまり自信はございませんがの」

珍しく、末音の歯切れが悪い。

「この葉っぱは百合なのかい」

「はい。笹《ささ》百合のように思えますが、普通の笹百合とは違っているようで……。桜百合は、確か阿波《あわ》の国の深山に咲く百合と聞いた覚えがありますが、それ以上は、ようわかりませぬ。百合の根には昂りを鎮める力があると言われますが、この葉が生薬となるのかどうかも、わかりませぬなあ」

「阿波の国……そして、深山か」

「あまりお役には立ちませんでしたの。確かなことは一つもありませんで」

「いや、十分だよ。末音でなければ調べようがなかっただろうさ。ありがとうよ」

おゑんは立ち上がり、廊下に出た。

日に日に、昼間が長くなり、光の眩しさが強くなる。

そういう季節になっていた。それでも、風景の中にゆっくりと日暮れが滲んでいる。

「お丸さん」

洗濯物の籠を手に通りかかったお丸を呼び止める。

「悪いけど、これから文を書くから備後屋さんに届けるように、手配しておくれ」

「はい、畏まりました。また、飛脚屋さんに頼みますかね」

飛脚屋さんとは、竹一に乳を飲ませてくれるお磯の息子利助《りすけ》のことだ。まだ十歳だが利発で、めっぽう脚が速い。

たいていのところなら、文でも荷物でも半日以内に届けてくれる。お丸たちは飛脚屋さんだの便利屋さんだのと呼んでいた。

「お磯さん、今ちょうど竹ちゃんにお乳を飲ませてますから伝えときますよ。これから走れば、日が暮れるまでには十分に行って帰れますからね」

「そうしておくれ。駄賃はたんと弾むからさ」

「そりゃあ、利助は喜びますよ。じゃ、四半刻ほど待っててください」

洗濯物を抱えたまま、お丸が植込みの向こうに消えた。

おゑんは、真っすぐにお喜多の部屋に向かう。

「お喜多さん、ちょいといいかい」

廊下から声をかけると、「はーい」と朗らかな返事があった。光が存分に差し込む室内で、お喜多は、せっせと針を動かしていた。

「おやおや、もういい加減に根を詰めるのはおやめな。疲れが出るよ」

「あら、だって、日のあるうちにできるところまで縫い上げたいんですもの。行灯を灯しちゃもったいないし、目も疲れるでしょ」

お喜多は屈託のない笑顔を向けてくる。手には、薄青色の布が握られていた。

「お喜多さん」

「はい」

「阿波の国に行ったこと、あるかい」

お喜多はおゑんを見、首を僅かに傾けた。

「あわのくに？　いいえ、行ったことなんて一度もありませんけど。それ、どこにある国ですか。江戸の近く？　それとも、上方の方ですか」

「遥か遠くさ。四国の一つだよ。阿波、讃岐《さぬき》、伊予《いよ》、土佐《とさ》。知らないかい」

「知りません。聞いたこともないわ」

お喜多は、笑みを残した顔を横に振った。

「じゃあ、桜百合も知らないね」

「百合？　花の？　やだ、先生、いくらあたしでも百合ぐらいは知ってますよ。菊より好きな花かもしれません。香りもいいですものね」

知らない。行ったこともない。聞いたこともない。それなら……。

山はどうだい。知っているかい。おまえさん、山の何をどう知っているんだい。

その問い掛けを呑み込む。

お喜多の、この落ち着きを穏やかさを、乱してはならない。乱れない心身こそがお喜多にとっても腹の子にとっても大切なのだ。

おゑんのやるべきことは、謎解きでも下手人の捕縛でもない。

患者を救うことだ。

忘れてはいない。迷いも、悩みも、戸惑いもする。間違いも犯す。けれど、自分が何をすべきか、その根本だけは忘れない。

「先生、赤ん坊の衣って、縫い目を外にする方がいいって本当ですか」

無邪気とも聞こえる声で、お喜多が尋ねてきた。

「ああ、そうだね。赤ん坊の肌は柔《やわ》いからね。縫い目が当たらない方がいいだろう。擦《こす》れたり、かぶれたりすると夜泣きの因《もと》にもなるしねえ」

「そう言われたら、そうですよねえ。そういうのを考える人って、ほんと頭がいいのでしょうね。あたしなんか、思いつきもしないもの」

「母親になると、おのずとわかるんじゃないかい。毎日、赤ん坊と付き合うわけだしね」

「母親に」

お喜多が眉を曇らせた。

「お喜多さん、正直なところを聞かせてほしいんだけどね」

お喜多の傍らに座る。

「おまえさん、備後屋さんに惚れてるのかい」

「え、将吾郎さんのことですか。そりゃあそうです、あんないい人、いないもの。優しいし、嘘つかないし、律儀で親切で……」

「そうだね。いい人だ。けど、いい人はいい人に過ぎないじゃないか。惚れるのとは別物だろう。相手が優しくなくとも、律儀じゃなくとも、惚れるときは惚れてしまう。自分じゃどうしようもなくなるんだ。備後屋さんに、そんな想いを抱いているのかい」

お喜多が口をつぐむ。青い小さな衣に目を落とし、身動ぎしなくなる。

やり過ぎたか。

慎重にやったつもりだったが、踏み込み過ぎたかもしれない。せっかく落ち着いているお喜多の心内に波風を立ててはならない。

「あ、お喜多さん、堪忍だよ。つい、余計なことを言っちまった。悪かったね」

お喜多がかぶりを振る。頑是ない子どものような仕草だった。

「……同じかなあって感じたんです」

目を伏せたまま、お喜多は呟いた。秋の終わり、衰えていく虫の音よりさらに儚げな呟きだった。

思わず、身を寄せる。触れた腕から、お喜多の温もりが伝わってきた。

「あたしとあの人、同じじゃないかって思えて……」

「同じと言うのは？」

「わかりません。でも……同じなんです。別々に咲いているのに根が繋がっている。そんな感じがして。あの人、あたしに一目で惹き込まれたって言いました」

「ああ、そうだね。備後屋さん、あたしにもそう話してくれたよ」

「あれ口説き文句なんかじゃないんです。あたし、わかりました。あたしたち根っこが繋がっているから、惹かれ合ったんだって」

お喜多の身体が一度だけ、大きく震えた。

「わかったよ」

おゑんはお喜多の肩に手を回し、引き寄せた。

「よく、わかったよ、お喜多さん。おまえさんと備後屋さんが出逢ったのは運命《さだめ》だったんだね。天が出逢うように段取りしてくれたってわけさ」

お喜多がもたれかかってくる。その重さを受け止め、おゑんは続けた。

「だから大丈夫だよ。おまえさんは幸せになれる。備後屋さんを幸せにもしてあげられるし、自分も幸せになれる。神さまが約束してくれたようなもんさ」

神も仏も信じていない。信じるのも疑うのも、頼るのも戦うのも人だけだ。しかし、おゑんは、お喜多の背を撫でながら、呪文のように続けた。

「幸せになれる。自分で自分を幸せにできる。そういう人なんだよ、お喜多さんは。備後屋さんと一緒に幸せに生きていけるんだ」

「先生」

お喜多が鼻を鳴らした。

「あたし、先生も同じだと感じるの」

「え？」一瞬、身体が強張った。お喜多がゆっくりと顔を上げる。

「ね、先生も同じですよね。あたしたちと同じものを見た……でしょ」

黒く潤み、けれど、なんの情も浮かんでいない眸がおゑんを見据える。

「同じものを見た」

相手の言葉を繰り返し、おゑんは我知らず息を呑んでいた。

お喜多が瞬きする。黒目が左右に揺れて、狼狽の色が滲んだ。

「あ、ごめんなさい。あたし何を言ってるんだろう。自分でもわけのわからないことを口走っちゃった。先生、ごめんなさい。ほんと、ごめんなさい」

「謝ることなんてないさ。でも、なんだろうね。あたしもお喜多さんも備後屋さんも見た同じものって。気になるね」

「わかりません。ただ、思ったことが口から零れただけ。先生とあたしが同じわけないのに。つい甘えて、なんにも考えずに変なこと言っちゃった。先生、怒らないでね」

「怒るわけないだろ。あたしは、そんなに怒りん坊じゃないよ」

作り笑いをしてみる。胸の内はざわついていた。耳の奥底で何かが響いている。

この音は、この音は、海鳴りに似たこの音は……。

「先生、飛脚屋さんが来ましたよ」

お丸が呼んでいる。おゑんは立ち上がり、軽く裾を叩《はた》いた。

「おや、ずい分と早いお越しだね。文が間に合わなかったよ。じゃあ、お喜多さん、何度も言うけど根を詰めないように、ほどほどにしとくんだよ」

「はい。わかりました」

お喜多は本物の笑みを浮かべて、頷いた。

後ろ手に障子を閉める。お丸が廊下を拭いていた。この綺麗好きな奉公人のおかげで、家のどこもが整い、磨き込まれている。

「お丸さん、ちょっとの間、利助に待ってもらっておくれ。すぐに文を書くから」

「わかりました。台所で握り飯を食べさせてやってもいいですかね」

「もちろんさ。あ、それと、これを駄賃に渡しといておくれ」

「おやまっ、こんなにたくさん。これじゃ、あたしがお使いをしたくなりますよ」

「お丸さんじゃ、日が暮れるまでに帰ってこられないよ。途中で旅籠《はたご》に泊まられても困るからね。利助に頼むことにするさ」

「まっ、先生ったら、憎たらしい」

お丸と冗談交じりの愉快なやりとりをしている間も、海鳴りに似た音は響き続けていた。

九

おゑんは、ゆっくりと頭を下げた。

「備後屋さん、連日のおとないとなり、申し訳ございません」

「いや、とんでもない」と、備後屋将吾郎も低頭する。今日は、おゑんに上座を勧めなかった。床の間を背に座る商人からは、大店の主の風格が伝わってくる。

「こちらからお訪ねすることは禁じられております。ならば、毎日でも来ていただいてお喜多の様子を報せてもらいたい、それが正直な気持ちです」

「まぁ、本当に正直に仰いますねえ」

風格を漂わせながら、あからさまに惚気《のろけ》を口にする。そのちぐはぐさが、おかしい。そして、それこそが備後屋の人としての力かもしれないと考える。

「ところで、お喜多は変わらずでしょうか。先生がわざわざお出でになるようなことが起こったとか……そんなことはないでしょうな」

「ええ、ご安心ください。お喜多さんは元気ですよ。今、縫い物がおもしろいようで、赤ん坊の襁褓やら着物やらを縫ってくれています。あ、お腹の子のものではなくて、うちにいる赤ん坊のためにですが。でも……」

「でも？」

備後屋が僅かに身を乗り出す。

「でも、お喜多さん、少し変わってきた気がしますよ。なんというか、自分のことを自分の頭で考えようとしている。そう思えるんですよ」

「自分の頭で考える？　それは、どういう意味です」

「思い込みから解かれるってことですよ。自分はこうだ。こういう運命《さだめ》だ。こうしか生きられない。そんな思い込みを外して、自分と自分の周りを眺める。そういうことです。お喜多さん、思い込みに強く縛られていたみたいですからね。それが少しでも緩んできたなら、いい兆しですが」

備後屋が静かに長く、息を吐き出した。

「そうか、先生はお喜多を思い込みから解き放とうとしてくださっているのですな」

「いいえ、そんな大層な真似はできませんよ。できると自惚れるほど若くもありませんしね。ただ、お喜多さんには赤ん坊を産んでほしいと思ってはいます。備後屋さんのような父親がいるのなら、この世で生きていくのもそう難しくはないでしょうからね」

生まれ落ちることさえ叶わなかった命がある。生まれ落ちた後、無残に散った命がある。お喜多の子は無事に生まれてきさえすれば、守られ、生き続けられる見込みが高いのだ。それをみすみす闇に葬るわけにはいかない。

「それに、お喜多さんは、いい母親になるんじゃないでしょうかね。今日、うちの赤ん坊を抱っこしたとき、とてもいい顔になりましたよ。あれは、母親の顔でしたね」

小さな赤子を愛しいと感じる――そんな顔様だった。束の間、面を過っただけだったが、おゑんは見逃さなかった。あれは、鍵だ。親として子を育てる、そこに繋がる扉を開ける鍵だ。お喜多はそれを持っている。

本人はまだ気がついていないけれど。

扉を開けさえすれば、お喜多はもう怯えることなく、我が子を抱き締められるだろう。子を育てる道には苦難も苦労もごろごろしている。決して歩き易くはない。躓《つまず》き、転び、しゃがみ込み、前に進めぬことも多々あるのだ。けれど、道を歩いた者にしかわからない喜びも、また、多くある。お喜多は喜びを嚙み締めながら子と共に生きていく。生きていけるはずだ。だから、扉の前まで誘《いざな》いたい。さあ、ここからが、おまえさんの道だよと伝えたい。おゑんにできるのは、そこまでだ。

「わたしも、お喜多と赤ん坊と共に暮らしていきたい。そのためなら、できる限りのことをします。いや、どんなことだってしてしますよ、先生」

「ほんとに？　ほんとに、そう思ってますか、備後屋さん」

備後屋将吾郎を見据える。備後屋はおゑんの眼差しを受け止め、はっきりと首肯した。

「思っています。嘘は申しません」

おゑんは背筋を伸ばした。

「備後屋さん、ちょいとお尋ねしてもよござんすか」

「はい、なんなりと」

「阿波の国にいらしたことが、ありますかね」

備後屋の面が強張り、全ての情が一瞬で、掻き消えた。思いもしない問い掛けだったのだ。

「備後屋さんに入る前は、どこか別の薪炭屋で働いていたと仰いましたよね」

「……ええ」

「では、その店に奉公に入る前は、どこにおられました？　そもそも備後屋さんの在所はどちらなのでしょうか」

「なぜ……そんなことを……」

「知らねばならぬと思うからです。お喜多さんが、なぜ、あそこまで子を産むことを忌むのか。何を思い込んで、何に縛られているのか知らねばと思うからですよ、備後屋さん」

「お喜多は、阿波とはなんの関わりもないでしょう」

掠れてはいるが、はっきりと耳に届く声だった。

「関わりないでしょうね。阿波の国がどこにあるかも知らないようでした。でも、備後屋さんはご存じですね」

「むろん、知っておりますよ。ただ、うちは江戸より北の材を主に扱います。信濃《しなの》、置賜《おきたま》、最上《もがみ》、羽《う》後《ご》、越後《えちご》。ときには紀伊《きい》の国のものも扱いますが、そこより以南とは、ほぼ取引をしておりません」

おゑんは緩慢な仕草で首を横に振った。

「備後屋さん、あたしは商いの話をしてるわけじゃないんです。お互い、暇を持て余している身じゃございません。誤魔化しはなしにして、前に進みませんか」

懐から紙包みを取り出し、備後屋の前で広げる。

「これは、うちの患者が持っていたものです。はっきりとは言い切れませんが、阿波の国の深山に咲く百合の葉ではないかと」

「これが、百合？　ただの枯葉としか見えませんが。ずい分と古いもののようでもあるし、これを患者さんが持っていたのですか？」

「ええ、お産で亡くなった患者の遺品です。その患者とお喜多さんが似ていましてね。いえ、顔形じゃありません。身に纏った気配というか……」

「気配が似ている……」

備後屋が呟く。面は無表情のままだ。声だけが掠れ、揺れ、惑いを帯びる。

「気配だけじゃないんですがね。例えば、その患者も一点をじいっと見詰めて動かなくなることがあったんです。そして、川口屋さんによると、お喜多さんも天井とか畳の縁を見詰めていることがあったそうなのです。その話を川口屋さんから聞いたとき、お喜多さんとお竹さん——その患者の名前ですが——二人が重なりました。ぴたりとじゃない。ほんの一端です。でも重なりは重なり。似ているんですよ」

「でも、それはただの癖ではありませんか。お喜多と……えっと、お竹さん？　その二人が、たまたま似た癖を持っていた。それだけのことじゃないですか」

「たまたま、ね。ええ、そうも言えるでしょう。ただね、備後屋さん、そのお竹さんは何があっても子を産むのだ、産ませてくれと言い張りました。あたしもたくさんの患者と接してきましたが、あれは母親の情と一言では片付けられない……」

おゑんは口ごもる。お竹のあの必死の形相、あの叫びをどう言い表せばいいだろうか。

「常軌を逸している」

備後屋がぼそりと口にした。

「……つまり狂気の沙汰だったと、そういうことでしょうか。そして、それはお喜多にも通じると、先生は仰りたいのですか」

「いいえ、狂気とは申しませんよ。むしろ、追い詰められた者の怯えを感じました。恐れに炙《あぶ》られ、我を忘れている。そんな風でした。お竹さんは何があっても子を産むと言い張り、お喜多さんは産んではならないのだと泣き叫びました。まるで反対のことを言っているようで、実は同じなのではと、あたしは思います。自分の子を産む、あるいは、産まない。そのことに拘りが、備後屋さんのお言葉を借りれば、常軌を逸するほどの拘りがある。ええ、やはり、あの二人は似ているんですよ」

備後屋が深く息を吸った。その音が聞こえてくるようだ。

「先生まさか、お喜多とお竹さんとやらが同郷で、血の繫がりがあるとお考えなのですか？」

「いえ、まさか。そこまでは申しませんよ。顔立ちもまるで違いますし、二人は赤の他人でしょう。けれど裏を返せば、赤の他人であるはずの二人が重なり、似ている。それって、何がどう繫がっているんでしょうか。しかもお喜多さんは、備後屋さんと自分は根っこが繫がっていると言いました。そして、あたしも同じだと」

「先生も」

備後屋が目を見開いた。そのまま、瞬きもしない。

「備後屋さん、あたしは伊達《だて》や粋狂で他人の来し方を探ろうとしてるわけじゃありません。お喜多さんの子が生まれてくるまでに、能う限り憂いを払っておきたい、それだけです」

お喜多の抱えている重荷を全て取り去ることなど、できない。それができたなら、どれほどの女たちが赤子と共に生き延びられただろう。

できはしない。けれど、一掻きでも二掻きでも、掻き取ることならできるかもしれない。背負わなくていい荷を下ろす手伝いくらいはできるかもしれない。

「先生」

備後屋が膝の上で指を握り込んだ。

「近いうちに……ええ、近いうちに、もう一度、お出で願えますか。いや、わたしが先生の許を訪れてもいい。むろん、お喜多には逢いません。先生のお許しが出るまで、決して顔を合わせませんから」

おゑんは備後屋を見据えながら、頷く。

「わかりました。では、備後屋さんのご都合の良いときをお知らせくださいな。お待ちしております」

そこで、おゑんは立ち上がった。素早く、備後屋の傍らまで歩き、膝をつく。

「備後屋さん、もう一つ、お尋ねしたいことがあります。お喜多さんの件とは別にね」

備後屋の耳元で囁けば、その囁きが終わらぬうちに相手の気が張り詰めた。

「先生、それは……。先生がなぜ」

「おや、その口調だと感付いておられたようですね。あたしの方は、ただの推察でしかなかったのですが、的は外れていなかったということでしょうか」

「しかし、なぜ、先生が推察できたのです。どんな手を使われました？」

備後屋がさらにこぶしを固める。頬に一筋、汗が流れた。

「ふふ、さぁ、どうでしょうね。では、あたしはこれで」

再び腰を上げる。それを見計らったかのように、廊下から藤助の声がした。

「旦那さま。そろそろご用意なされませんと、宮田屋《みやたや》さんとのお約束に間に合わなくなりますが」

遠慮がちにそう告げる。備後屋も立ち上がり、大股で廊下に出た。

「ああ、わかった。すぐに行く。藤助、先生を表までお見送りしてくれ」

それだけを言い置いて、去って行く。おゑんを一瞥《いちべつ》もしなかった。

「旦那さま、どうされたのでしょうか。ひどくご立腹の様子ですが」

藤助が戸惑いの表情を向けてくる。

「備後屋さんは、普段、あまり腹を立てたりはなさらないんですか？」

「ええ、はい。声を荒らげたり、粗暴な振る舞いをされることはありません。少なくとも、わたしは一度も目にした覚えがありませんが」

「そうですか。じゃあ、腹を立てているというより狼狽しておられるのでしょうよ」

「え、狼狽？　旦那さまがですか」

「ええ、あたしが痛いところを衝いたのかもしれませんね」

ため息を吐いてみる。藤助が首を捻った。

「先生、なんのお話をされているのですか？　わたしには、よくわかりませんが」

「……ねえ、番頭さん。ちょっとお尋ねしてもいいですか」

藤助が顎を引いた。用心の気持ちが動いたのだろう。

「そんなに構えないでくださいな。別に怪しまれるような話じゃありませんよ。お喜多さんの身請けが忌明けまで延びたと聞きましたが、あれは、どなたの忌明けなのです」

「は？　いや、そんなことをどうしてお尋ねに？」

あなたには一切、関わりないだろう。

備後屋の番頭は言外にそんな気持ちを滲ませていた。

「気になるからですよ。備後屋さんはお内儀さんと先代を亡くしてから、家族と呼べる相手は誰もいなくなったのでしょう。じゃあ、誰のことなのか、とね」

「ああ、それは、先代の弟にあたるお方ですよ。小石川《こいしかわ》の方で手広く商いをしておられました。油の他に味噌や醬油《しょうゆ》も扱っていて『黒田屋《くろだや》』といえば、あのあたりでは名が通っていたはずです。ただ、お子さまがいなかったので奉公人に暖簾《のれん》分けをして、店そのものは畳んでしまわれましたがね。そのさい、旦那さまがいろいろと店仕舞いの手助けをしてさしあげたのですよ」

「なるほど。では、その方は備後屋さんより他に縁家はなかったってことですかね」

「はぁ……そうですねえ。黒田屋のお内儀さんは亡くなられてから十年以上経ちますし、ご存命の兄弟姉妹もいらっしゃらなくて、うちの旦那さまを頼りとされていたようですよ。旦那さまも、こまめにお世話をしておられました」

「でも、手広く商いをしていたなら、かなりの財をお持ちだったんじゃありませんか。あ、いえ、変な意味じゃございません。お金があるなら世話する人を雇うこともできただろうと、そう思っちまったものですからね」

藤助の眉がそれとわかるほどに顰められる。一瞬だが、忌み物を眺めるような目つきになった。口調にも不機嫌な色が、僅かに混ざる。

「そりゃあそうですが。血が繋がっていないとはいえ、旦那さまはただ一人のお身内でしたから。人の情として、他人よりも頼りにするのは当たり前でしょう」

「なるほど一理ありますね。でもほら、近しいからこそ諍《いさか》いを起こすってことも、世間じゃよくあるじゃないですか。その点、備後屋さんには諍いの相手はいなかったんでしょうかねえ」

藤助の眉がますます強く寄った。眉間の皺が深い。

「先生、何が仰りたいんで？」

おゑんは薄笑いを浮かべた顔を藤助に向けた。

「黒田屋さんの遺した財は、備後屋さんが全て受け継いだんでしょうかねえ。どれほどだったのか、あたしには見当もつきませんが、かなりのものではあったんでしょう」

藤助の黒目が左右に揺れる。おゑんの眼差しから逃れようと足掻《あが》いているかのようだ。

「ねえ、番頭さん」

おゑんは身を屈め、藤助の耳元で囁いた。

「黒田屋のご主人、どういう亡くなり方をされました？」

「え？」

藤助の口が丸く開いた。暫く、そのまま閉じない。

「病ですか？　それとも、お怪我が因《もと》となりましたか？」

「は……いや、それは、え？　先生、なぜそんなことをお尋ねに……」

「いえね。下種《げす》の勘繰りと言われちまえばそこまでなんですが、ふっと思ったんですよ。その方が亡くなって、備後屋さんは得をしたのかしなかったのか、って。ふふ、ほんとに卑しい邪推で申し訳ないですがね。で、どうなんです？　黒田屋さんはどういう経緯《いきさつ》で亡くなられました？」

藤助はおゑんから目を逸らしたまま、かぶりを振った。

「し、知りません。わたしは何も知りません」

「あら、そんなわけはございませんよね。藤助さんは、備後屋さんの片腕、番頭さんじゃありませんか。ご葬儀の手伝いもなさったのでしょう？　なんにも知らないわけないでしょう。それとも口にしたくないってのが本音ですか」

「……いや、本当に詳しくは知らないんです。黒田屋のご主人は病で亡くなられたと、それくらいしか存じておりません」

「病？　どんな病です」

藤助の前を塞ぐように立つ。背筋を伸ばし、相手を見下ろす。

「そのあたりが、どうにも気になるんです。下種の勘繰りと捨て置けないんですよ。番頭さん、ここで聞いたことは決して他言いたしません。あたしを信じて、知っていることを話しちゃくれませんか」

藤助は暫くの間、俯いていた。それから顔を上げ、胸を反らした。おゑんに挑むような格好だ。おゑんは無言で、小皺に囲まれた相手の目を見やった。

「先生、わたしは、本当にほとんど何も知らないのです。ええ、確かにご葬儀のお手伝いはしました。そのとき、小耳に挟んだだけの、真偽のほども定かではない話ですが、黒田屋のご主人は風邪をこじらせて五日、六日、寝込んだ後、亡くなられたそうです」

「風邪をこじらせた？　ふーん、なんとも曖昧ですねえ」

「さようですか。わたしにはわかりませんが。なんでも熱が下がってやれやれと一安心していた翌日、急に苦しみ出してそのまま逝かれたとか……」

おゐんは顎を引き、吐息を漏らした。

「番頭さん、似てると思いませんか」

「え、似てる？」

「備後屋のお内儀さんの亡くなり方とちょいと似てますよね」

藤助が一歩、退く。全身が強張っていた。

「先生、何を……何を言ってるんで……」

「備後屋さんの周りで二人、よく似た亡くなり方をした人がいる。そう申し上げただけです。まあ、そういうことは珍しくはありませんよ。ええ、よくあるとまでは言えないけれど、珍しくはないですね。けど……あたしは気になります。どうしようもなくね。だから、番頭さん、これからもちょいちょい、お話を伺わせてもらいますよ」

藤助がその場にしゃがみ込んだ。

「旦那さまがお内儀さんを……そんな、そんなことが……」

呟き続ける番頭を残し、おゐんは磨き込まれた廊下を歩き出す。

どこからか、この時季にしては冷たい風が吹きつけてきた。

三日ばかりが過ぎた。

季節は溝川をひょいとまたぎ越すように進み、桜の便りがちらほらと届くようになった。風は花の甘さと若葉手前の清々とした木々の匂いをはらむようになり、小川のせせらぎの音が澄んで高く響く。よい季節になった。

お喜多は毎日、針仕事を続けている。

「昨日は、竹一の襁褓を何度か替えてくれましたよ。手つきがしっかりしてきて、危なっかしいところはなくなりましたね」

今朝がた、お春が伝えてくれた。

台所横にある板場の一室で、生薬を粉にしていたときだ。お春は日干しにした薬草を同じ長さに切り揃え、麻紐で括り、束を作っていた。

「顔つきも明るくなったし、身体もしゃんとしてきたみたいです」

「ああ、そうだね。ずい分とよくなった」

「それにお喜多さん、このところ言わなくなりましたよね」

お春が、薬研《やげん》を使っているおゑんの顔を覗き込んできた。

「お腹の子を流してくれって」

ゴリッ。擦り具の下で薬種が微かに鳴りながら、潰れていく。

「ねえ、おゑんさん、このまま上手くいけばいいですね」

上手くいく。つまり、お喜多の心身が健やかになり、無事に赤子を産み落とし、その赤子を慈しむことができる。赤子はすくすくと育ち、お喜多は母としての日々を生きて、ゆっくりと幸せに老いていって……。

「あり得ませんかねえ」

お春が短く息を吐いた。そして、独り言のように呟く。

「そんなに甘くはないでしょうねえ」

おゑんは背筋を伸ばし、頷いた。

「そうだねえ。甘くはないだろうね」

人の世がどれほど険しいか、厳しいか、非情で油断ならないか、おゑんもお春も骨身に染みて解していた。柔らかで優しい一時に眩《くら》まされて、明日も明後日も、その柔らかさが、優しさが続くと信じ込んだりはしない。ただ、祈りはする。

お喜多が赤ん坊と共に生きていけるように。

「あの、おゑんさん。これは、あたしの勝手な感じ方でしかないんですけど……お喜多さんって、本当は赤ん坊を産みたいんじゃないでしょうか」

鋏を置き、お春はもう一度息を吐いた。

「お春さんには、そう感じられるんだね」

「ええ、竹一を抱っこしているときに、ふっと笑って、その笑顔がなんというか……楽しげで、あれ、母親の笑みじゃないのかなと思っちゃったんです」

おゑんは擦り具の軸から手を放し、指を拭った。

「そうだねえ。お春さんの目に狂いはないだろう。あたしも同じようなことを感じたよ。お喜多さんは、竹一を可愛いと本気で思ってるんだろうさ。けど、人の心ってのは一筋縄じゃいかないものだからね。朝と夕で変わることもあるし、風の中の葉っぱみたいに揺れ動く。まったく厄介だ」

「そうですね。お喜多さんの様子、今まで以上に気を付けて見るようにします」

「頼むよ。お喜多さんもだけれど、周りの騒ぎも鎮めなきゃあね。周りが落ち着けば、お喜多さんも自分の本心と向き合えるかもしれない。まっ、もう一山、二山、越えなきゃならないけどねえ」

「え、それ、どういう意味です？　山って……。そういえば、おゑんさん、昨日も一日、外に出ていましたね。ずい分と歩き回っていたみたいですが」

そこで、お春は肩を窄め、軽く笑った。

「どこに行って何をしていたのか、なんて問い質すのは野暮、いえ、無駄ですよね。でも、そのうち、話を聞かせてもらえると。そちらは信じてもいいですか」

「まあ、今はあたしも〝待ち〟のときだから。お春さんも、もう少し待っていておくれな」

「〝待ち〟ですか。ええ、待つのもこらえるのも慣れてます。一年でも二年でも、なんなら十年でも待てますよ」

「そんなに待たしゃしないよ。十年も経ったら、あたしもお春さんも婆《ばあ》さんになっちまうじゃないか。あの世からのお迎えを待ってるぐらいのね」

「あら、そんなことないでしょう。十年やそこらじゃ歳は取っても老け込んだりはしません。ましておゑんさんなら、若返っているかもしれませんよ」

軽やかに笑い、お春は腰を上げる。

「じゃあ、おゑんさんが山越えするのを楽しみに待っていますね」

そう言い置くと束を抱え、薬草の香りに満ちた部屋から出て行った。

「山越えねえ」

おゑんは舟形臼《ふながたうす》の底に溜まった生薬を摘まみ上げる。

これから自分が辿ろうとする道をもう一度、思案でなぞる。

この道で山を無事に越えていけるのか、どうか。

指先から裏葉《うらば》色の粉が零れて、散った。

待ち人が戻ってきたのは、その日の昼下がりだった。うららかな陽光を厭うように背を丸め、梅蔵は裏木戸から入ってきた。

「驚きやした」

開口一番、おゑんを見詰めて告げる。

「先生の言った通りでやすよ。丑松の兄貴、備後屋と繋がってやした」

「丑松さんに間違いなかったですか」

「へえ、ずい分と面変わりしてやしたけど、間違いありやせん。ただ……」

梅蔵の口元がもぞもぞと動く。

おゑんの部屋には、おゑんと梅蔵と甲三郎、そして、隅にお春が座っていた。

闌けた春の光に障子が淡く白く輝いている。そこに時折、小鳥の影が映った。賑《にぎ》やかな声も聞こえてくる。雀《すずめ》たちが庭で遊んでいるのだ。

「ひでえ顔色をしてやした。土気色って言うんですか、日陰の土みてえな色でやしたね。ありゃあ、そう長くは生きられねえんじゃねえのかなあ」

「丑松さんが身体を悪くしていると？」

「へえ。どう見てもまともじゃありやせんでした。あっしは病のことなんぞわかりやせんが……ああいう顔色のやつらは、たんと見てきやしたから。たいてい、三月持《みつき》たずに、三途《さんず》の川を渡りやした」

医者の診立てより、梅蔵の目の方が確かかもしれない。

三月持たない。

おゑんは目を伏せて、小さな吐息を漏らした。お春もよく似た吐息を零す。

「けど、どうして先生は兄貴の居所を知ってたんでやす？」

「知ってなんかいませんよ。もしかしたらと思っただけです。まさか、的の真ん中を射たとはねえ。あと、一、二日経っても梅蔵さんが丑松さんを見定められなかったら、引き上げてもらうつもりだったんですがね」

梅蔵が腕を組み、天井を見上げる。

「的のど真ん中を射てやした。先生の言う通り、備後屋を見張っていたら兄貴が現れたんで驚きやしたよ」

「いつのことです」

梅蔵の視線がおゑんに戻ってくる。

「昨夜《ゆうべ》でやす。備後屋は寄り合いがあって浅草寺《せんそうじ》近くの料亭に出かけやした。その帰りに、路地裏にすっと入っていくんで後をつけると、兄貴がいて、二人でひそひそと話をしてやしたね。あまり近づくわけにもいかねえんで、話の中身までは聞き取れやせんでした」

「なるほど。丑松さんの今の住処はわかりましたかね」

梅蔵は肩を窄め、口をへの字に曲げた。

「それが……兄貴の後をつけてはみたんでやすが、夜道だったこともあって途中で見失っちまいやした。面目ねえ。役に立たなくて、すいやせん」

「いいんですよ。備後屋さんとの繋がりがわかっただけで上等です」

「へえ。次からはこんなへまをしねえように、気を付けやす。それで、あの、先生、ちょいと差し出がましいかもしれやせんが……」

「構いませんよ。何か気になることでも？」

「へえ。先生はさっき、もしかしたらと思ったと仰いやしたが、その、もしかしたらにも理由《わけ》があるはずでやしょ？　その理由が知りてえんだが、教えちゃもらえやせんか」

梅蔵がおゑんを見据えてきた。甲三郎が僅かに身動ぎする。

「知りたいんですか」

「知りてえです」

「お喜多さんの生い立ちを知りたいと思ったら、丑松さんに尋ねるのが一番でしょう。というか、丑松さんより他に知る者はいないはず。当のお喜多さんさえ確かには思い出せず、語れないのですからね。備後屋さんとすれば、丑松さんを探し出して聞き出すしかないでしょう。どういう手を使って、丑松さんと繋がったかは、まだわかりませんが。この世は金があれば、たいていのことはできちまいますからねえ」

梅蔵の眉が心持ち吊り上がった。

「備後屋は桐葉、いや、お喜多の生い立ちを知りたがっていたんで？」

「でしょうねえ」

「なんでですかね」

「さぁ、何か気になるところがあったんじゃないですか。今のところ、あたしには摑めていないですけど。ただねえ、どうも、あたしには備後屋さんて人が、よくわからないんですよ。ほんとにねえ……わからない」

甲三郎が梅蔵の横から、僅かににじり寄った。寸の間、視線が絡む。

「それは、備後屋が隠してるってこってすかね。例えば、世間に知られたくない昔のこととかを……。そこに、お喜多が関わってくるとか？」

つい、瞬きをしてしまった。改めて若い首代を見詰め、おゑんは答える。

「じゃないかと、あたしは思っています。ただ、ここで話をしていても埒が明きません。もう少し、藪を突いてみましょうかね。藪を払えば見える風景も広がるでしょうし」

甲三郎と梅蔵は顔を見合わせた。

何か言いかけた口を一旦閉じ、甲三郎がさらに前ににじる。

「で、先生、この先、あっしたちはどう動けばよろしいんで？」

「そうですね。まずは梅蔵さん」

「へい」

「戻ったばかりで申し訳ないけど、明日からもう一度備後屋さんに張り付いてもらえますか。それで、丑松さんが現れたら、今度こそ住処を突き止めてもらいたいんです」

梅蔵が頷く。

「わかりやした。先生、兄貴から直に話を聞くつもりなんでやすか」

「聞けるものならね。梅蔵さんの話だと、丑松さんはそう長くは持たない様子。だとしたら、急がなくちゃなりません。丑松さんの命のあるうちにお尋ねしたいことが、いくつもありますからね」

「わかりやした。必ず突き止めやす」

「お願いしますよ。あたしも二、三日うちにもう一度、備後屋さんに会いに行くつもりです。その前に、あちらから文が届くかもしれませんしね。あ、でも、あたしの用事は医者としての本来の仕事絡みですよ」

「と、言いやすと？」

　梅蔵が首を傾げた。

「お喜多さんのことです。身体も心も落ち着いてきたので、そろそろ備後屋さんと逢うのもいいかと考えているんです。このままなら、秋には赤子が生まれてくるでしょう。ええ、無事に生まれてきますよ。そのことを備後屋さんに伝えておこうと思います。備後屋さんについちゃあ、いろいろと首を捻るところもあるのですが、あの人がお喜多さんとの赤ん坊を本気で待っているのは確かです。過去はどうあれ、お喜多さんと所帯を持って、子を育てて、ゆくゆくは身代を譲ってと、そこまで考えてるんじゃないでしょうかね。もしそうなら、励ましてあげたいような心持ちになるじゃないですか。ねえ、お春さん」

「え？　あ、はい。今のままなら……。ほんとに、そうなるといいですね。赤ん坊、無事に生まれてきてほしいです」

　お春が控え目に答える。

「今のところ、かなりの見込みがあると思いますがね。ま、でも、人の世は、一寸先は闇。何が起こるか、わかりゃしない。怖いものですよ」

「……でやすね」

梅蔵が腰を上げる。出て行こうとする男をおゑんは呼び止めた。

「梅蔵さん、お腹が空いちゃいませんか。台所に、お握りと汁物ぐらいは用意してあります。お腹を満たして一休みしてくださいな。お酒はありませんがね」

「おそれいりやす。酒は仕事が一段落するまでは呑まねえつもりなんで、お気遣いはいりやせん。握り飯と汁物、腹が鳴りまさあ。いただきやすよ」

口元を綻ばせ、梅蔵が出て行った。

「先生」

甲三郎がすっと寄ってくる。

「あっしは、どうしやしょう」

「甲三郎さん」

「へい」

「この一件、終わりが近いと思いますか？」

甲三郎の目つきが鋭くなる。瞬きする間に消えた鋭さではあったが。

「どこで終わりにするかによるでしょうが、区切りはつきやすかね。もっとも、あっしには見えねえところだらけでやすが」

「あたしもです」

お春が胸に手を当てて、唾を呑み込んだ。

「おゑんさんに、ここに座っているように言われてずっとそうしていましたけど、あたし、なんの役にも立ちませんでしたよね。なんのために座っていたのかわからないのですが」

おゑんは二人に笑顔を向けた。

「十分、役に立っていますよ。ありがたいことにね」

お春は身体をもぞりと動かすと、おゑんに笑みを返した。

「そうですか。甲三郎さんと同じく、あたしにも見えてないところばかりですが、おゑんさんがそう言うなら、あたしはあたしの役を果たせたわけですね。ちょっと、ほっとしました。じゃあ、お役御免ということで、患者さんのところに戻ります。あ、おゑんさん、竹一が少し熱っぽいみたいだと、お喜多さんが心配していました。ただ、元気でお乳はいつも通りにたっぷり飲んだし、機嫌も悪くはありません」

「そうかい。なら、案じなくていいだろうね。でも、子どもってのは急に調子を崩すから、油断は禁物さ。ちょいと診てみようかね」

「お願いします。診察室に連れてきますね」

お春も、そそくさと去って行く。日が雲に隠れたのか、光が翳り、灰色の紗《しゃ》を一枚被せたかのように、座敷の色合いが褪せる。

「甲三郎さん」

おゑんは甲三郎に身を寄せた。

「え？　あ、へ、へい」

「ちょいと、何を怯えているんですか。取って食おうなんて思ってやしませんよ」

「あ、いや……へい。あっしとしては取って食われたら、逆に嬉しいというか……って、いや、すみません。自分でも何を言ってんだか……」

おゑんは取り合わず、甲三郎の耳に一言、二言、囁く。

赤らんでいた甲三郎の頰から血の気が引いていく。目元も口元も瞬く間に張り詰めた。

「わかりやした。お任せくだせえ」

「ええ、お任せします。甲三郎さんに任せておけば、まずは大丈夫でしょう」

本気の言葉だった。

この男なら信じて構わない。これから潜らねばならない修羅場で、誰よりも頼れる助太刀になってくれる。

「けどね、先生、あまり危ねえ真似は……」

言いかけた一言を途中で吞み込み、甲三郎は肩を竦めた。

「なんてことを言っても無駄でやすね。先生が一度やると決めたなら誰が何を言ったって、やるに決まってんだから」

「まあ、末音とそっくりの台詞だねえ」

「へえ、末音さんからさんざん聞かされてきやしたからね。けど、今じゃ、あっしも心底からわかりやす。先生を止めることなんて、誰にもできねえって」

「人を猪《いのしし》みたいに言わないでくださいな。でも、あたしには、この手しか思い浮かばなかった。だから、甲三郎さんに頼ります。よろしくお頼み申しますよ」

甲三郎は引き締まった表情のまま、無言で首肯した。

明くる夜、半月が空に昇っていた。青白い月明かりが地に注ぎ、夜目の利く者なら提灯《ちょうちん》に助けられなくとも道を歩けた。ただ、叢雲《むらくも》とまではいかないが雲は多い。そのせいで月明かりはしばしば遮られ、その都度に闇が濃くなるようだ。

おゑんは夜道を辿っていた。

草履の下で、これから伸びようとする若い草たちがきゅうきゅうと音を立てる。枯草の乾いたものとはまるで違う、湿り気を帯びた重い音だった。

おゑんの家から雑木林を抜けるまで、さほどの刻はいらない。花のころ、青葉のころ、紅葉のころ、体調のいい患者たちがそぞろに歩くこともある道だ。今はただ暗いだけだが。

足を止めた。

林の向こうにぼんやりとした明かりが見える。

一旦、止めた足を、明かりを目指して先刻より速く動かした。

「備後屋さん」

一間《いっけん》ほど手前で声を掛けると、備後屋の屋号紋の付いた提灯が揺れた。

「先生、驚きました。こんな近くに来られるまで、まるで気が付きませんでしたよ」

「物思いに耽っておられたからでしょう」

月が雲の間から顔を出し、提灯を手に佇《たたず》む商人を照らし出した。

「物思い……ええ、そうですな。この林の向こうには先生のお家《うち》があるのでしょう。そこには、お喜多がいるわけですから」

「お喜多さんに逢いたいですか」

「逢いたいですね。逢うのを禁じられて、改めて思い知りましたよ。わたしは、お喜多にぞっこん惚れ込んでいるのだなと。いつの間にかもう、あれのいない日々など考えられなくなっております」

「どうしてなのでしょうね」

呟きに近いおゑんの声が夜の闇に吸い込まれていく。

「どうして、備後屋さんは、そんなにお喜多さんに惹かれるのでしょうかね」

返事はなかった。備後屋将吾郎は月明かりの中で黙している。

「お心当たりがあるのですね」

「ええ……、亡くなった患者さん……お竹さんでしたっけ？　先生にその方のお話を伺って、思い至りました。先生、人はそう容易く運命《さだめ》から逃れられないものなのですな」

「そうかもしれません。でも、逃げ切れた者もいると思いますよ。みながみな、運命とやらに流され、呑み込まれたわけじゃない」

備後屋が身動ぎした。

「先生も逃げ切った側でしょうか」

「いいえ、まだ道半ばです」

まだだ。まだ、逃げ切れてはいない。けれど、運命の手に襟首を摑まれ、為す術もなく餌食にされる。それほど弱くもないはずだ。

海鳴りに似た音を聞く。

心は騒がない。

大丈夫。いつの日か運命の手を振り払い、その手の届かぬところまで辿り着ける。いや、必ず辿り着いてみせる。

荒い息が聞こえ、おゑんは提灯の明かりから目を上げた。

「おや、番頭さん」

「藤助、どうして」

備後屋とおゑんの声が重なる。

備後屋の番頭、藤助は息を乱し、豊頰《ほうきょう》に汗を伝わせながら駆け寄ってきた。

「あ……旦那さま。よろしゅう……ございました。ご無事で」

藤助が喘ぐ。喘ぎながら、おゑんをちらりと見やった。おゑんを主から遠ざけようとするように、二人の間に割って入ってくる。

「いえ、旦那さまが誰にも告げずお出かけになったので、心配になりまして……。まさか、先生と会っているとは思いもしませんでした」

「ちょっと、番頭さん。その言い方だと、あたしたちが人目を忍んで逢引きをしているみたいじゃありませんか。まあ、でも、備後屋さんには、その気があるんでしょうかねえ。ふふ、なにしろ文をくださって、こんなところに呼び出すぐらいですから」

「ええっ」

備後屋が頓狂にも聞こえる声を上げた。

「それは違うでしょう。わたしは先生から今夜ここに来るようにと文をもらったのですよ。お喜多について、話したいことがあるからと」

「え、文？　いいえ、あたしは文など出してはおりませんよ。この前のお約束通り、備後屋さんからお報せをくださったのだと思っていましたが」

ズクッ。首筋に気配が突き刺さる。

殺気。

おゑんはとっさに提灯の火を吹き消した。闇に一条の煙が白く揺蕩《たゆた》う。

「備後屋さん、明かりを消して！」

備後屋が、藤助が、慌てて提灯に息を吹きかける。

草むらが揺れて、黒い影が飛び出してきた。

「ひえっ」。藤助が引き攣った悲鳴を上げ、提灯を放り出した。火を消し切れていなかったのか、地面に落ちて、炎に包まれる。

影はまさに、影に似た黒尽くめの男だった。右手に握った匕首だけが青白く夜闇に浮かんでいる。

「あたしたちを呼び出しておいて、皆殺しにするつもりかい」

当然だが、答えは返ってこない。ただ、男が薄く笑ったように感じられた。

「だ、旦那さま。に、逃げて……逃げて、ひえええっ」

藤助が足をもつれさせて、尻もちを搗《つ》く。男が足を踏み出す。匕首を身体に引きつけ、おゑんに向かって跳んだ。しかし、届かなかった。

「ぐわっ」

ひしゃげた叫声と共におゑんの足元に横倒しになる。その肩に深々と小柄《こづか》が突き刺さっていた。

「ぐっ……ぐふっ」

背中を丸め呻く男の後ろから、甲三郎が近づいてくる。

「この闇の中で的を違《たが》えないとは、さすがですね」

「先生の命が懸かってやすからね。違えるわけにはいきやせんよ。けど、自分を囮《おとり》にして敵を誘い出すなんて真似、二度とやらねえでもらいてえもんだ」

男の呻きが止まった。

「囮……だと」

乱れた息遣いの間から、掠れた声が漏れる。

甲三郎は地面に転がった匕首を拾い上げ、草むらに投げ捨てた。それから、男の傍らに片膝を立てる。

「そうさ。囮に誘われておびき出されたのは、おまえの方なんだよ。梅蔵」

甲三郎の指が男の頰被《ほおかむ》りを剝ぎ取った。

「備後屋さんと先生を偽の文で呼び出して、ここで二人を始末する。そういう筋書きだったんだろうが、三文芝居の筋書きなんざ、端から見透かされていたのさ。というか、おまえたちに筋書きを書かせたのが……」

甲三郎はおゑんに向けて顎をしゃくった。黒尽くめの男、梅蔵は異様なほど汗をかいていた。それは頰を伝い、顎の先からぽたぽたと雫になって滴っていく。

「……なるほどな。まんまと、あんたの手のひらの上で転がされてた……わけか。おれを……疑っていたとは……気が付かなかった」

「梅蔵さんしかいないと思えたんです」

おゑんも膝をつく。

「あの偽番頭の件ですよ」

梅蔵が目に入る汗を払うためか頭を振った。

「梅蔵さん自身が言ったじゃないですか。最初の一刺しで息の根を止めていたとね。そんな真似ができるのは、あたしの知る限り、梅蔵さんと甲三郎さんしかいないのですよ。甲三郎さんなら性質《たち》からして、仕留めた相手を滅多刺しにはしないでしょう。だとすれば、梅蔵さんしかいないのではと思っちまったんです。むろん、梅蔵さんでも甲三郎さんでもない誰かが下手人ってことも考えられました。十分にね。ただ、あたしの気持ちの隅に梅蔵さんのことが引っ掛かっていたのは事実です。でも、梅蔵さんが嘘をついたことで、その引っ掛かりが間違ってなかったとわかりました」

「……嘘」

「ええ、丑松さんの後をつけて住処を確かめるのをしくじったという話です。そんなわけがないでしょう。半病人に吉原の首代がまかれるなんて、あり得ませんよ。そこが嘘なら、備後屋さんと丑松さんが路地で会っていたというのも怪しくなります。だから、あたしも下手な芝居をうちました。備後屋さんを疑っているような振りをしたのです。隠し通さねばならない過去があって、そこにお喜多さんも関わり合っていると疑っている振りをね。梅蔵さん、あたしと備後屋さんを呼び出して始末するおつもりでしたね。それは、備後屋さんが、邪魔なあたしを殺し自害した。あるいは、相討ちで亡くなった。そんな筋書きだったんでしょうか」

梅蔵の唇が歪んだ。薄笑いが浮かぶ。

「……なるほど。本当に自分を囮にして罠をかけたんだな。ふふ、まんまとやられたのはおれたちの方だったわけだ……。たいした策士じゃねえか」

痛みに蒼白になりながら、梅蔵は薄笑いを消さなかった。月明かりが顔面の蒼白さを際立たせ、既に死人のように見えた。

甲三郎が立ち上がり、道の縁にさがる。

「……惣名主」

梅蔵の喉が震えた。

「あたしがお呼びしました。詰めをお任せしなければなりませんからね」

そう囁くと、おゑんも腰を上げ、数歩退いた。

吉原惣名主、川口屋平左衛門は無言で梅蔵の前に立つ。

おゑんの背後で備後屋が息を吞む音がした。

平左衛門の動きに躊躇いはなかった。小柄の柄を摑み、梅蔵の肩から引き抜く。

「ぎゃあっ」

悲鳴を上げ、梅蔵が仰け反った。血が四方に散って、平左衛門にも降りかかる。血の臭いが広がり、おゑんの身の内に流れ込んできた。

平左衛門は羽織を脱ぎ、うずくまっている梅蔵の前に投げた。

「冥途《めいど》の土産だ。持って行くがいい」

「へい。ありがとうございやす」

意外なほどしっかりした口調で答えると、梅蔵は血だらけの腕を袖に通した。甲三郎が手伝い、紐をきっちりと結んでやる。

平左衛門に向かい一礼した後、これも意外なほどしっかりした足取りで、梅蔵が夜の道を遠ざかっていく。平左衛門以外の誰にも声を掛けず、一瞥もしなかった。

「あのまま……放っておくんですか」

備後屋が妙に掠れた声で問うてくる。

「あれも吉原の者です。裏切者をどう始末すればいいか、よくわかっておりますよ」

平左衛門が答えた。

そう、これから梅蔵は惣名主、ひいては吉原を裏切った者を始末するのだ。それが他人であろうと自分自身であろうと、片付け方は同じ。命をもって償わせる。それだけだった。

「先生、備後屋さん、この度は大変なご迷惑をおかけいたしました。また、改めましてお詫びに参りますが、どうか、お許しください」

平左衛門は腰を折り、深々と頭を下げた。

「さすがの惣名主も、梅蔵さんの裏切りは見抜けなかった。そういうところでしょうか」

「ええ、先生、その通りです。恥ずかしながら先生から報せをいただいたときも、まさかと、半信半疑でした。正直、梅蔵がなぜ我らを裏切ったのか、その理由《わけ》はわかりかねます」

「そうですね。惣名主の命《めい》に背く企てに加わる。よほどのことですものねえ。ええ、よほどのこと……例えば、備後屋という大店の身代の半分、いえ、四半分かもしれませんが、それぐらいのものを受け取れるとか。それなら、梅蔵さんの心も動いたかもしれません。あたしなんかには想像もつかない財でしょうから。そのあたり、どうなんでしょうか。どんな約束をなさいました？　番頭さん」

藤助がふらふらと起き上がる。尻もちを搗いた格好のまま座り込んでいたのだ。

「は……え？　あの、な、なんのことでしょうか。なぜ、わたしにそんなことを……」

「あなたが、この一件を企てた張本人だからですよ」

藤助が大きく目を見開く。

「番頭さんは吉原で騒動を起こしました。その騒動の後はきれいさっぱり吉原から遠のいたと聞きましたが、さて、真実《まこと》はどうだったのか。こう言っちゃあなんですが、あたしには、とてもそんな風には思えなかったんですよ。番頭さんが特にというわけじゃありません。一旦吉原に呑み込まれたら、抜け出すのはなかなか骨ですよ。よほどの胆力がないとねえ。失礼ですが、番頭さんにそこまでの力があるとは思えなかった。むしろ、ずぶずぶと沈んでいく方ではないのかなと、ね。そうなれば底なしに金が要る。番頭さんが店の金に手を付けたとしても、ちっとも不思議じゃないでしょう。そして、吉原に足繁《あししげ》く通ううちに梅蔵さんと知り合ったとしたら、こちらも不思議じゃありませんよね。あ、でも、偉そうなことを言いましたが、あたしも初めは番頭さんのこと、そんなに気にしてはいなかったんですよ。吉原に溺れながら、商いも疎かにしない、そんな方もおられますからね。でも……」

「でも、なんです」

藤助が挑むように顎を上げ、おゑんを睨んできた。月に照らされた面の中で、ぎらつく双眸がくっきりと浮かび上がる。

「番頭さん、あたしを上手く使おうとしたでしょう」

おゑんは藤助に身体を向けた。

「備後屋さんのお内儀さんがお産の後、急死した。そこに備後屋さんが関わっているような話をそれとなく、あたしに伝えましたよね。あのときから既に、あたしを使って備後屋さんを陥れようと考えていたんですかねえ。まっ、あたしもそれなりにお返しをさせてもらいましたから、お互いさまかもしれませんが」

「お返し……」

「ええ、番頭さんを試させてもらったんです。ほら、黒田屋さんでしたっけ？　先代の弟さんにあたるお方です。その方が亡くなった折のご様子を、あたしはお尋ねしました。あのとき番頭さん、なんと答えたか覚えていますか？　熱が下がってやれやれと一安心した翌日、急に苦しみ出したと、確かにそう仰いました。あたしは、それではお内儀さんと同じ亡くなり方ではないかと申しましたね。ところが、違ったんですよ。あたしは小石川まで行って、確かめてきました。黒田屋さんは前々から肝の臓を患っていて、亡くなる三日ほど前から重湯はおろか水も受け付けず、呼んでも返事をしなくなって、そのままするうっと息を引き取ったということでした。傍から見ていて苦しんだ風は一切なかったと、これは、実際に黒田屋さんの最期を看取ったお医者と女中さんが口を揃えて言ったことです。つまり、番頭さんは、あたしに嘘を教えたわけです」

「それは……そんなことは、ただの勘違いじゃありませんか。人の死に方なんて一々、覚えちゃいませんよ。知るもんですか。だいたい、わたしが店の金に手を出したなんて、言い掛かりもはなはだしい。ただの、いちゃもんだ」

「そうですか。ただの勘違いですか？　あたしには、番頭さんが戸惑う振りをしながら、あたしに備後屋さんを疑わせるような嘘話を吹き込んだとしか思えませんでしたが。そしてね、もう一つ考えてみてくださいな。あの偽番頭のことです。あれ、お喜多さんの様子を探るために番頭さんがよこしたのでしょう。あの男、ある程度、備後屋さんとお喜多さんの仲を知っていました。誰が教えたんです？　吉原か備後屋に関わりのある者しか知り得ないことを、ね。吉原は川口屋さんが抑えている。漏れるはずがありません。備後屋の内だって知っている者はそう多くないはずです。その多くない者の内に番頭さんは入っているんですよ」

そこで、おゑんは短い息を吐き出した。

「そ、それも言い掛かりだ。なんの証もないくせに言い掛かりをつけているだけだ」

「藤助、もう止めろ」

備後屋が番頭を遮り、強くかぶりを振った。

「もう、止《よ》せ。先生の仰る通りだ。おまえは店の金を誤魔化していた。しかも、相当な額をだ。帳面は調べ上げてある。おまえのやったことは、もう隠しようがないんだ」

藤助の身体が大きく震えた。

「前から、金の出入りがおかしいと気が付いていた。そして、店の売り上げや仕入れの金を誤魔化せるのは番頭であるおまえしかいないともわかっていた。しかし、確かめられなかった。おまえは先代のころからずっと『備後屋』を支えてくれた奉公人だ。そういう者に引導を渡すことが躊躇われて、ここまできてしまった。しかし、もう、これ以上見て見ぬ振りはできない。直に偽番頭とやらを手にかけたのは梅蔵という男かもしれんが、その後ろには藤助、おまえがいたんだろう。おまえは人を殺《あや》めたのと同罪なのだ。それを見過ごすわけにはいかない。もう、たくさんだ。わたしがもう少し早く思いきってさえいれば、先生に背中を押される前に、おまえの罪を暴いていれば、こんなことには……」

笑い声が響いた。それに驚いたかのように、月が雲に隠れる。

闇の中で藤助の笑声は暫く続いた。

「ははははは、ふざけるな。どこの馬の骨とも知れない男が一人前の口を利くんじゃない。は、なんだって？　わたしに引導を渡す？　前から気が付いていた？　とんでもない話だな。おまえ如きに、わたしをどうこうできるものか。わたしは、『備後屋』一筋に懸命に働き、心底から尽くしてきたんだ。商いのことも店のことも誰よりわかっている。なのに、突然おまえのような出所も定かでないやつが現れて、お嬢さまの、お菊さまの婿に納まり、お命を縮め、今では主面でのさばっている。そんなこと、我慢できるか」

「お菊の命を縮めた？　なんのことだ」

「ふふん。そんなこともわからないわけか。お菊さまは、おまえの子を産もうとして命を失ったんだ。おまえのせいで亡くなったんだ。なのに、おまえは他の女と懇ろになり、子まで作った。自分だけ幸せになろうとしたんだ。それは罪じゃないのか？　は？　どうなんだ。わたしが下手人と同罪というなら、おまえだって同じだ。人殺しだ。そして『備後屋』を乗っ取った。わたしより、ずっと悪人だ。極悪人だ」

甲三郎が提灯に明かりを点し、掲げた。

闇に藤助の赤らんだ顔が浮かび上がる。激情に、頬が細かく震えていた。

その顔をおゑんに向け、藤助はにやりと笑った。

「先生、あんた、得意げにしゃべっちゃあいるが、とんだ見当違いをしてますよ」

そこで、藤助はまた、けらけらと甲高い笑声を上げた。

「わたしはね、確かに店の金に手を出した。けどね、それは吉原通いのためなんかじゃない。吉原の女に溺れたわけじゃないんだ。こいつを旦那さまと呼んで、従わなくちゃならない憂さを晴らすために、店の金を使ったのさ。先代とわたしが苦労して大きくした店だ。先代に上手く取り入ってきただけの能なしに好きにされて、お嬢さままで殺されて、どうにも腹の虫が治まらなかったのさ。どんな手を使ってでも奈落の底に落としてやりたかった。だから、帳面を誤魔化した。ばれなければ、店の基がぐらつくまで食い尽くしてやるつもりだったんだがな。はは、惜しいことをした」

「藤助……おまえ、そこまで、わたしのことを怨んでいたのか」

備後屋が僅かによろめいた。

「怨みじゃなく、妬みですよ」

おゑんは藤助を真正面から見据える。

「自分が手にできなかったもの全てを持っている備後屋さんへの妬みです。先代に、お菊さんに選ばれたのは、番頭さんじゃなく備後屋さんだった。それが悔しくて、羨ましくて、妬ましくてしかたなかった。ね、そうでしょう？　番頭さん。ええ、確かにあたしは見当違いの思案をしていました。番頭さんの気持ちを見誤っていたんです。でも、番頭さんだって自分の気持ちを欺いてますよね。番頭さんの妬み、僻《ひが》みにお菊さんの死は関わりない。なのに無理やりこじつけて、備後屋さんを怨んで当然だと自分に言い聞かせてきたんでしょう。なんとも卑怯《ひきょう》なお人ですよ。そして非情でもありますね。今日だって、備後屋さんに付いてきたのは、梅蔵さんがあたしたちを始末するのを見届けるためですね。あたしたちが諍いの末に殺し合ったとの、証《あか》し人《びと》にでもなるつもりだったのでしょうか。あたしはともかく、備後屋さんを亡き者にすれば店は番頭さんの思うようにできる。邪魔立てする者は誰もいませんからね。それで積年の怨み、いえ、妬みを晴らすことができると考えましたかね」

「根っからの悪人だな」

甲三郎が呟いた。

「お喜多に子ができることに気を揉んでいたのは、前のお内儀さんへの想いからなんかじゃなく、備後屋さんの血を引く赤ん坊が生まれちゃ困るから、なわけだ。そんな赤ん坊がいたら厄介だものなあ」

「ええ、厄介でしょうね。でも、生まれてくる前に備後屋さんが亡くなっていたとしたら、厄介は半減するでしょうよ。備後屋さんの子だとの証をお喜多さんは、持っていませんからね。それで、偽者を使ってまで探りを入れてきたんですか。でも、なぜ殺したりしたんです？　番頭さんの指図で偽番頭を演じただけの男でしょう。何か殺さなきゃならないようなことをやっちまったんですか」

「徳之助《とくのすけ》という役者崩れですよ」

答えたのは平左衛門だった。

「親分さんから報せが届きました。若いころ、〝かがみその徳〟と呼ばれた役者崩れ、遊び人だったそうです。痩せて歳を取っていた上に、顔も傷付けられていたから、俄《にわ》かにはわからなかったとのことでしたが」

「かがみそ？　蜥蜴《とかげ》ですか」

「ええ、右腕に青い蜥蜴の彫り物を入れていて、そう呼ばれていたとか。もっとも、その蜥蜴はざっくり切り裂かれて、よくよく調べれば尻尾の先だけが辛うじて残っていたと、そういう塩梅だったようですが。先生の仰る通り、彫り物から身許がばれるのを防ぐためにめった刺しにしたのかもしれませんな。ただ……まあこれは当たり前なのでしょうが、梅蔵は先生の言葉を親分さんには伝えておりませんでした」

「梅蔵さんとその徳之助という男は、知り合いだったのですか?」

「徳之助も女衒紛いのことをしておりましたからな。どこかで知り合っていたとしても不思議ではありません。しかし、徳之助はここ数年、強請《ゆす》り集《たか》りを生業としていたようです。なので、偽番頭を演じたことを理由に、本物の番頭さんを強請ろうとしたとも考えられますな。徳之助は世間の裏道を歩いてきた男、手先に使うには些か面倒な相手だったのですよ。まあ、梅蔵にすれば面倒なら始末すればいいと、それだけのことだったでしょうが。どうですかな、番頭さん。言わずもがなですが、梅蔵一人に全てを押し付けて、自分は無傷で逃げ切るなんて真似は、もう無理でしょうなぁ」

平左衛門の口調は淡々としている。が、人を追い詰める凄みがあった。吉原惣名主の凄みだ。藤助が二、三歩、退いた。

「わ、わたしは何もやっていない。何もやっていない。みんなで、わたしを陥れようとしてるんだ」

叫ぶと藤助は、身体に不釣り合いな素早さで身をひるがえし、走り去った。

「どうしやす?　追いかけてふん縛りやすか」

「いや、いい。もう、わしらの出る幕じゃない」

甲三郎ではなく、藤助を呑み込んだ闇を見詰めながら、平左衛門は首を横に振った。

「そうですな、先生」

「ええ、あとは親分さんにお任せしましょうか」

「先生のお指図通り、通りに出たところに親分さんと手下が控えております。逃げ切れるものじゃありませんからな」

「川口屋さん、あたしは指図をしたつもりなんて……」

口を閉じた。

足音がする。おゑんを呼ぶ声がする。それは、おゑんの家の方角から風に乗って耳に届く。雑木林の葉擦れの音を掻い潜り、届いてくる。

十

「先生、せんせーい」

「お喜多さん」

おゑんは声をめがけて、駆け出した。

月が覗く。夜道が白く照らされる。

「先生、先生」

「お喜多さん、走っちゃ駄目だ。駄目っ」

お喜多が両手を差し出す。躓いて転びかけた身体をおゑんは抱き留めた。

「夜道を走るなんて、なんて馬鹿な真似をするんだ」

「先生、竹ちゃんが、竹ちゃんが」

「竹一？　竹一がどうかしたのかい」

竹一は昨日から熱が続いていた。お春が他の患者の世話をしている間、お喜多が面倒をみていてくれたのだ。

「あ、あたしのあやし方が悪かったんでしょうか。ひどく泣き出して、大泣きして、そしたら、き、急に白目になって震え出して、それで、それで身体が突っ張るみたいになって。ああ、先生、どうしよう」

ひきつけ、か。

「先生、どうしよう。どうしよう。竹ちゃんが死んじゃう。早く、早く助けて」

「落ち着いて。お春さんがいるんだろう」

「お春さん？　あ、お春さん、いました。大丈夫だからって言ってました。でも、大丈夫なんかじゃない。竹ちゃん、ぐったりしてたの。だから、先生、早く帰って」

「わかったよ。けど、あんた、身重の身体でここまで走ってきたのかい」

「そうです。だって、先生を探さなきゃと思って。そしたら、明かりが見えたから、夢中で走って……」

なんて無茶な真似をするのだ。

よく見れば、お喜多は裸足《はだし》だった。おそらく足裏には無数の傷ができて、血が滲んでいるだろう。この人はいつも、昂る情のままに動いてしまう。自分の身体も周りの様子も考えられなくなるのだ。燃え上がった炎が、木だろうが紙だろうが人だろうが、分けることなく焼き尽くすのに似ている。

胸の内を一抹の不安が過った。

「お喜多」

備後屋が進み出る。

「備後屋さん、お喜多さんを頼みます。できれば背負って運んでもらえますか。これ以上、歩かせないでくださいな」

「心得ました。お喜多、立てるか。わたしの背中に乗りなさい」

お喜多の前に膝をついた。

「あ、将吾郎さん……も、申し訳ありません」

備後屋とお喜多のやりとりに背を向けて、おゑんは家へと急いだ。

竹一は、そう心配しなくていいはずだ。急な熱が出たとき、激しく泣いたとき、子どもはよくひきつけを起こす。たぶん慌てることはない。お春がついているなら、なおさらだ。そう思いながら、ほとんど駆けるように道を急いだ。

一抹の不安。何かよくないことが起こる？ そうだろうか、まさか……。

風に押されるように、家に駆け込むと、竹一の泣き声が聞こえた。さほど激しくはない。甘えるような柔らかさの混ざった声だ。

「お春さん」

「まっ、おゑんさん」

竹一を抱いたお春が振り返り、丸く口を開けた。

「出かけていたんじゃないのですか。どうしました？」

おゑんはお春の腕の中を覗き込む。竹一がしゃくりあげながらも、目を合わせてきた。

「竹一がひきつけを起こしたって聞いたものだから……。けど、心配はないようだね」

「ええ。すぐに気が付きましたよ。ちょっと激しく泣き過ぎたんでしょう」

「熱はどうだい」

竹一の額に指先を置く。

「ふむ。まだ、熱っぽいね。でも、確かにこれは熱に因るんじゃなくて、泣き過ぎたのが因《もと》のひきつけだね。後を引くものじゃない。熱が出て調子が悪いと、竹一なりに訴えていたんだろうさ」

「はい。熱冷ましも飲んでくれました。しばらくは様子見でいいですよね」

「ああ、十分さ。もう落ち着いているから、明日には、ぐずりも止まるだろう。熱に因るひきつけは生まれて半年ぐらいから起こるものなんだけどね。この子はなんでも先取りしちまうから、熱は下げておこうかね」

「ほんとに、ぐんぐん育っていくって感じがします。このままじゃ、来月には這い這いし出すかもしれませんね。あ、でも」

お春は微笑んだ口元を、すぐに引き締めた。

「まさか、お喜多さん、おゑんさんを呼びに行ったのでは……」

「そのまさかだよ。裸足で裏道を走ってきたのさ」

お春の表情が強張る。竹一はもう泣いていない。ふっくらとした唇を動かし、愛らしい音を立てている。

「そんな真似を……。すみません。あたし、お喜多さんまで気が回らなくて」

「お春さんは、他の患者や竹一の手当てをしていたんだ。気が回らなくて当たり前さ。あたしを探しに出て行くなんて、たいていの者は思い付きもしないだろうからね」

　お春は何か言いかけたが、言葉にできなかった。甲三郎が飛び込んできたからだ。

「先生、お喜多が」

　ずくっ。さっき感じた不安が鏃《やじり》になり、胸に突き刺さってくる。

「腹が痛《いて》ぇと、苦しんでやす」

　みなまで聞かず、おゐんは廊下に出た。

「お春さん、竹一をお絹さんにあずけて、こっちを頼むよ」

「はい」

「甲三郎さん、お喜多さんを部屋に運んで。燭台にも行灯にも灯を点してくださいな。できる限り明るくするんです」

「へい。承知しやした」

　心得た風に頷き、甲三郎が外の闇に溶ける。

　おゐんは羽織を脱ぎ、上っ張りを身に着けた。お喜多の部屋から光が漏れて、障子が闇に浮かんで見える。

「お喜多、お喜多、しっかりしろ。大丈夫か。ほら、先生が来てくださったぞ」

　備後屋が横たわるお喜多の手を握って、励ましている。お喜多も備後屋も、よく似た血の気のない顔色をしていた。

「備後屋さん、邪魔になります。外に出ててくださいな」

「え？　あ、でも……」

「ここにいても邪魔なだけなんですよ。どいてください。甲三郎さんと一緒に、台所で湯を沸かしてもらいましょうか。夜で人手が足らないんです。さっさと動いてくれませんか」

「あ、は、はい」

備後屋と入れ違いに、お春が入ってきた。おゑんと同じ上っ張りを着込み、湯気の立つ桶を提げている。その湯で手を洗いながら、おゑんはわざと軽い調子で尋ねた。

「お喜多さん、気分はどうだい」

お喜多が薄っすらと目を開ける。

「先生……お腹が、下腹が痛い……」

「ふむ。下腹が痛いんだね。わかったよ。じゃあ、ちょいと陰《ほと》を診るからね。脚を広げて……そうそう、ちょっと、腰を浮かせておくれ」

お春が手早く、真新しい綿布をお喜多の腰の下に敷き、手燭を近づける。

「おゑんさん……」

蠟燭の明かりの中で、お春は眉を寄せていた。

「……血が出ています」

「ああ、まずいね」

下腹の痛みと陰からの血。まずい兆しだ。しかし、おゑんに打てる手は、そう多くない。

「お春さん、血止め薬を。それと、末音に例の練香を用意するよう伝えておくれ」

「はい。すぐに」

「先生……先生……」

お喜多が起き上がろうともがく。

「動くんじゃない！」

一喝すると、お喜多は怯えた目を向けてきた。

「暫くおとなしくしとくんだ。いいね、夜具から出るんじゃないよ。一人で厠に行くのも駄目だからね。このまま動かずにいるんだ。今、痛み止めを用意するから。下腹は張りを感じるかい？　それとも、鈍く痛む？」

「……痛いです。絞られるみたいに……」

おゑんは奥歯を噛み締めた。このまま血が止まらなければ、お喜多の赤ん坊は、まず助からない。しかも、母親の命までも危うくなる。これまで、何人もの母と子を助けられずにきた。生き延びさせることができなかった。

「先生、赤ん坊……助かりますか？」

お喜多の眼差しが縋りついてくる。

「助かってほしいのかい？」

「……先生、あたし、この子を産みたい」

お喜多の双眸に涙が盛り上がる。

「産んで、育てたい。竹ちゃんと一緒に育てたい」

「え？　竹一？　あの子はお喜多さんの子じゃないよ」

「先生、あたし母親になれる？　あたしみたいな生き残りでも母親になって、かまわない？」

生き残り？

「……先生、あたしでも親になれる？」

「なれるさ、当たり前じゃないか」

お喜多の双眸に燭台の炎が映り、蜜柑《みかん》色の明かりが揺れている。

「お喜多さん、この世には母親になれない女なんていないのさ。子を産もうが産むまいが、本気で望めば、女は誰でも母親になれるんだよ」

母親になれない女も、母親だけでしかない女もいない。そのことをお喜多はわかってくれるだろうか。

「竹ちゃん、あたしを見て笑ってくれたんです。あんなに……無邪気に笑いかけてくれたの……竹ちゃんだけ。だから……うっ」

お喜多の顔が歪んだ。食いしばった歯の間から呻きが漏れる。

「お喜多さん、痛むのかい。口を開けて、楽に息をするんだ。大きく息を吸い込んで、ゆっくり吐いて。そうそう、身体を強張らせちゃいけないよ。いま、薬をあげるから」

「……先生、怖い。赤ん坊はどうなって……」

「生きようとしてるんだ。おっかさんと一緒に必死で生きようとしてる。わかるだろ。この子は生きたいって叫んでるじゃないか。ここで死にたくないってね。それに応えてやんな。この子を死なせないために、踏ん張るんだよ。あんた、母親になるんだろ」

お春と末音が入ってきた。

お春は薬をお喜多の口に運び、末音は香炉を枕もとに置く。

「そう、身体から力を抜いて。息むんじゃないよ。ゆっくりと息をして……」

これで血が止まれば、なんとかなる。止まらなければ……。

「ううっ」

お喜多が小さく呻く。

燭台の蠟燭が微かに揺れて、火の匂いが濃くなった。

男たち三人は、小さな円座になっていた。

客人のための一間だ。日の入りを境に急に冷えてきたせいか、火鉢に炭が熾り、鉄瓶から湯気が上がっている。夜の冷気はずい分と緩められ、部屋は居心地よく温もっていた。

「おやまあ、川口屋さんまでいらっしゃるとは。お帰りにならなかったんですか」

おゑんは上っ張りを脱ぎ、男たちを順に見やった。

「わたしは桐葉の雇い主ですからな。帰るわけにもいきますまい。それに、できれば先生にお伝えしたいことも、お尋ねしたいこともありますからな」

「先生」

備後屋がおゑんを見上げてきた。

「お喜多は、どんな様子なのでしょうか。どんな……」

「今のところ、落ち着いていますよ。でも、油断はできません。急に悪くなることも十分に考えられます。危地を脱したとはとうてい言えない。そんなところです」

「せ、先生。赤子は諦めます。ですから、どうかお喜多だけは助けてください」

「諦める？」

おゑんは商人の面をまともに見詰めた。眼差しに毒があったのか、刃が潜んでいたのか、備後屋が身を縮めた。

「諦めるか、諦めないかなんて、備後屋さんが決められるものじゃありません。こちらとしては、そう容易く諦めるわけにはいかないんでね。よしんば、諦めたとしても、それでお喜多さんの命が救われるってものでもないですし」

「それでは……ど、どうしたら」

「できる限りの手を尽くします。朝までお喜多さんたちが持ち堪えてくれたら、未来《さき》が見えます。持ち堪えると信じて、やれることをやるだけですよ」

「……わかりました。では、明日の朝までわたしもここにいて、よろしいでしょうか」

「ご随意に。ただ、なんのおもてなしもできませんよ」

「あっしが茶ぐれえ淹れやすよ。湯も沸いてやすし」

甲三郎が手際よく湯呑を揃える。この家のどこに何があるのか頭に入っているらしい。

熱い茶が飲めるなら、ありがたい。これから朝まで、お春と交代でお喜多に付くことにしていた。長い一夜になる。渋みの優《まさ》った熱い茶は気力を養ってくれるだろう。

「甲三郎さん、お春さんにも運んでもらえますか」

「合点でやす。少し、大振りの湯呑にしやしょうか」

いつになく甲三郎の口数が多い。重く暗い空気を少しでも払おうとしているのだろうか。この男は意外にこまやかな心遣いをする。容赦なく相手の息の根を止めもするが。

「そういえば、梅蔵さんから守ってもらったのに、甲三郎さんにはまだ、お礼も言ってなかったですね」

甲三郎はかぶりを振った。おゑんの謝意を拒む仕草だ。それから、たっぷりの茶で満たされた湯呑をそれぞれの前に置く。湯気と仄かな香りに心身が緩むようだ。

「まあ、美味しいこと。甲三郎さん、お茶の淹れ方がずい分お上手になりましたねえ」

「お春さんに鍛えられやしたからね。そのお師匠さんに見立てをお願《ねが》えしてきやすよ」

「お願いします。使いだてして申し訳ありませんが、ついでにお喜多さんの裁縫箱を持って来てもらえませんか」

「裁縫箱？　わかりやした」

湯呑を両手で包むようにして、甲三郎が出て行く。

「さて、その梅蔵ですが」

障子が閉まり切るのを待たず、平左衛門が口を開いた。

「先ほど、吉原から報せが参りました。自分で始末をつけたようです。うちの座敷で喉を掻き切ったとか」

「ま、川口屋さんの座敷で」

「ええ、なんとか動く片手だけで真一文字に裂いたようです。そのせいで畳はむろん襖も壁も血だらけになったとのこと。元通りに直しても、当分は使えますまいな。客も女も、そんな座敷に足を踏み入れたくはないでしょうから。川口屋としては大損です」

「それはなんとも……。当てつけというより、梅蔵さんなりの意地だったのでしょうか」

「意地……なるほど、そうとも考えられますか。あれはいつか大金を摑んで、吉原を出て行きたかったのでしょう。それが叶わなかった。逃げ切れなかった吉原への怨みを、わたしに、川口屋という見世にぶつけたのかもしれませんな」

先日、梅蔵は仕事が一段落するまで酒を断つと告げた。あれは、首尾よく金を手に入れ吉原から逃げおおせたい、その望みを果たすための、願立てだったのだろうか。甲三郎は、梅蔵が吉原より他の場所で生きていくことはできないと言った。その通りだったかもしれない。けれど梅蔵は吉原ではないどこかで生き直したいと切望し、足搔き続けたのではないか。

望みは潰《つい》えた。吉原惣名主の見世で喉に刃を当てたとき、あの男は何を想ったのか。あるいは、何も想わなかったのか。

「その大金を約束した番頭さんはどうなりました？」

おゑんの思案はまだ生きているだろう男に向かう。

「お縄になった模様です。今頃は大番屋に繫がれておるでしょう」

殺しに関わり、店の金に手を付けた。

藤助に、どんな罰が下されるのか。遠島などという生温いものではあるまい。

ぴしゃり。平左衛門が己の膝を打った。

「さて、ここまでがお伝えしたかったこと。で、次はこちらからお尋ねしたいことがありますが、よろしいですか」

「ええ、なんなりと。ただ、手短に頼みます。半刻もしたら、お春さんと代わらなきゃならないので」

「心得ました。では前置きなしでお尋ねします。先生は、なぜ、藤助を疑いました？　備後屋さんは帳面の不備から気が付いたようですが、先生は違いましょう」

「ええ、あたしに商家の帳面は読めませんよ。そうですね。初めは小さな引っ掛かりでしかありませんでした。備後屋さんのお内儀さん、お菊さんですね、その方の亡くなった様子をそれとなく、あたしに告げてきたときです。ただ、そのときのあたしは、お喜多さんのことで頭がいっぱいで、偽番頭の一件もお喜多さん絡み、備後屋さんとは縁のないお喜多さんだけの関わりだと考えていました」

「そのお考えが変わって、番頭に目が行ったのはどうしてです？」

平左衛門は落ち着いた仕草で、茶をすすった。備後屋は身動ぎもしない。

「それは……。ああ、いいところにお帰りだ」

戻ってきた甲三郎から裁縫箱を受け取る。

「お喜多さん、眠っていましたか」

「へえ。気息も脈も乱れてねえからと、お春さんからの言伝でやす」

気息にも脈にも乱れはない。しかし、血は止まり切っていない。危うさは、少しも減っていないのだ。だからといって逸っても、焦っても無駄なだけだった。

おゑんは裁縫箱の中から糸を取り出し、適当な長さに切る。それを手の中で丸めた。

平左衛門、備後屋、そして甲三郎。三人の男がおゑんの手許を食い入るように見詰める。

絡んだ糸くずの先を摘まみ取り、少し伸ばすと、男たちの目の前で揺らしてみせた。

「……これが、何か？」

備後屋が首を傾げる。平左衛門も全く同じ素振りをした。

「ただの、糸くずにしか見えませんが」

「手車みてえに見えねえこともありやせんが……。いや、やっぱりただの糸だ」

「手車ね。お春さんも同じことを言いましたよ」

「で、種明かしはなんなんでやす。先生、これは何を真似てるんでやすか」

「何も。ただの糸です」

甲三郎は顎を引き、眉を顰めた。平左衛門の表情は変わらなかったが、備後屋は戸惑いを面に表している。

「これが何に見えるかではなく、どこを見ているかなんですよ」

おゑんは糸の絡まりに指先を向けた。

「たいていの者はこちらを見ます。あたしもそうでした。この絡んだところが、お喜多さん、そして、お竹さんという患者だった人です。ここに目を奪われて、全ての因がここにあり、ここから全てが始まっていると思い込んでました。でもね、目の向きをちょいとずらし、こちらを見ると……」

絡まりから一寸ばかり伸びた糸を指で突く。

「ただの一本の糸でしょ。絡まりも、捩れもしていない。そのとき、頭の中で思案がくるっと回ったんですよ。真っすぐな糸から見たら、この一件はどうなるのだって、ね」

「それは、お喜多じゃなく備後屋さん側から見ればってこってすか」

甲三郎がやけに用心深い目つきで、おゑんを窺ってきた。

「そうです。お喜多さんを抜きにして、備後屋さんだけに明かりを当ててみる。そうしたら、引っ掛かっていた番頭さんの様子がぐっと気になってきたんです。それで、備後屋さんに帳面を洗い出すよう申し上げました。もちろん、これは出過ぎた、余計な真似でしたがね。備後屋さんは、あたしが口出しするまでもなく不正に気が付いておられたのですから。それに、あたしは遊びの金欲しさに罪を犯したと考えていましたが、実は長い間に積もった妬みが因だったとは、そこまでは思い至りませんでした」

「それは、どうですかな」

平左衛門が湯呑にふっと息を吹きかける。

「番頭があの騒ぎの後、吉原に出入りしていたかどうか、まだ調べは付いておりませんが、女遊びを覚え岡場所通いをしていた見込みはありましょう。女に現を抜かして店の金をくすねたとされるより、婿入りした主を認められず、怨み、妬みが高じての罪とされた方が、まだ、自分の矜持《きょうじ》が保たれると考えたのではありませんか。まあ、そこは本人にしかわからぬ胸の内ですが。今さら確かめようがないし、確かめたとて意味のないことでしょうなあ」

なるほど、人は良くも悪くも深く入り組んだ心を持つ。土壇場に追い込まれたからといって、真実《まこと》を吐露するとは限らないのだ。

おゑんは思わず、頷きそうになっていた。

「あの、じゃあ、丑松はどこにいるんで？」

甲三郎が自分の湯呑を強く握り、おゑんを見据えてくる。

「どこにも、いなかったんじゃないでしょうか。少なくとも今回の件には関わっていないでしょう。どうです？　惣名主」

「ええ、わたしなりに少し手を回してみましたが、丑松らしき者はどこにもおりませんでした。吉原から消えたきり、です。おそらく、生きてはおらぬのでしょう」

「じゃあ、端から丑松はいなかったってこってすか」

「ええ、幻のようなものでしたねえ。梅蔵さんも亡くなったとなれば、丑松さんを知っている者は、もう川口屋さんとお喜多さんぐらいしかいないのじゃありませんか。お喜多さんは幼過ぎて、おおよそ何も覚えていないでしょうが」

「もう一人、おります」

それまで、ほとんど口を開かなかった備後屋が声を上げた。

「わたしは丑松さんを知っております。ずい分と前から……備後屋に入るずっと前から、知っておりました」

珍しく平左衛門の表情が硬くなる。甲三郎は口を開け、目を見張っていた。おゑんも同じような顔つきをしていただろうか。喉の奥まで夜気が染みてきた。

「わたしは、丑松さんに、お喜多のことを頼まれたのです」

「備後屋さん……お待ちください。あたしたちにもわかるように、順を追って話しちゃくれませんか。いったい、いつから、どういう繋がりで丑松さんを知っていたのです」

備後屋はまだ湯気の上がる茶を一気に飲み干すと、手の甲で口元を拭った。大店の主らしからぬ乱暴な仕草だ。

「お話しします。今日、文をいただいたとき、それは偽ではあったのですが……、先生にお会いしようと思いました。会って全てを話さなくてはならないと思ったのです。どうか、聞いてやってください」

膝の前に湯呑を置き、備後屋は長く息を吐き出した。

丑松さんと知り合ったのは、わたしが十歳のころでした。わたしは、四国のさる国の山深い村の生まれです。丑松さんが、その村に娘たち目当てに来たことがありました。ええ、人買いです。ただ、根は優しい性分で他の女衒のように、騙したり勾引《かどわ》かし紛いの手口で無理やり娘を連れ去ったりするような真似はしませんでした。

わたしの家にはわたしを含めて四人の男の子がおりました。そして、父は丑松さんに頼み込んで、わたしを江戸で奉公できるよう取り計らってもらったのです。いえ、まあ……体のいい口減らしですよ。貧しい百姓家にとって、四人もの子は重荷でしかなかったのです。丑松さんは、わたしを江戸に連れてきて、奉公先を見つけてくれました。

はい、備後屋に入るまで奉公していた店です。そこで、備後屋の先代に見込まれ、婿になれたのですから、丑松さんをありがたく思いこそすれ、怨みなど一分も抱いておりません。今でもです。恩人だとすら感じております。道中でも江戸での暮らし方、商家で働く苦労や喜び等々を丁寧に話してくれました。遊女として売られる娘たちも何人か一緒にいたのですが、丑松さんはその子たちにも横柄な物言いなど一度もしませんでした。むしろ、わたしに対してより、優しかったぐらいです。娘たちの行く末がどんなものか、よくわかっておったのでしょう。

わたしは江戸で働き、江戸に染まり、故郷のことを忘れて暮らしておりました。子どもやお菊を失ったことは言葉にできぬほどの痛手ではありましたが、商いのおもしろさに救われて、なんとか生きていたころ……丑松さんが現れたのです。

驚きました。でも、丑松さんの話にはもっと驚きました。

当時の驚愕《きょうがく》がよみがえってきたのか、備後屋の気息がやや乱れる。

おゑんは全身で備後屋の話を聞いていた。会ったこともない丑松という男が、傍らに座っているような気さえする。

「丑松は、どんな話をいたしましたかな」

平左衛門が淡々とした口調で先を促す。


はい、丑松さんは……。

「吉原、江戸町一丁目の川口屋の遊女、桐葉を贔屓にしてくれないか」

そう言いました。「あの女を救えるのは、あんたしかいねえ。だから頼む」とも言いました。正直、面喰《めんくら》いました。わたしも人並みに、女房の目を盗んで女遊びをしたこともあります。しかし、お菊が亡くなってから、女にはとんと興が湧かぬようになって……。後添えを勧められることもありましたが、全て断っておりました。

ですが、丑松さんの姿を見たら……別人かと思うほど痩せて、顔色も黒っぽくて、一目で死病に取り付かれているとわかりました。

恩人とも思う人の必死の願い、無下に断れるわけもなく、わたしは、吉原に行くことだけは約束しました。丁度……というのは憚《はばか》られますが、藤助が起こした騒動の始末で、一度、吉原に出向かねばならないと考えていた折でしたので。ええ、そのときは、川口屋さんが吉原惣名主を務めておられるとか、そんなことも知りませんでした。

わたしが約束したとき、丑松さんは心底から安堵したように見えましたよ。丑松さんとは、それっきりです。あの様子では、川口屋さんの言われる通り、生きてはいないでしょう。もう二度と会うことはないと思います。

「ちょっと待ってくださいな」

おえんは備後屋の話を遮った。

どうしても尋ねたいことがある。

「丑松さんは、どうして、そんなにお喜多さんのことを気にしていたのです？　女衒であれば、百人二百人、それ以上の女たちを売り買いしてきたはずです。なのに、なぜ、お喜多さんだけに執着して、わざわざ庇護《ひご》を頼みに来たんです。そして、頼んだ相手が、なぜ備後屋さんだったのです。備後屋さんにしか救えないって、どういう理屈なんですか」

畳みかけてみる。備後屋はおゑんから目を逸らさなかった。

その話を……しなければなりませんね。

ええ、丑松さんからは全てを聞いております。今まで黙っていて、申し訳ありません。あまりに凄惨な話なので、つい、臆してしまいました。

でも、いずれは話さねばならないことでした。今がそのときなのだと、解しております。

お喜多も江戸から遥か遠離の、山の奥の村で生まれたそうです。そこがどこなのか、わたしは知りません。わたしの故郷からは遠く離れた北の国だとしか、丑松さんは言いませんでしたから。

丑松さんはその村に、やはり娘たちを買うために入り込み、暫く逗留したのだそうです。その逗留先がお喜多の家でした。お喜多の他に歳の離れた姉と二つ違いの妹、それに母親と七十近い祖母の五人暮らし。丑松さんは、その姉娘を目当てに泊まり込んだのですが、一目見たときから心を惹かれてしまったそうです。この娘を遊女ではなく自分の女房として江戸に連れて行きたいと本気で考えるまでになったとか。娘の方もまんざらでなく、そのままなら二人は夫婦《めおと》になって睦まじく暮らしていける。そういう未来《さき》も考えられたのですが……。

「何が起こったのです」

おゑんは身を乗り出した。

耳の奥底で、海鳴りに似た音が響き始める。

そのころ、村では続けて死人や怪我人が出ていました。足を滑らせて崖から落ちる者、熊や猪に襲われる者、急な病で倒れる者、蛇に嚙まれる者……さほど大きくない集落の中で、七、八人が立て続けに亡くなったり、大怪我をしたりしたのです。

村の集まりで誰かが村《ここ》は祟られていると言い出しました。この祟りを祓《はら》わなければ、次々に村人が害されていく、と。

おゑんは目を閉じた。一瞬だが眩暈を覚えた。

おわかりになりましたか？

ええ、そうです。お喜多の家の者は生贄《いけにえ》に選ばれたのです。祟りを祓うために、村中に広がった穢《けが》れを全て背負って消える、そんな役目を押し付けられたのです。

何ゆえに、ですか？　ええ、わたしも丑松さんに尋ねましたよ。なぜ、お喜多の一家が選ばれたのか、と。丑松さんは、はっきりとはわからない。ただ、おそらく二つの理由《わけ》があったのだろうと言いましたよ。

一つは痣です。先生、お喜多の首のところに小さな引き攣れがあるのをご存じですか。ああ、やはり気が付いておられましたか。あれは火傷の痕なのですが、もともと、そこに丸い痣があったのだそうです。不思議なことに、姉にも妹にも母親にもありました。これも誰が言い出したのかわかりませんが、不吉な痣のある不吉な者たちだと。二つ目は男がいなかったからです。お喜多の父親は妹が生まれて間もなく亡くなっていて、女だけの所帯になっていました。そこに丑松さんが加わってしまった。不埒《ふらち》でふしだらな者たちだと決めつけられたのかもしれないと言うのです。もっとも、村には春と秋の初め、若衆宿《わかしゅやど》の若者たちが娘宿に忍び込む風習が残っており、男と女の道理をうるさく唱える風などなかったそうですが。

まあ、理由など、どうでもよかったのでしょう。要は、自分たちの不安や怖れをなんとかしたかった。そのために、誰かを犠牲にしなければならなかったのです。全てを押し付けて、自分たちの抱え込んだ重荷を下ろしたかった。それだけなのでしょう。

村人たちは、日暮れを待って、お喜多たちの家に押しかけました。そして、火を付けたのです。火は全てを浄化する。悪しきものを焼き尽くすと信じられていて、そこに繋がっていたのかどうか……。

ともかく、四方から火を掛けられれば、粗末な苫屋《とまや》などひとたまりもありません。あっという間に燃え上がったのです。

え？　丑松さん？　ええ、丑松さんは助かりました。

丑松さんは姉娘を家裏の林に呼び出し、夫婦になる約束をしていたのです。そちらに夢中になり、村人たちが家の周りを取り囲んだのにも、油を撒いたのにも気が付かなかった。気が付いたときにはもう、目の前の家が燃え上がっていたとか。

燃え盛る炎から、お喜多を抱いた母親と妹を抱えた祖母が転がり出てきたのですが、すぐに周りを囲んだ村人たちに押し戻されました。祖母は竹槍《たけやり》で胸を刺され、その竹槍ごと燃える家に倒れ込み、妹は炎の中に投げ入れられ……母親は髪を摑まれながら、泣き叫んでいて……。聞いているだけで地獄絵図が浮かぶような気がいたしましたよ。

丑松さんは、ただ茫然《ぼうぜん》とその様子を見ていたのです。が、突然、姉娘が林から飛び出して、地面に転がっていたお喜多を藪の中に突き飛ばしたそうです。そして、闇雲に手を振り回しながら、村人たちに向かって行きました。

「止めて、止めて、止めろ。なぜ、こんなことを」

「おまえたちは祟られている。この世にいてはならんのだ」

「祟られている。祟られている」

「村に災厄を振り撒いているんだ」

「この世にいてはならん。ならん。ならん」

「おまえたちがいなくなれば、村の祟りは鎮まる」

そんな声が渦巻いて、燃え上がる炎の音と混ざり合いながら空に昇っていったこと、村人たちが母親と姉娘を鍬や棒で打ち据え、動かなくなった二人を妹と同じく炎に投じたこと、村人の一人が「もう一人、娘がいたはずだ」と叫んだこと、藪の中で震えていたお喜多を抱き上げ、夢中で逃げたこと……丑松さんは余さず語ってくれました。

お喜多を江戸に連れてきて、丑松さんは初め我が子として育てるつもりだったそうです。惚れた女が命懸けで助けた妹であり、顔立ちが姉娘に似ていたこともあり、本気でそう心を決めていました。

でも、駄目だったのです。

お喜多といると、思い出すのだと、丑松さんは震えていました。

あの地獄絵図を、鬼と化した村人たちの姿――口々に呪詛《じゅそ》に似た喚きを発しながら、なんの抗いもできない女たちを殺していく姿――が浮かんで、尋常な心持ちではいられなくなる。半分が闇に黒く沈み、半分が紅色の炎に染まった顔がどうしても忘れられないのだと……。

村人たちへ怒りや怨みを抱くのではなく、恐れ戦いてしまう。そうも言っていました。

丑松さんは、お喜多を見るたびにあの一夜が眼裏に広がり、どうしようもなくなりました。お喜多の目が底なしに暗く感じられるのも、痣のところだけ火傷し引き攣れているのも恐ろしくて、お喜多そのものに怯えるようになったのです。

「なるほど」

平左衛門が湯呑を手に首肯する。

「丑松は思い余って、わたしのところに連れてきたわけですか」

「はい。それより他に手立てが思いつかなかったのでしょう」

「しかし、死病に冒され命の区切りが見えたとき、お喜多の行く末が気になってどうしようもなくなった。それで、一角の商人になっていた備後屋さんを頼ったのですな」

「はい。もちろん身請けまでは望んでいなかったはずです。ただ、自分に代わり、お喜多を見守ってほしいと、腹から絞り出すような声で縋ってきました。わたしは丑松さんの願い通り、川口屋の桐葉という遊女の客になりました。そして……桐葉に魅せられました。本気で、この女が欲しいと希《こいねが》うようになったのです」

備後屋はそこで、長く重い吐息を零した。

「これが、わたしの知っている全てです」

吐息の続きのように、そう告げる。

「いえ、お待ちください」

おゑんは背筋を伸ばし、膝の上で手を重ねた。

「もう一つ、お尋ねしたいことがござんすよ。丑松さんが、なぜ、備後屋さんにお喜多さんを託そうとしたのか。そこをお聞かせくださいな」

備後屋の身体が一瞬、揺らいだように見えた。

「吉原で遊ぶのです。それなりの財力はいるでしょう。でも、それだけで、長い間行き来のなかった備後屋さんを頼ったとは思えないんですがねえ」

そこで、おゑんも息を吐いた。

「備後屋さんならお喜多さんをわかってくれる。何もかも承知の上で引き受けてくれる。丑松さんは、そう考えたんじゃありませんか。お喜多さんが言っていましたよ。自分と備後屋さんは同じだって。同じ根で繋がっている。だから惹かれるんだとね」

そこまで口にして、おゑんは口をつぐんだ。

踏み込み過ぎた。

備後屋の語るお喜多の来し方に中《あた》ったのかもしれない。頭の隅が痺《しび》れたような心地がする。それで、つい言わずもがなのことを言ってしまった。

おゑんは今、誰かの罪を炙り出しているわけでも、下手人を追い詰めているわけでもない。真実《まこと》を知るためだとしても、他人《ひと》の心に踏み込むなど許されるものではなかった。

「備後屋さん、申し訳ありません。己の分を弁《わきま》えず、ご無礼をいたしました」

「違うのです。逆なのですよ」

備後屋が答えた。くぐもった呟きに近い口調だった。

「わたしとお喜多は同じではないのです。逆……なのです」

備後屋の言葉の意味に気が付き、おゑんは唇を嚙み締めた。頰が強張るのがわかった。

「先刻申し上げた通り、わたしは四国のさる村に生まれ、丑松さんに連れられて江戸に出るまでの子どもの日々を、そこで過ごしました。そして、その村でも同じようなことが……丑松さんの語ったお喜多の話と重なる出来事があったのです。こちらは、日照りでした。日照りが続き、作物が萎《しお》れ、枯れ始めたのです。村の寄り合いで、水神に贄を供えようと決まったのですが……その贄に選ばれたのが村外れに住む母娘《おやこ》だったのです。どうして、鹿や鳥ではなく人でなければならないのか。わたしには、わかりませんでした。大人になった今でもわかりません。ただ、その母娘は地の者ではなく、どこからか流れてきて住み着いた者でした。いつか、またいずこかへ去って行く者だったと思います」

甲三郎が身動ぎした。話の先が読めたのだろう。僅かだが息が速まっている。

「娘はわたしより一つ、二つ、年下でした。何度か一緒に遊び、母親から焼いた魚や芋をもらった覚えもありました。二人とも、気性も顔立ちも優しくて、わたしは子どもながらに、その家に遊びに行くのが楽しみだったのです。でも、母娘は捕らえられ、滝壺《たきつぼ》に沈められました。捕らえた側には、わたしの父も兄もいました。そして、わたしは……父や兄を含めた村の男たちが母娘を縛り上げ、滝へと運ぶのを間近で見たのです。父は娘を担いでいました。わたしは……わたしは、娘と目が合って……。助けてくれと叫んでいる目でした。でも、わたしは動けなかった。ぼんやり突っ立ったまま、見送ることしかできなかった」

そこまで一息に話し、備後屋は俯いた。俯いたまま、続ける。

「丑松さんが村にやってきたのは、その翌年です。日照りのため田畑が枯れて、娘を売らなければどうにもならなくなった家が多くあったからでしょう。父は、わたしを丑松さんに託しました。口減らしのためです。でも、わたしは、ほっとしていました。江戸に出れば、村のことを忘れられると思ったからです。そして、江戸への道々、胸にわだかまっていた母娘のことを丑松さんに打ち明けました。丑松さんは……よくあることだと言いました。村の掟《おきて》からはみ出した者、流れ者、自分たちと異なると判じた者に対して人は驚くほど残忍になれるのだと……。『おれは、あちこち歩き回っているから、そんな話はよく聞くぜ。なんだかんだ理由をでっちあげて、誰かに全てをおっかぶせる。それで、どうしようもねえ怖れとか不安と折り合いをつけるのさ。おまえの村だけの話じゃねえ。だから、気にすんな。まして、おまえはガキじゃねえか。なんの咎もねえよ』。あのとき、丑松さんに言われたことはよく覚えています。それで、とても、ほっとしたものですから。そうか、おれに咎はないのだと子ども心に安堵したのです。でも、その丑松さんも……」

後に、丑松はお喜多の一家の無残な有様を目にすることになる。〝そんな話〟では片付けられない現を突き付けられたのだ。

備後屋が顔を上げた。

「お喜多はわたしに、あの娘を思い出させます。わたしに助けを求めた目を思い出させるのです。いえ、だから、お喜多を身請けしたわけじゃありません。丑松さんに頼まれたからでもありません。罪滅ぼしとも考えてはおりません。わたしは、本気でお喜多を愛しいと思っております。夫婦《めおと》になりたいと願っております」

おゑんは、備後屋の横顔から目を逸らした。

そうか、備後屋はあちら側にいたのか。

唐突に、胸が疼いた。

おゑんの祖父も生贄になった。

北国の海辺に流れ着いた異国の医者。黒い髪でも黒い眸でもなかった。それでも、人々に受け入れられ、医者として多くの患者を治療し、若い弟子を幾人も育てた。慕われていた。日の本の暮らしに溶け込み、妻を娶《めと》り、子を生し、おゑんという孫を得た。そのまま静かに過ぎて、静かに閉じていくと思われた祖父の人生がぐらつき始めたのは、これまでとは異相の病が流行り始めたときだ。

小さな海辺の村々に、病は燎原《りょうげん》の火の如く広がった。それでも祖父は必死に患者を治療し、病と闘った。おかげで命を救われたと手を合わせる大勢の患者を目にして、おゑんは誇らしかった。祖父が誇らしく、誰より好きだった。

けれど、祖父は殺された。祖母も殺された。

病がようやっと落ち着きを見せ始めた矢先、風の吹きすさぶ夜だった。

おゑんの家を鎌や鉈を手にした人々が襲ったのだ。猩々《しょうじょう》魔《ま》と呼ばれた病を連れてきたのは、異国の者である祖父とその一家だと襲撃者たちは叫び、喚いていた。

髪の色が違う。眸の色が違う。肌の色が違う。我々とは違う。だから、悪だ。魔だ。穢れだ。禍《わざわい》を運んでくる者だ。

人々の中には、祖父の患者がいた。長くおゑんの家に奉公していた女がいた。時折、釣り立ての魚を届けてくれた漁師がいた。おゑんの学問の師匠がいた。

誰も彼も、祖父が病の因だと信じ切っていた。

人は容易く煽られる。頭でなく情に揺さぶられて動く。立ち止まって思案するより、流れに呑み込まれる方を選んでしまう。

耳底に響く音が大きくなる。

風音、大勢の足音。喚声、叫び、悲鳴。それらを掻い潜り、祖父の声が届く。

「おゑん、人は生きねばならん」

「死んでよい者、生まれてこなかったらよかった者など、この世のどこにもおらぬ。犯してはならなんだ罪、償いようのない咎があるだけだ」

だから許せと、そう言うのですか、お祖父さま。

まだ、わからない。

自分が人を憎まずにいられるのか。許せるのか、まだ、わからない。

ただ、お喜多は子を産みたいと言った。来し方ではなく行く末に思いを馳《は》せたのだ。それは紛れもない事実だった。

「今、ふっと浮かんだんですがね」

おゑんは平左衛門に視線を向けた。

「このところ、お喜多さん、一点を見詰めることがなくなりましたよ」

「と言いますと、お喜多の気持ちが落ち着いていると、そういうわけですな」

「ずっと落ち着いているとは言えません。さっきのように昂りのままに無茶なこともします。でも、お喜多さんはずっと、自分を忌んできたんじゃないでしょうか。地獄絵図を目の当たりにして、自分を祟りの子のように思い込んでしまった。だから、赤ん坊を産むことも拒んだのでしょう。己で己を受け入れられない者が子を産めるわけもありませんからね」

眼差しを平左衛門から備後屋に移す。

「でも、お喜多さんは前を向いたようですよ」

これは竹一の手柄だ。あの小さな命は、人一人を救うだけの力を持っていた。

お竹さん、あんたの手柄でもあるよ。よくぞ、この世に竹一を遺してくれたね。

桜の花が満開になったころ、竹一を連れてお竹の墓に参ろう。あんたの倅は人を害《そこな》う側ではなく救う側にいるよと告げるために。

「前を向いた……。先生、お喜多は子を産む、産んでくれるんですね」

「備後屋さん、人の未来《さき》なんてどうなるか読めるもんじゃありません。これから先も、お喜多さんは過去を思い出して、苦しむかも、乱れるかも、暴れるかもしれない。お覚悟はできていますかね」

「むろんです」

備後屋が言い切る。

ならば、もういい。おゑんにできるのは、お喜多とお喜多の子を守り通すことだけだ。他の諸々は、お喜多自身が、備後屋自身が決める。

思案が再び、もう一人の女に流れていった。

お竹。竹一を遺して逝った女は、どんな来し方を背負っていたのか。畳の隙間から、天井の隅から出てくる、何を見張っていたのか。

同じだろうか。

桜百合の咲くどこかの村で、お竹も、お喜多やおゑんと同じ目に遭ったのだろうか。ざわめく心を抱え、子を産み落とすことで来し方を消し去ろうとしていたのだろうか。

答えを尋ねる術は、もうない。

そして、今このときも理不尽に奪われていく命がある。お喜多の家族のように、備後屋の語った母娘のように、おゑんの祖父や祖母のように、そして、あの与吉のように。人の愚かさの餌食となって今日も、明日も、命が消えていくのではないか。

指を握り込み、こぶしを作る。

何ほどのこともできない。けれど、できることもある。ほんの僅かであっても、ある。

「おゑん、人は生きねばならん」

祖父の声を、言葉を嚙み締める。

「おゑんさん、おゑんさん」

お春がおゑんの名を呼びながら、障子を開けた。

「お喜多さんが、また痛みを――」

最後まで聞かず、おゑんは立ち上がった。
＊

とんとんと小気味よい槌《つち》の音がする。

新しい材木の匂いが秋の風に乗って、槌音と共に届いてきた。

「間もなくですのう」

薬草を干しながら、末音が息を吸い込んだ。材木の香りを嗅いでいるのだ。

子どもたちのための一室が冬の初めにはできあがる。世話係の女たちの目処《めど》もついた。お磯もそのうちの一人だ。

「与吉の死を無駄にはしないよ。もう二度と、子どもたちにあんな死に方をさせやしない」

「はい、何よりの供養になりますの。あの、おゑんさま……」

「うん？」

「先生も同じようなことを考えておいでででしたよ」

「え、お祖父さまが？」

末音が先生と呼ぶ相手は、祖父しかいない。

「ええ、先生の場合は、子どもたちのための療養所でしたけれどの。身寄りがなかったり、貧しくて治療を受けられなかったりする子どもたちのための場所をと、言うておられました」

「それは初耳だね」

「はい。今、初めて申しましたでの。でも、言わずとも同じようなことをなさる。おゑんさまと先生は、ほんとうに、よう似ておられますのう」

「せんせーい、おゑんせんせーい」

頓狂な声に呼ばれ、おゑんは振り向いた。

お喜多が大きな腹を抱えるようにして、近づいてくる。腕には竹一がしっかりと抱かれていた。

「先生、先生、大変。竹一が立ったの。柱に摑まって、一人で立ったの。どうしよう」

吹き出しそうになる。

「どうしようって、摑まり立ちできたのならめでたいじゃないか」

「でも、早いでしょう。こんなに早く立って、大丈夫？」

「赤ん坊はそれぞれなんだよ。とっとと大きくなる子もゆっくりと育つ子もいる。竹一は、少し急く性質《たち》なのかねえ。なんでも、早いよ。それに」

「それに？」

「この子は生きようとする腹が据わってる。そうさ、生きると腹を据えて生まれてきた子なんだよ」

母親が力尽きても己を頼りに生まれてきた。そういう子だ。

「だって。よかったねえ、竹ちゃん」

お喜多が揺すると、竹一は声を出して笑った。初秋の日の光が産毛を金色に輝かせる。

「だけど、お喜多さん。あんた、本当にここでお産をするつもりかい？」

「ええ、もちろん。お腹の子、先生が助けてくれたんですもの。ここで産まなくちゃ。ね、竹ちゃん、あんたももうすぐ、お兄ちゃんになるんだよ」

「いや……その点も、よくお考えよ」


お喜多は吉原を去った。しかし、備後屋に嫁したわけではない。

「先生。あたしを雇ってくださいな。お願いします」

そう頭を下げられたときは、さすがに驚き、お春と顔を見合わせた。

「先生、赤ん坊の世話係を雇うんでしょ。だったら、あたしもそのうちに入れてください。あたし、働いて将吾郎さんに身請け金を返さなきゃならないもの」

「馬鹿をお言いでないよ。総籬の吉原遊女の身請け金が、いくらすると思ってるんだい。うちで百年働いても返せやしないよ」

「心配しなくていいですよ。将吾郎さん、竹ちゃんもお腹の子も、自分の子として届けを出したいって。それなら、末音さんのお香と薬草茶で身請け金は帳消しにしてもいいって言うんです。だから、あたし、頑張って働いて、末音さんからお香とお茶を買う。ね、先生、あたしを雇って」

「まあ、お喜多さんと備後屋さんは竹一を引き取るつもりなんですか」

お春が口元を押さえた。

「ええ、あたし竹ちゃんのおっかさんになりたいの。あたし、この世で一番、この子が好き。そして、備後屋じゃなくてここで育てたい。でも、そこのところは将吾郎さんと相談してみますね。ともかく、雇ってください。末音さんから、一番いいお香とお茶を買います」

「まあまあ、身請け金に匹敵するなんて、末音さんのお香もお茶もすごいですね」

「ほんとにねえ。いろいろと、お喜多さんには驚かされっぱなしだよ」

お春は軽やかに笑い、おゑんは肩を竦めた。

お喜多はお喜多の思案で、大店のお内儀に納まることを選ばなかった。そして、備後屋は粘り強く待つつもりらしい。

お喜多が子を産んだ後、今のように竹一を慈しめるのか、備後屋がいつまで待ち続けられるのか、はっきりしない。人は変わる。良くも悪くも、美しくも醜くも、優しくも非情にも変わっていく。

おゑんはその変わりように目を凝らし、為すべきことを為していく。

そういう生き方を貫くしかない。

ただ、備後屋将吾郎にも川口屋平左衛門にも恩義がある。

この建て替えのための金子のほとんどを賄ってもらった。

「先生には頭が上がりませんからなあ。呑むしかありませんでしょう」と平左衛門は苦笑し、「先生のおかげで、備後屋の商いをまともな道に戻せました。いかほどでも用立てます」と将吾郎は真顔で告げてくれた。

恩義は恩義、忘れてはなるまい。


「あたし、よく考えたんですよ。考えて、竹ちゃんと生きていくと決めたのです」

お喜多が顎を上げる。

挑む眼差しを向けてくる。

「だから、誰にもこの子は渡さない」

「……そうかい。なら、本気で守ってみな」

どんな運命《さだめ》にも引き裂かれぬように、奪われぬように、殺されぬように守り通す。

それだけだ。

「ああ、いい香りですが。よろしいのう」

風がさらに濃く木材の香りを運んできた。

竹一が、過ぎていく風を捉えるつもりなのか、二本の腕を真っすぐに空に伸ばした。

薄雲の広がる、碧《あお》い空だった。

本書は、読売新聞オンラインに二〇二三年四月二十四日から二〇二四年二月五日まで連載された「明けの花」を改題の上、加筆、修正したものです。

装画　村田涼平
装幀　アルビレオ

あさのあつこ

1954年岡山県生まれ。青山学院大学文学部卒業。小学校講師を経て、91年に作家デビュー。『バッテリー』で野間児童文芸賞、『バッテリーII』で日本児童文学者協会賞、『バッテリーI～VI』で小学館児童出版文化賞、『たまゆら』で島清恋愛文学賞を受賞。著書に『アスリーツ』『プレデター』ほか、時代小説シリーズ作品に「闇医者おゑん秘録帖」「弥勒」「おいち不思議がたり」「燦」「えにし屋春秋」などがある。

闇医者《やみいしゃ》おゑん秘録帖《ひろくちょう》
碧空《へきくう》の音《おと》

2024年3月25日　初版発行

著　者　あさのあつこ
発行者　安 部 順 一
発行所　中央公論新社
〒100-8152　東京都千代田区大手町1-7-1
電話　販売 03-5299-1730　編集 03-5299-1740
URL https://www.chuko.co.jp/

ＤＴＰ　嵐下英治
印　刷　大日本印刷
製　本　小泉製本

Published by CHUOKORON-SHINSHA, INC.
Printed in Japan　ISBN978-4-12-005765-6 C0093

闇医者おゑん秘録帖

残陽の廓《さと》

あさのあつこ

事情を抱える女たちを相手にする闇医者のおゑんは、花魁・安芸の診療後、甲三郎と名乗る男に吉原の惣名主・川口屋平左衛門のもとへいざなわれる。原因不明の死を遂げる遊女が続いているというのだが……。

単行本